名家名篇

# 粉墙黛瓦

刘怀远　著

江西高校出版社
JIANGXI UNIVERSITIES AND COLLEGES PRESS

**图书在版编目（CIP）数据**

粉墙黛瓦 / 刘怀远著 . -- 南昌：江西高校出版社，2024.1

（名家名篇）

ISBN 978-7-5762-1303-4

Ⅰ . ①粉… Ⅱ . ①刘… Ⅲ . ①中篇小说－小说集－中国－当代②短篇小说－小说集－中国－当代 Ⅳ .① I247.7

中国版本图书馆 CIP 数据核字（2021）第 081773 号

**粉墙黛瓦**

FENQIANG DAIWA

| | |
|---|---|
| 出版发行 | 江西高校出版社 |
| 地　　址 | 江西省南昌市洪都北大道 96 号 |
| 总编室电话 | （0791）88504319 |
| 销售电话 | （0791）87919722 |
| 网　　址 | www.juacp.com |
| 印　　刷 | 永清县晔盛亚胶印有限公司 |
| 经　　销 | 全国新华书店 |
| 开　　本 | 700mm×1000mm　1/16 |
| 印　　张 | 14 |
| 字　　数 | 182 千字 |
| 版　　次 | 2024年 1 月第 1 版 |
| | 2024年 1 月第 1 次印刷 |
| 书　　号 | ISBN 978-7-5762-1303-4 |
| 定　　价 | 58.00 元 |

赣版权登字 -07-2021-560

# 目录

# 买房记

## 一

每天晚上跳完广场舞回来，管婶进门的第一件事，就是去鸡窝里摸蛋。本来鸡们正常下蛋在黄昏前就结束了，但管婶甘愿等到晚上再去拣。晚些拣，就好像母鸡们一天的任务没有完成，偷懒的或想隔天下蛋的鸡就会惭愧，就能在天黑前补齐当天的任务似的。

管婶住的是平房，三间，还带个几米宽的小院。这在当下的城里是稀罕了。管婶的房子是房改时买的职工宿舍，简陋，简单。关了院门，就是自己的天下，管婶就在自己的小院里发挥聪明才智，且发挥得淋漓尽致。挨着院门是鸡舍，鸡们既能生蛋，也能看家，有陌生人进来，鸡的警觉度和狗一样，会咯咯咯地叫。再往里走，夏天是一架丝瓜和一架扁豆，深秋时则是一畦萝卜和一畦白菜，过了年迎着春风的则是二月韭。一年四季，小院里生机盎然。

管婶血压低，稍微剧烈活动就头晕，心怦怦地跳。管婶所在的企业前些年就不行了，只给职工基本工资，她就一直赋闲在家，专职照

顾丈夫和孩子，管婶会保养，有什么事情，她也是尽量下午出去，生怕早晨走在外面头晕起来，那可不是闹着玩的。丈夫是某行政单位的小车司机，挣的工资加偶尔跑长途的补助，再加上管婶的基本工资，足够生活。管婶容易知足，知足就常乐。儿子上了大学后，管婶就一心一意地照顾丈夫和这些鸡，她养的都是叫九斤黄的土鸡，这种鸡下的蛋个头大，有营养，管婶喂的精心，10只鸡每天能给她生10只蛋。

和管婶在一起跳广场舞的姐妹们虽然都住楼房，却都眼馋她的土鸡蛋。总有人时不时地问："你的土鸡蛋，卖吗？"管婶就含着贤妻良母般的笑说："不卖，要营养俺家那口子，他开车累呢。"如果哪个姐妹偶染小恙，管婶表示慰问，送去十几个鸡蛋，那谁就会感激涕零的，东西虽少，可这是正宗的土鸡蛋啊，都是鸡吃白米饭青菜叶生下的。管婶就这样优哉游哉地每天幸福生活，收入虽然不多，鸡蛋和青菜不怎么用买，还是能积攒些钱的。这不，这几天广场上姐妹们有出国旅游回来的，站在人群中唾沫星子飞，说人家新加坡街道怎么干净，空气怎么清新，说泰国的人妖怎么漂亮，怕是咱一广场的人，都找不出一个像人家那么俊的。管婶就听进了耳朵：出国旅游！她问："王霞，你办了护照吗？"王霞说："我早有。"管婶说："也没见你出国旅游啊？"王霞说："我也没时间啊。"原来王霞也有护照了啊。于是，管婶也没跟管叔商量，花了几百，去办了本护照。办完护照，就开始琢磨去哪里，是自己跟团呢，还是叫上王霞一起？目的地选哪里呢？如果去新马泰，就太俗了，可去塞班岛又太远了，要飞越大片大片的海洋。想了半天，脑子乱了，管婶从没费过这样的神，看来，赶时兴也不是件容易事。

正犹豫不决，读大学的儿子来了电话，电话打乱了管婶所有的旅游行程设计。儿子说暑假回来，要带女朋友一起回来。

什么？要带女朋友？儿子心中没有芦曦月？

能够跟管婶在吃土鸡蛋上平分秋色的，只有王霞。她们以前在一

个厂，从年轻时就是朋友，还一起郊游过几次，王霞的女儿比管婶的儿子小一岁，小时候跟在儿子后面哥哥长哥哥短，头顶的两只小辫子一跳一跳的。看着两个形影不离的孩子，王霞说："曦月给你家做媳妇吧。""行啊行啊。"管婶笑得满口答应。孩子们大了，她和王霞的关系依然，而两个孩子却没有继续走近。不过管婶一直把王霞当成知己，宝贵的土鸡蛋慷慨地送了她无数回，王霞虽从没给过钱，但管婶却是心甘情愿。

可现在，儿子要带个女朋友回来。管婶慌忙去翻日历，这是五月，离暑假还有一个多月。

## 二

管婶慌了，忙给丈夫打电话，说儿子暑假要回来了。丈夫说："哪年他不回来呀，我在开车，有事儿回去说。"说完就挂断了电话。真扫兴。管婶又给王霞打电话："妹子，忙啥呢？"王霞说："这不正给人介绍朋友嘛，老同学的女儿。你有事？"管婶话到嘴边了，就改说："没事，想你呗。"王霞说："你若是男的这么说我就幸福死了。"说完大笑起来。管婶想，还是不说儿子的事情了，就对王霞说："有时间大伙聚聚。"王霞说："咱不每天晚上一起跳舞吗，哪天不聚？"管婶说："我是说让你到我家坐坐。"王霞说："行，听你的。"

这个王霞，没有她不认识的人，没有她办不了的事。白天开房屋中介，晚上在广场上跳舞，中间休息的工夫，都能给人介绍朋友，或者帮别人介绍点儿生意。

管婶对王霞女儿的印象不坏，如果真给她做儿媳妇呢，她不说十分满意，但也不反对，起码算是知根知底。话说回来，自己的儿子她

又了解多少呢，就拿女朋友这件事来说，她今天才第一次听到，而儿子既然能往家里领，那就不是才接触三天五天了。还是让孩子自己选择吧，搞不好王霞女儿也早有了对象呢。

儿子女朋友要来，那得收拾下屋子啊，即便是旧房子，贴了金箔，也能换新颜。管婶拿起扫帚一边打扫，一边以客人的目光打量生活了几十年的房子：卧室中间一张老式双人床，把空间占去大半，墙上挂着管叔年轻时当兵的照片，照片褪去了颜色，相框的金黄油漆也早已脱落大半。一台缝纫机虽然多年没用了，却一直在靠窗的位置摆放，那些年家里来客人，管婶会有意无意地提醒人家看缝纫机：上海牌的。外屋一直是客厅兼着厨房和餐厅，一边是长沙发，一边是煤气灶，中间迎着门是一张饭桌，盘子碗都放在饭桌上。另一间屋子是儿子的卧室，儿子长期不在家，小床上摆满了杂七杂八的东西，地上放着各式的鞋子和半袋半袋的鸡饲料。呀，原来自己每天生活的空间是这样啊，是这么的逼仄和破旧啊。这哪里是在城里，简直像是从二十年前乡村搬来的，现在已经奔向小康走在幸福路上的乡村民居都比这要强出好多倍。儿子和女朋友来了，可怎么住啊。

管婶脑袋里突然蹦出一个词：买新房！

是的，只有新房，才能配得上新人。儿子的女朋友就是新人，比新娘子还新的新人。

其实这些年来，管婶买楼房的念头何止兴过一次两次？每次都和新楼房失之交臂。每次和管叔商量，管叔就说：“咱哪有买房的钱啊？”管婶说：“那别人家就有了？都不是贷款？”管叔就说：“又不是没有住的，咱还要给儿子攒上大学的学费，再说咱这房子，多接地气。”管婶就没了话。眼看同事们都住进了楼房，管婶夜里就睡不好。谁家没孩子，谁家不给孩子攒学费？人家怎么都能买了新楼房呢？自己不思进取罢了。最初管婶提出买房时，孩子还小，家里的积蓄离一套两室一厅的楼房仅差一万多元。管婶跟管叔一说，管叔连连摇头：“咱也没富亲戚可以借，就是借到了，也是负担，还是攒够了再买吧。”一家人过日子，大主意总要听男人的，管婶就听了管叔的。结果攒了一年，房价涨了，差五万了。又攒上两年，攒的钱加积蓄只够交首付了。想起这些，管婶牙根儿就疼：“每天只知道握方向盘，全然不知物价和房价的方向。”最靠谱的一次，管婶被王霞撺掇着去很远的郊区看房，因为偏远，售楼部在销售上绞尽脑汁，甚至委托一些房屋中介所代售。管婶看了很满意，楼层好房间大价格超低，楼房外面是玉米地。跟管叔一商量，管叔坚定地说：“缓一缓吧，我才跟领导开会回来，开调控房价的会。”管婶就止住了交钱的脚步，若真前脚交了钱，后脚跌了，岂不让人笑掉大牙？这么多年都过去了，就缓一缓吧。结果房价没有跌，倒是管婶手里的钱又不够交房子的首付了。每每想到这些，管婶的气就不打一处来。



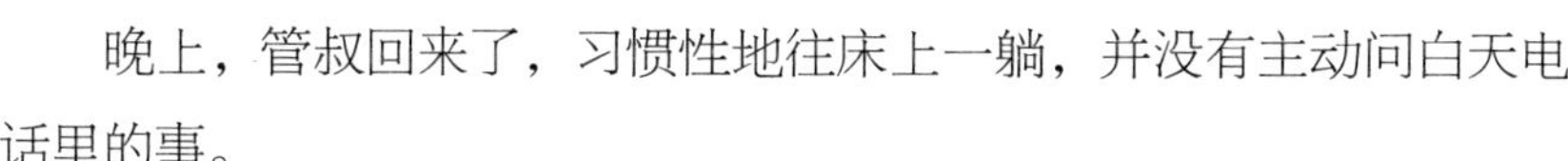

晚上，管叔回来了，习惯性地往床上一躺，并没有主动问白天电话里的事。

兴奋中的管婶终于忍不住了，声音比平时大了许多，跟管叔说了两件事：一，儿子要带女朋友回来；二，一周内要粉刷三间屋子，给儿子女朋友一个好的印象，绝不能给儿子拖了后腿。

管叔听了前半句，精神一振，全部听完，又重新躺到了床上，说：“人家看中的是你儿子，房子再好，没儿子人家也不会来你家。”

“说些屁话，儿子固然重要，咱们家庭成员也是要给力的。”管婶再次抬高了嗓门，“咱家住贫民窟，即使姑娘愿意，人家父母能眼睁睁地看孩子跳火坑活受罪？硬件不可少，软件也要跟上。”

管叔说：“要弄你弄，我要上班，哪有时间？”

管婶说：“我跟你过一辈子是跟对了人，吃屁都不曾赶上过热乎的。行，你还继续当你的甩手掌柜吧，我自己弄！”

管婶气呼呼地关了灯睡觉，管叔却不合时宜地扇动着鼻翼凑过来，被管婶一掌推出去老远。

天亮了，管叔去上班了，管婶去街边请泥工师傅，师傅看后说："俺们现在不论天要工钱，都是包工，弄完一共多少钱。"管婶说："那你算算，多少钱。"师傅步量了一下，说："3000吧。"管婶说："少点呢？"师傅说："最低2500。"

管婶之前去五金建材店问过涂料的价格，知道一桶好的涂料要五六百元，就说："好吧，价格就按你的，涂料你可给用好点的。"师傅说："涂料？那是你自己买。"

管婶说："你不是包干了吗？"

"我们是人工费包干，自己带梯子，不要你管吃喝，所有涂料和刷子滚筒，都还是要你出。"

管婶说："那我再考虑一下。"

那么贵的工价，连涂料带上还差不多。不就刷个墙吗？有什么难的？虽然管婶没做过，但还是看到过装修的。先拿腻子粉找平，干了拿砂纸打磨，再用石膏粉套白，再拿细砂纸打磨，然后刷涂料，谁不会啊？管婶往上撸了下袖子，说干就干！管婶买来石膏粉、涂料、砂纸、刷子，开始自己粉刷。看似简单，但毕竟不专业，打算一个星期弄完，却足足捣鼓了10多天，几套衣服上都是白点儿，几间屋子才见新。

屋里搞好了，院里也要改观的，管婶忍痛平掉了菜畦，铺上满院子红绿相间的水泥方砖，把这一切全部搞完了，目光又投向鸡舍。决不能让儿子的女朋友把自己看成是乡下老太太。可怎么处置这些鸡呢？这是去年买的今年才刚下蛋的仔鸡呀。要知道从雏鸡育成这样，是多么的不容易啊，哪次也要丢几只的，本来这批是要成活12只的，都快长大了，还是被一只流浪猫捉去了两只。现在，却是她自己亲手要处置它们了。怎么处置？去农贸市场卖？还是送人？这座城市里，估计除了她家再没有第二家能够容留它们。几颗眼泪过后，她下定决心：一天一只，把母鸡们全部杀掉吃肉！管婶一手拿菜刀，一

手从鸡舍里抓出一只鸡，感觉鸡屁股那里沉甸甸的，八成一会儿就会下蛋的。她放下这只，这只就惊恐地挤到鸡群的最里面。又去抓另一只，掂了掂又放下，这只愈发格外的沉重。几乎把所有的鸡都抓了掂个遍，唉，哪只不是自己一把手把它们从雏鸡喂成大鸡的，杀哪只她不心疼啊？杀！无非早一天晚一天的事，先杀哪只都一样。她顺手抓过一只，刚举起菜刀，手机响了。

是儿子，让给他银行卡里打5000元，暑假不回来了，他要和女朋友去西藏旅游。管婶当啷一下扔掉菜刀，双手一拍："我可怜的鸡们啊，再多留你们些时日！"

管婶在床上躺了好几天才爬起来。身心疲惫不说，也像是被儿子捉弄了。怎么说回来又不来了呢？老娘白累了这半个多月。不来就不来吧，不来也好，伺候未来的儿媳妇，那可不是一般的累。

去银行给儿子打完钱回来，边走边想一个重要的问题，现有的几间房肯定不适合给儿子结婚用，哪怕小一点儿，也要给儿子一个崭新的结婚居所。

晚上，她和管叔说："一定要买楼房了。"管叔说："培养一个大学生，吸干了咱俩多少积蓄呀？还敢说买房？再攒几年再说吧。"

"还攒？你还没吃够这个亏？不攒了，先交首付，其他的慢慢说。"

## 三

虽然钱紧，嘴上说买个小点儿的房子就可以，但管婶心中的目标还是弄个三室一厅。为什么呢？有原因。人总是要老的，老了就要跟儿子媳妇住在一起的。不图让他们照顾多少，为的是万一有一天不喘

气了，会有人知道。不是有个故事说，独居的老人不认字却非要订一份日报，目的是每天会有人来敲他的门，好知道他是不是还活着。这样，就需要有二室一厅。还要多准备一室，就是要考虑女方的家长来。女方的家长总是要来的，比如儿媳妇生小孩儿了，亲家来了，总不能长期去外面住宾馆吧？不光是钱，面子也不好看。

晚上，管婶炒了四个菜，三盘碧绿碧绿的，一盘金黄金黄的。管婶给管叔倒了小半杯酒，说："来，喝一口。"管叔一脸的兴奋，虽然没有鱼和肉，但也难得管婶会主动炒菜让他喝酒。管叔吱溜一口喝下去大半杯。管婶又给倒满，往他碗里夹了一筷子炒鸡蛋才说："今儿个喝完了这个酒，往后呢，在外面有酒场儿你就喝，没有呢，也不在家喝了；烟呢，就别抽了，对身体不好，也太烧钱，咱一心一意地攒钱买房子，买完了，你想怎么喝再怎么喝，想怎么抽就怎么抽。"管叔说："酒不喝就不喝吧，烟总得抽，开车要提神。"管婶说："你不是货车司机，还提什么神，你在车里抽得乌烟瘴气，领导不烦你？听我的，不抽了。"说着，从管叔口袋里搜出半包多烟扔进了垃圾篓。管叔鼻子一哼："看你，抽完了这包再不去买还不行么？"

管婶说："从现在做起，从我做起，别怪我过日子抠，咱俩都靠工资，不抠哪行？要怪就怪你抓不来大钱，也没给你送礼的，不过有了送礼的咱也害怕，晚上睡觉不安宁。买完房子，下一步还要给儿子筹结婚，眼下儿子的学费生活费还要供的，一年多少钱，你也知道。今后呢，鸡蛋也要少吃，咱是土鸡蛋，很多人要买，能卖个好价钱呢。"

"几个鸡蛋，算计它干什么？"管叔眼睛看看管婶，犹豫着从垃圾篓里拣出香烟，飞快地掏出一支点上，烟雾在屋里一下子升腾开来。

管婶说："10 只土鸡，它们一天能产 10 只蛋，一只蛋最少一元钱，那就是 10 元钱，一个月就是 300 元，一年就是 3600 元，能是小数？它们也不娇贵，不像你，又是烟又是酒的，只要把剩饭剩菜给它们，不够再填补些菜叶子玉米粒，它们就给你下蛋，还不认便宜？"

管叔说："你出去上个班，比算计鸡屁股强。"

管婶的脸登时红了，说："你还真说对了，你戒烟戒酒，我明天就出去找工作，我不是血压低，能在家待得住？再说我也没靠你养，我有工资呢。"管叔听她这样说，忙又说："别逞强，能行就去，不能就在家歇，别挣的钱不够吃药的。"管婶说："你还有关心我的时候？我也不需要你关心，你多为这个家费点脑筋我就知足了，我试试吧，能行就坚持。"

许是菜炒得比平时多，米饭剩了不少，家里的冰箱不到春节不会开的，管婶就端出去，开了鸡舍的电灯，把饭都倒给了鸡们。

第二天早上，管婶才发现鸡舍的电灯忘记关。管婶心里登时就疼了，一晚上的电费得多少钱啊？鸡们也不需要光亮做事，这不浪费吗？都是让管叔给气糊涂了，忘记了关。她气呼呼地把灯关掉，从屋里提出半袋玉米粒，哗啦一下，又倒多了，差不多是平时的一倍。"吃吧吃吧，多下蛋就行。"心疼得管婶安慰着自己。



## 四

好不容易挨到晚上，管婶去了广场，舞没跳完，就让王霞给找好了一份在大型商场当保洁员的工作，从下午 1 点，干到晚上 9 点。广场上好姐妹多啊，管婶一说要找班上，就有人给指路子，但最后管婶还是听了王霞的。虽然工资不高，但工作没什么技术要求。管婶问："我什么时候能去？"王霞说："明天应该就能去，一会儿再给你落实准。"

跳完舞回来，管婶感觉肋下长出了翅膀，走起路来都是轻飘飘的，找到了工作，虽是去受累，心里却像是去赴酒席似的。从灯火阑

珊处，飘进了自己幽静的小院，第一件事还是去鸡窝里拣蛋。拉开鸡舍的灯，手伸进鸡窝，吓了一跳，这么多的蛋！多出平时一倍的蛋！是昨天忘了拣？不会啊，昨天千真万确是拣了啊！是管叔跟她开玩笑，给她一个惊喜，把昨天的蛋又放回蛋窝？可管叔从早上走了，到现在这个点儿也没回来，家里也再没别人。虽然墙上有本美女挂历，但她不相信她们会聊斋般地走下来，倒腾鸡蛋陪她玩。她又疑惑地进屋去看昨天的蛋，都好好地躺在纸箱里。

这是真实的吗？母鸡一天能下两个蛋？千真万确，今天每只母鸡都下了两个蛋！善解人意的鸡啊，知道要买房子了，开始一天下两个蛋了。管婶把蛋拣进屋，回头看还亮着的灯，哦，是不是昨天没关灯造成的？鸡们误以为白天又来了，就又开始筹备产蛋了呢？如果这样，鸡们每天下两次蛋，产量就翻倍了啊。那一天就是 20 元的收入了啊。

这时，王霞来敲门，说："你明天可以上班了。"管婶拉住她的手说："太感谢你了，你还专门跑一趟，打个电话不就行了？"王霞说："咱俩，还那么客气。我手机没电了。"王霞一回头，看到门旁的鸡舍，说："哟，正喂鸡呢。"管婶说："是呢，你说多稀奇，我这鸡，今天都给我下了两个蛋呢。""有这种事？"王霞说，"真是稀奇，你说你这日子还过不好吗，连鸡都在帮你，买彩票肯定能中 500 万！"管婶说："我可没那么好的运气，还是老老实实地养鸡吧。我正说给你拣些鸡蛋提去。管婶找了个小点的塑料袋，装起鸡蛋来。"王霞说："家里就你两个人，这么多鸡蛋吃得完？不如我给你卖了吧，我们楼上老王太太和老孙太太都特别迷信土鸡蛋，每次都去市场上论个买，一个鸡蛋 1 元 5 呢。""是啊，"管婶动了心，"咱便宜点，卖给她。"管婶说完，又后悔了，好在王霞说："不能便宜，你这是货真价实的土鸡，就那个价。"

有这么个姐妹多好，工作解决了，鸡蛋也卖出去了。管婶忙又从

纸箱里拿出三个蛋，要追加给王霞。王霞拦住：“这些就行了，多了提不了。”管婶把她送到门口：“你家曦月有男朋友了吗？”王霞说：“哟，还真有了，是她大学的同学，看来咱这亲家八成是做不成了，不过我打心里喜欢你那儿子。”管婶倒松了口气，说：“现在的孩子，哪由咱大人操心啊，他只要生活费，其他的都由他们自己。”王霞说：“是呢。现在是年轻人的天下，咱说多了也没用。等我那闺女哪天失恋了，我给你打电话，让他俩谈。”管婶“呸”地一唾：“可别盼着那一天，咱还是祝福孩子们找的都是称心如意的终身伴侣。”

因为儿子有了女朋友，因为有买房的动力，上完第一天班，管婶虽然胳膊腰腿有些酸痛，头竟然没晕。之后每天晚上下班回来，第一件事不是洗脸洗手，不是做饭吃饭，是先在暮色里把鸡舍的电灯打开，虽然鸡们感受不到阳光般的温暖，但要让它们感受阳光般的照射。这些天来，管婶经过摸索已经基本掌握了多产蛋的规律，每晚开灯，保障食物和水，鸡们可以两天下 3 个蛋。一只 10 瓦的灯泡，按一晚开 9 个小时算，一个月也用不到 3 度电，5 毛多钱一度电，开一个月才多少钱啊，而鸡们一个月却多产了 150 个蛋，这又是多少钱呢？不过管婶也疼母鸡们，喂的饲料更多了，水也保证供应，只是舍不得哪天晚上不开灯，让鸡们睡个囫囵觉。母鸡们也算是这个家庭的一员，买楼房也有责，累就累点吧。每当鸡蛋一箱一箱被王老太太、孙老太太搬走，管婶拿着几张钞票就跟管叔显摆：“看，鸡都在为咱买房出力呢，你更没理由抽烟喝酒了。”

管叔离得管婶远远的，不说话只点头。管婶说：“你离我那么远干什么？怕我吃你呀。”管叔笑笑，依然不肯靠前。后来管婶才明白，是他偷着抽了烟，怕她闻出烟味来。

一个月过去，管婶的保洁工作才做到得心应手，鸡蛋也有了固定的几个买家，她们每次来买蛋，都愿意往鸡舍前站十几分钟，看鸡们吃食，看鸡们喝水，看鸡们啄羽。是的，它们五颜六色野味十足的羽

毛证明着它们是土鸡。然后，她们才搬了鸡蛋出门。每次她们来，管婶会毫不客气地大声让她们往远处站，特别是穿着鲜艳的，鸡胆小，一惊乍会两天不产蛋。

这天，管婶正在超市拖地，弟弟风风火火地来了电话："姐，咱爸病了，正往中心医院送！"

## 五

父亲是脑出血，还算抢救及时，重症监护室待了几天，就转到了普通病房。

管婶进了医院，就走不了了。时间一下子慢了下来，一天好长啊，长得难以度过。弟弟在父亲进入普通病房的那天，就又去上班了。管婶理解弟弟，弟弟在什么局上班，公务员的身份，不比她是闲人，虽然有份临时工，不说在弟弟眼里，就是在她自己的眼里，她也是闲人，有的是不值钱的时间。最初几天，七十多岁的父亲每天昏睡，后来醒了，却咿咿呀呀地要人帮他翻身，捶背，洗脸，方便。总之，父亲已经离不了别人的照顾了。管婶心里着急，既惦记着外面的工作，又惦记着家里的母鸡。跟主管打电话，说多请几天假，主管说："你安心伺候老人吧，已经找好了接替你的人，我们这里什么时候缺人你再来。"这就被解雇了？临时工就是简单。管婶发了会儿愣，又给管叔打电话："你下了班从单位早点回家，医院你甭来，你不是医生也不是护士，来了有什么用？听我的，说不来就不来，你给我把鸡管好就行了，每天喂足食加足水，对了，每天晚上一定要把鸡窝前的电灯打开，亮一宿。记住了？"管叔来过几次医院，也挽起袖子干这干那的，毕竟不是他的亲爹，而人老了身上就有气味，管婶怕管叔擦

屎端尿的嫌脏，就说你回去休息，还是我自己照顾吧。一晃七八天过去，管婶一直守在病床前，晚上囫囵睡。这天黄昏时，下了班的弟弟来了。管婶说：“我回去换换衣服，一会儿回来。”弟弟看看满脸憔悴的她说：“要不你回家休息一晚，明早再来吧。”

进了家门，站到鸡舍前，鸡们都还活着，只是羽毛挓挲着，没了光泽，鸡食盆里空空的，水盆不知是让鸡们踩洒了，还是喝干了，空空如也。鸡们一见管婶，像见了久违的亲人，立刻都咕咕地叫起来。管婶忙进屋拌了鸡饲料来，倒进去，鸡们立刻抢食起来。管婶又洗净了水盆，倒满水放进去，看鸡窝里的蛋，估计有三四十个了，管婶一拣，竟然有七八个破的。

进了屋，一看纸箱里的鸡蛋，根本就没多出多少。没有付出，就没有收获，你对不起鸡，鸡就对不起你。管婶心疼起来，自己不在家，造成了多大的损失啊。管婶顺手把管叔摊在床上的被窝叠好，里里外外打扫了一遍房间，

洗了澡，洗完衣服，给弟弟打电话，问：“爸爸还好吧？”弟弟说：“睡得可香呢，你在家休息吧，真的不用来了，我在这里就行了。”管婶说：“好，明天早上我早些去替你。”

管婶饭都没吃，就躺在床上睡着了。这几天太累了。不知过了多久，一张带着酒气的嘴在管婶脸上拱。管婶翻个身说：“回来了？”那张嘴也不答话，紧紧地抱住管婶。管婶哼了一声，任由摆弄。直到管叔中弹般躺倒在床，管婶才醒了盹。管婶问：“吃了？”

“吃了。”

“还喝了酒？”

“外面同事知道你不在家没人做饭，就叫住我一起喝了点。”

管婶说：“你是吃了，这鸡你喂过吗？”

“喂过。”

管婶说：“你拿什么喂？拿空气喂啊？拿空话假话喂啊？你是吃

饱了，这鸡饿得直咕咕，拿什么下蛋啊？”

“别说了，天不早了，快睡觉。”

管婶反倒一骨碌坐起来，提高了嗓门说：“一说上班，你就认真负责；一说过日子，你就发困，这日子怎么能过好啊？”

“好好，你说。”

管婶说：“老人病了，我耽误了几天，结果人家超市就把我给辞了，不但不挣钱，等我爸出院时，咱还得拿点住院费，不能让弟弟一人拿。”

“这个我没意见。拿多少都行。”

管婶说：“可这下买房子差的钱更多了。但咱一定不能松了买房子的这口气，一定要往这个目标上奔！”管婶摸下管叔的头，接着说：“要不，你也再打份工？”

管叔说：“我要上班，怎么打工？”

管婶说：“你不就是白天的八小时吗？还不一定每天都开车出去，轻轻松松跟玩似的，在单位发一整天呆的时候不常有？我是说你利用晚上的时间，发挥你的专长，开个出租什么的。”

管叔说：“我不去，让单位的人看见多不好。”

“有什么不好，不偷不抢，光明正大，再说八小时以外，你们单位谁会在街上游荡啊？咱不是为了儿子吗，你真不愿意早一天买房子？你真不愿意为儿子早一天成家立业多出份力？别说是人，就是咱那 10 只母鸡都通人性，和咱非亲非故但为了主人家早日买房，都加班加点地下蛋，都两天下 3 个蛋，何况你还是孩子的爸爸？”

管叔不吭声了。管婶说：“咱不趁着还算年轻多挣点，那买新房要到猴年马月呀？等到了我爸爸那岁数，想挣都难！我让王霞给你问问，看有找夜班司机的出租车不。”

管叔一听，说：“我今天上午倒是看见路边有贴出租车招夜班司机的小广告，要不，我去试几天？”

管婶长吁口气，主动地紧紧抱住他，甜蜜温柔地说：“行，只是辛苦你了！”

管叔白天上班，晚上去开出租车了。

管婶白天依旧去医院照顾父亲，不过抽空就回家照顾一下鸡们。特别是一早和一晚，不管弟弟在不在医院，都要回来一次。晚上到家进门，首先给鸡们开电灯，加满鸡食，再拣鸡蛋。有几次回来都没进卧室，管完鸡直接又回到医院，她怎么能放心一个人躺在医院的父亲呢？早上回来呢，进门先关上电灯，给鸡重新加水加食后，看看管叔正在呼呼地大睡，也不喊他，睡吧，那样的单位上班稍微晚点也不要紧，即使撒个谎请个假两三天不去，其实也是没有问题的，只是这个老实人从没这么做过。管婶锁了门，又风风火火地回了医院。



终于熬到父亲出院了，管婶拿了 5000 元，算是跟弟弟平摊了医药费。同是工薪阶层的弟弟连句客气话都没说，就接了过去。管婶有点儿不高兴，虽然她诚心诚意想拿这个钱，但更愿意弟弟说，姐，不用你拿。要知道娘家大三室一厅的房子可是已经改成了弟弟的名字，这个姐姐没争也没要。

医院是出了，可父亲的生活起居一会儿也离不开人了。弟弟说：“姐，要不把爸接你家，由你照顾，我每月给生活费。”

20 多天的护理生活，把管婶的脸熬瘦了一圈儿。管婶其实也正为这事儿为难，住院的时间毕竟是短暂的，住院救治的目的是挽救父亲的生命，可如果父亲真能长寿地在床上再躺个十年二十年，每天 24 小时都要人照顾，那可怎么办？弟弟大多数时间不来医院的理由是要

上班，可你上班挣的工资都揣进你自己的腰包，我们没有班上的，就该替你扛起全部赡养的义务？别说是免费，就是你把你的工资分一半，谁又愿意每天和屎尿打交道？特别是弟媳，这些天就来过医院一次，还一脚门里一脚门外地没待上十分钟就说要回单位上班，要知道我的土鸡蛋可没少给她吃。弟弟的话，反倒让管婶坚定了主意，就说："还是让爸爸住他自己的房子吧，这么多年他也不习惯住别人家。爸爸的生活费呢，该我拿的，我肯定拿，我有时间就会去看爸爸的。"

弟弟好像不认识似的望着她。她知道，这时不能心软，就挺直脊梁说："有件事也没跟你说，我早在超市上班了，因为爸爸的病，我耽误了这么多天没去，每天都要跟主管说好话请假。你外甥也有对象了，我和你姐夫要筹钱给他准备房子，你姐夫上一天班回来，晚上还要去开出租车，老人也没留给我们套房子，我们难啊！"

管婶回到家，喂完鸡就躺在了床上，骨头散了架似的。到了傍晚，给王霞打电话问："你今晚去跳舞吗？好，咱不见不散！"晚上饭都懒得做懒得吃却坚持着爬起来，去跳广场舞。第二天，她真的就去上班了，又去了一家超市，这次是当理货员。

尽管管叔哈欠连天，但每晚减去应缴的车份儿后能收入 100 多元，有时跑到凌晨 2 点，有时通宵，收入大于费用，就回来睡觉，早上 6 点再把车交出去。早上起来，管婶望着惺忪欲睡的管叔，心里也疼，说："到了单位，你就坐在办公桌那儿，眯上一觉，知道吗？"管叔说："我不眯都不行啊。"管叔上班打瞌睡成了家常便饭，领导虽然没说什么，每年国庆节前都会评选年度标兵，管叔每年都是，但今年不是了。管叔很有情绪，到家跟管婶唠叨。管婶说："奖励的那几个钱，还不抵你跑两天车的。"管叔说："是钱的事儿吗？"管婶知道他心里别扭，特意剥了半根葱去炒了几个破了壳的鸡蛋，说："一会儿还要开车，就喝点白开水当酒吧。"管叔用嘴抿了一口白水，吧唧下嘴唇，才去夹了一筷子鸡蛋，放进嘴里，嚼两下，说："你放油了吗？"

管婶说:“放了，不放油还不糊在锅上啊? 只是少了点，油不是好东西，吃多了不是血脂高就是血糖高。”管叔摇摇头，说:“你递给我芝麻油瓶子，我稍微淋上一点儿。”管婶说:“早没芝麻油了，不当饭不治饿的，一瓶还要二十几块钱。”

鸡们又恢复了超常的生产，又开始了两天下 3 个蛋的奇迹。开灯，关灯;喂食，喂水。开灯，关灯;喂食，喂水。鸡们多下蛋，就是多创造了价值，就是给买新房多做了贡献。现在鸡蛋多了，不止卖给王老太孙老太，还卖给李老太侯老太马老太。虽然和养鸡场一样，蛋是吃鸡饲料生出的，但是土鸡生的蛋，就还是土鸡蛋。

管婶重视鸡们给她创造的价值，就格外注意鸡舍的卫生和安全，隔三岔五用药水给鸡舍消毒，防止鸡瘟。一次，有一只黄色的狸猫来院子里转，让管婶堵住，一顿痛打，绝不手软。



这天，管婶正在上班，管叔来了电话，说车在路上跟别人相互刮擦了。管婶一个激灵，问:“你不是晚上才开吗?”管叔说:“我不是还在单位开吗?”管婶哦了一声，还真是忘记他的本职工作就是白天开车。管婶说:“你没事吧?”管叔说:“我没事，一迷糊，差点钻到前面大货车底下去，只是车要做钣金，做油漆。”“谁的责任啊?”管婶问。“我的责任，不过一切由保险公司处理。我刚给保险公司打完电话，就给你打。”管婶想，十有八九是他打盹了，忙对着电话说:“人没出事就好，以后要小心点儿。”管叔说:“要不我不开出租了，白天总提不起精神。”管婶说:“你在说你累是吗? 你是要跟我比还是跟鸡比? 你能赶上我那些天在医院黑天白日地连轴转? 还是能达到鸡们两天下 3 个蛋的水平? 不能就别说累! 再坚持坚持吧，啊? 孩子的爸，买了房咱就放松了!”

# 七

金九银十，不知这句话是对开发商利好，还是对购房者利好。管婶在王霞的帮助下，九月看好房，十月等优惠，终于相中了滨江花园的房子，虽然离市中心远了点儿，虽然远的不是一点儿，但价格上是有优势的，国庆期间还有一万抵三万的优惠活动。管婶跟管叔商量了几天，又拿着计算器算了几天，最后决定：“买！”

什么叫滨江花园？就是小区后面挨着条小水沟。现在开发商会找卖点找噱头，如果挨着小学，就叫学府花园；挨着公路，就叫通达小区；挨着医院，就叫健康家园；挨着个篮球场或足球场，就敢叫奥林匹克庄园；挨着几棵树，就更不含糊地称之为森林氧吧华府，宣传单上会把这几棵树描绘成一片森林，每天产生多少负氧离子，产生多少立方的氧气，都是以具体数字来说明的，不由你不信。不过等小区建好了，到建配套设施时，树却砍光了。

终于要去签合同交钱了。管婶想提前把各个银行卡、存折的钱归拢到一起。等到取钱的时候，遇到了麻烦。有一张存了很多年的银行定期存单，是写的儿子名字。这在当年绝对是一笔大钱，大得惊人的一笔大钱，在当年基本够买一套房子。当年攒的钱没及时买房子，却及时地存在了银行里保值。一家人一起兴高采烈地去存钱，写谁的名字呢？大脑一热，就拿了户口本写儿子的名字。不光他们，当年有这个爱好的怕不止一家两家，钱虽然是两个大人辛辛苦苦挣来的，到存的时候，既不写丈夫的名字，也不写妻子的名字，偏要写孩子的名字。是的，钱是为未来办事儿攒的，儿子是未来的主人公，这一点儿都没错，问题是现在麻烦来了，银行说，没有本人的身份证取不出来。管婶着了急，要交 30 万的首付，少了这张存单还真办不过去。

无奈之下，管婶只好给儿子打电话，说：“这几天你能回来一趟吗？”儿子说：“你不早说，国庆节都快过完了。”

“这不临时决定嘛，”管婶顿了顿，嗓门提高了20分贝说，“家里准备给你买房子，要你的身份证用。”

“给我买房子？为什么？”

管婶心里这个气哟，大学上了几年了，还那个德行，无论什么事儿，喜欢问为什么。“为什么，你说为什么？你马上毕业了，不该给你安排套房子行吗？你女朋友要提出来跟你结婚，你们在哪里结啊？钻水泥管子？我和你爸都看好了，不到100平米，叫滨江花园小区，具体位置你不知道的，正在建，周边环境好着呢，比市内强多了，上下班时间不会堵车。”

儿子说：“你们不用给我安排，我不要。”

“这么大了，还说这么幼稚的傻话，别感觉自己长得帅就自我良好，没有房，你女朋友绝对不会跟你结婚，就是她同意，她家人也不同意。”

儿子说：“妈，毕业后我想接着考研，考不上我就跟女朋友一起去大西北，去投身西部建设。我不要房子，非要买，也是你们自己住。”说着，就挂断了电话。

管婶一下没了主意，也为了难。怎么办，是跟亲戚先借点钱交了首付，还是暂时不买了？幸亏打了这个电话，不然，前脚给儿子买了房，儿子后脚去了西北，那还得卖了房子再给儿子在那里买？管婶思想不狭隘，儿子大了，想去哪里就去哪里，处处都是祖国母亲旖旎秀丽的河山，都是施展才华的好地方。

买还是不买？晚上等管叔回来，再跟他商量。

# 八

管婶把银行存单夹在她如新的护照里，一起严严实实地放好。坐下来，刚喝口水，就想到老父亲此时是不是也口渴了，弟弟家此刻会有照顾父亲的人吗？她好几天没去弟弟那边了，弟弟也没打电话来了。要知道之前弟弟隔个一两天就会打电话来，有时半小时就来两个电话，虽然都是问她怎样料理父亲的细节，但管婶知道他是巴望着姐姐能过去替换他一下，他好有个喘气儿的空，或者姐姐能说我把父亲接去待几天吧，那就更好了。是的，该去看看老父亲了，今天先提点鸡蛋过去，过几天真的要把老父亲接过来待几天。这么想着，管婶就凑到鸡舍前，还是先照顾鸡吧，临出门时，是加满了食的，这会儿应该不会少。刚才回家的路上，管婶拐进超市买了一个 LED 灯，早听说这样的新产品，既省电又明亮，亮如白昼。如果给鸡们换上这样的灯，它们会不会就一天下两个蛋了呢？这样又高产不少啊！

管婶满怀希望地凑到鸡舍前，准备更换灯泡，不经意间往鸡舍里面一看，立刻浑身一震：地上躺着两只母鸡，一动不动。

管婶慌忙把死鸡提出来，既不是野猫抓的，也不见有伤口。是鸡瘟？之前也没听鸡们喉咙里呼噜，也没看到过它们流涎打蔫，没有丝毫疾病的前兆啊，怎么就死了两只呢？管婶连忙开始了清扫，用药水消毒，万分仔细地把每个角落都喷了药水。把鸡们饮水的桶拿出来，仔仔细细地刷干净，鸡食盆也拿出来，把里面的鸡食毫不吝惜地倒掉，用开水把盆子烫了，洗干净，又装满了新的饲料放进去。这一切收拾妥当，管婶才提了几十个鸡蛋去弟弟家，但她已没有了要把父亲接来的心情。临走时，看是下午 5 点了，心想着不知自己几点才能回来，就提前打开了新换上的 LED 灯，的确是亮，亮得耀眼，不同于

白炽灯的亮。尽管黑夜还没到来，她就迫不及待地让鸡们享受了高科技的新产品。

管婶夜晚回来时，还是先看了鸡，好好的。管婶心里才安稳了。进了屋，屋里空荡荡的，管叔早去跑车了。没见到人，想给他打电话，又怕影响他驾驶。明天再说买房的事吧。

早上，管叔来了电话，说昨晚跑了个长途，有点晚，就不回来了，直接去单位。管婶说："好。"沉吟一下，正想还有没有什么要说的，电话里传来"嘀，嘀，嘀"的声音。

管婶看看表，天也不早了，快 7 点了。她想着高科技 LED 灯对鸡们的效果，会不会鸡们在夜晚也下了蛋呢？就连忙下了床，推开屋门，三步并作两步地奔到鸡舍前。

让她惊愕的事情再次发生：地上，又有三只鸡躺下了。

怎么回事呢？管婶很难过，真的很难过。自己养了多年的鸡，从来没有遇到过这样的情况。难道是什么病毒？是变异的禽流感？还是什么埃博拉病毒？可恶的病毒，已经放倒了五只鸡了！

管婶把死鸡拣出来，提在手上，鸡很轻，好像除了一团暗淡无光的乱糟糟羽毛，就没什么了。管婶破天荒地没有去看鸡窝里的蛋，转身关掉电灯的瞬间，一下子，她好像找到了答案。

管婶仿佛受了死鸡的传染，脸色蜡黄。她默默地给剩下的几只鸡添了饲料，加完水，她望着地上的鸡，好像在那里躺着的是她自己。她呆立着，呆呆地任时光流淌。不知过去了多久，她看看表，已经过了上班的时间。她给主管打电话，请假，说自己病了，休息一天。

管婶想在院里挖个坑，把鸡们像捐躯的烈士那样庄严地掩埋。可惜没有铁锹，再说院子里也都铺了水泥砖。

她就呆呆地望着它们，等她觉得肚子饿时，已经到了下午。她去看了鸡舍的鸡们，好在剩下的依然好好的。她总算松了一口气。又看看院子里的几只死鸡，扔掉吧。她捡起它们，走出院门，刚迈出一条

腿，就收回来。重新把每一只都掂了掂，从中挑出两只稍微重些的，留下来。

有多长时间没买肉吃了？为什么不吃肉？房子，这个张着血盆大口的怪物，吞噬了我们多少的快乐，多少应该享受的物质快乐，多少应该享受的精神快乐！管婶烧开了水，把两只鸡摁在盆里，浇上开水，快速地褪去它们的羽毛，露出了它们瘦骨嶙峋泛着鸡皮疙瘩的胴体。

管婶先炒好了花生米，红烧鸡块也下了锅，锅铲翻炒着这些为她买房事业做出贡献的盟友的身体时，管婶的一滴眼泪还掉进了锅里。管叔回来了，问："饭还没好？"管婶说："快了，再有半小时就行了。""那我不吃了，我得走了。"管叔喝口水，就想出去。管婶拦住他："今天咱不去了。"管叔说："别闹了。""真的不许去了。""咱不得攒钱买房吗？"说着就扒管婶的手臂。管婶更坚决地拦住："今后再也不许去了，咱不豁命赶活了，房子能买就买，不能买就算！"管叔说："发的哪门子神经？买房也是你，不买了也是你。"管婶说："就这样，听我的，你给那谁打电话，让他另找夜班的人吧，咱再也不开了！你，打完电话就洗手准备吃饭！"管婶一字一句地说完，蛮横地把管叔推进卧室，怕他跑了似的，还把门严严实实地关上。

锅里的红烧鸡块散发出香味了，管婶用筷子扎了扎，才把切好的土豆块放进了锅，又去儿子的屋里拿出一瓶藏得很隐秘的酒。这瓶酒管叔觊觎已久，虽然是他好朋友送他的，拿回家却让管婶给藏个严实。管婶说："等来了客人再一起喝，省得花钱再去买。"可家里总不来客人，这瓶酒就总没拿出来。

房子总会有的，只是早晚，说不定儿子以后自己会出息到有几套房子呢，咱现在有住的就行了，人好比数字里的"1"，真要躺倒了，后面有多少"0"也是枉然了。管婶打开酒瓶盖，倒上一杯酒，想着等会儿吃完喝完，借着酒劲儿，两人再好好温存一下，管叔晚出早归，她早出晚归，两个人很久没有金风玉露喜相逢的机会。这么想，

管婶的脸上就有了两块红润。

饭熟了，鸡块好了，酒也摆上桌。管婶喊吃饭了，却没有回声。进卧室，只见管叔斜歪在床上，鼾声阵阵，嘴角还垂下一条闪亮的丝线。管婶没有喊醒他，望望窗外，天已黑透，忙出去关好院门，顺手去鸡舍前开亮了灯。本来睡成一团的母鸡们，马上站起来，踱到鸡食盆前，鸡少了，盆里就还有很多食，不用再添加。管婶叹口气，转身进屋，刚走几步，又返回去，咔嗒一下，重重地拉熄了电灯。在黑暗里对着鸡舍说："对不起，从今天起再不打扰你们了，你们也睡个好觉吧，愿你们明天早上依然安好！"

管婶进了屋，头都没回地把门一带，门没关紧，又弹出条缝隙。管婶自己端起酒杯，微抿了一口，皱着眉放下。红烧鸡块上虽然没多少肉，飘荡出的味道还是充满了诱惑。管婶没有动筷子，她吃不下，她也没打算吃，那是她的功臣们。她轻手轻脚地进卧室，抻过一个枕头，拉过一床被子，猫咪似的挨着管叔躺下，被子搭在两个人的身上，幸福地听着他香甜的鼾声，不久，她也进入了梦乡。

夜晚，是那么静谧。没了灯光的小院，是那么静谧。

睡一个好觉吧，睡在旧房子里的管叔管婶，你们会小睡一下就起来吃红烧鸡块吗？吃饱喝足再进行甜蜜的温存，还是会浓浓地睡上三天三夜呢？这时，管婶的手机来了电话，铃声设置在静音上，是去父亲那里时怕突然的手机铃声刺激到父亲而设定的。手机吱嗡吱嗡地振动，屏幕一闪一闪地亮，显示是王霞的号码。王霞，会有什么事情呢？是谈买房的事情，还是儿女们的事？是在广场上没有见到她跳舞的身影才催她快去，还是相约着近期一起去国外旅行？电话一遍一遍地振动，而她和他各自的梦依然香甜。

外屋虚掩的门吱呀一下，一只脏兮兮的黄花猫咪探头探脑地从门缝儿挤进来，先是贪婪地望向红烧鸡块，后又怯怯地朝里屋张望，随后，纵身一跃，勇敢地跳上了桌子。

# 一天有多长

防盗门咣地一响，涂春运惊醒了，知道是天亮了，不是妻子去买菜就是儿子去找同学郊游了，昨天他们说好了的，该叮嘱的也都叮嘱了，不用再操心。他动了几下眼皮，像是青铜做的，异常沉重，又一头扎回到梦里。不知过了多久，手机铃声响了，是那样刺耳和不识时务，完整地响完一遍，停了，又开始第二遍，他才顺着声音摸到手机，闭着眼睛接听了，是昨晚一起喝酒的同学五毛。五毛说："晚上咱们再聚，今天我做东。"他呜囔着像是感冒了的鼻子说："别喝了吧，昨晚喝的，到现在没消化，战线拉长点儿，下个周末吧。"五毛并不给他拒绝的时间，"就这么定了，还在老地方，还是喝酒唱歌！"

昨天是周五，七八个老同学聚会，是大星组织的，说一起喝酒避暑，喝完了酒并不算完，又去唱歌，很晚才回家，准确地说，是昨晚 23 点 59 分走到家门口，今天的零时零分准时打开了防盗门，简单地冲个凉水澡，然后轻手轻脚地上了床，离妻子尽可能远地躺下，酣睡。酒是在唱歌环节喝多的，吃饭时，八个人喝了两瓶白酒，酒桌上文明得很，说谁愿意喝自己倒，谁也不劝谁，现在的法律是，劝酒喝死了人，一桌子人都要连带负赔偿责任。钱是一回事，主要是身体要紧，家庭要紧。吃完了饭，做东的又安排去唱歌，点了一个 888 元的 KTV 包房，除果盘瓜子开心果外，服务生还扛进来一箱啤酒，于是，在杀猪宰羊般的纵情歌唱中，一箱子啤酒在互敬、自饮、共饮中干了个精光，不过瘾，又要了一箱。

涂春运就这样被电话彻底地从梦中拽了出来，又躺了一会儿才起来，嘴里散发着难以形容的气息。那么美味的食物，那么好喝的酒，进了肚子，竟然能发酵出来自己都不愿意闻的味道。他忙去刷牙漱口，站起来，晃了两晃才站稳。洗漱完，去各房里看看，妻子不在，儿子也不在。胃里胀满，一点儿食欲都没有，他还是去热了杯牛奶，从养生学说，不吃早餐不好，喝杯奶，也算是吃早餐了。

牛奶杯放到了餐桌上，袅袅出一缕气雾。头重脚轻，他靠在椅子上，又闭上眼睛，再养一下神。他心里是后悔的，本来打算昨天一个晚上要把一个方案搞出来，这帮同学喊去聚会，算了算了，那就明天一早再写吧。现在已经到了昨天计划的那个时间段，甚至还过了很多。他睁开眼睛再喝这杯奶时，已经微凉。



妻子回来了，左手一条鱼，右手提着豇豆茄子西红柿，斜他一眼，“醒酒了？”他辩白着：“我从来就没有喝多好吗？”妻子撇撇嘴，说：“打鼾不是打鼾，说哼唧不是哼唧，就这么猪似的煎熬了我一晚上，以后再喝成这样，睡阳台！我杀鱼，你去把你爷俩儿昨天的衣服洗了。”

他推开了儿子的房门，木地板上堆着换下来的衣服，他提起衣服，哗啦一响，金属相互碰撞的声音。这个小马虎，出门又忘了拿钥匙。又一摸，老人机也在裤口袋。儿子哭着喊着要个手机，说很多同学都有。家长也知道有个手机的重要性，考虑再三，权衡利弊，给他买了一部只有接打功能的老人手机。有了手机，儿子反而经常不带甚至不开机，家长让他失望了，不能上 QQ，不能聊微信，不能打游戏，这样的手机对一个青少年绝对是一种伤害。拿着钥匙，他灵机一动，要不要关心一下儿子，打开书桌的抽屉，偷偷看几眼他的日记呢？算了，还是算了，马上就去读高中了，高中是住读，每周回来一

次，长期不在眼皮底下，又能怎样呢?

他把衣服放进洗衣机，倒入蓝莹莹的洗衣液，洗衣机工作的时候，他搬来了笔记本电脑，坐在儿子房间的书桌旁，想写方案。明明大脑里残留着过多的酒精，却好像缺了润滑油，怎么也不转动。他只好关闭了文档，改成浏览网站的时事新闻，随后又点进一个社区，看了半天美女们自己晒的养眼怡情的美图。洗衣机发出工作结束的鸣响好半天，他才起身把衣服晾晒到阳台上，顺便把阳台上的几盆君子兰、仙人球浇了水。妻子还种有芦荟，总是一边爱护，一边摧残，隔三岔五剪下一截芦荟，把芦荟伤口处渗出的汁液涂在脸上，脖颈上。

厨房里飘出了饭菜的香味。这就中午了?

是的，石英钟的指针指向十二点半了，时间过得好快啊，昏昏沉沉中，就到了午饭的时间，难怪歌星都唱《时间都去哪儿了》，去哪了？饭菜上了桌，还是先吃饭吧。

妻子刚解下围裙，她的手机在卧室里响起来。她进去接，然后神色紧张地出来："我爸突然头昏胸闷，咱俩快过去看看。"他一听，忙把扒了一口饭的碗放下，站起来，又坐下，说："小华没带钥匙，手机也没带，这个马虎啊，可怎么办？昨天说好的，他们一早去，天热前回来。要不你自己先去，我在家等他，他回来了我们一起去，你把饭吃了再去吧。"

妻子甩掉红塑料拖鞋，快速地穿上闪着珠光的高跟皮凉鞋，说："爸爸不知病得怎样，我怎么还吃得下。"就开门下楼，他追着说："别着急，咱不是医生，也不是护士，着急也没用，人去再多也没用，也得听人家医生的，叫个出租车！"

看妻子进了电梯，电梯关闭，他才进门来，关上推拉的纱门，重新拿起了筷子，这么点儿工夫，鱼冷了，有些腥。头还是沉，他想拿一罐啤酒喝，以酒解酒，可想到五毛说晚上又要聚会，还是算了。

吃饱了，把碗筷收拾进厨房，闻见垃圾篓里散发出鱼内脏的腥

臭，刚才应该让她一起提走丢掉的。他这样想着，提起篓子里的垃圾袋，挽个扣儿，走到门口，关上纱门。防盗门依然开到贴墙，下楼上楼，扔个垃圾就回来的屁大工夫，不关也不要紧，多通风透气好。他摁了下行的按钮，两部电梯中的一部刚好停在他这一层。

他走出门厅，经过一排冬青，右拐到30米外墙边的垃圾桶前，五六米远的地方，停住，荡起垃圾袋，远远地一掷，垃圾袋稳稳当当地进了桶里。微笑浮在脸上。他笑话着自己，人就这么容易满足，虚荣心就这么容易满足。转过头来，看见爱钓鱼的老崔从对面20米外的小超市里正出来，手里拿着一包烟。老崔也看见了他，忙招手，撕开烟盒儿，两根烟一前一后地递了过来，他接了后面的一根，明知道自己身上没有带打火机，还是两只手在身上拍着，从吊带背心拍到短裤。老崔已经把打着的打火机递到了他面前，他歉意地点点头，忙点燃。两团烟雾翻转着把头顶的空气污染成灰雾色。老崔说：“我这回发现一个好塘子，虽然是野塘子，里面内容可不少，有鲩鱼，鳊鱼，财鱼，哪天咱俩一起去钓。”他说：“好，好，远吗？”“不远，就在东西湖那边，电动车充满电能跑来回。”一根烟抽完了，老崔又递给他一根，他连忙摆手，说：“不抽了，不抽了，家里的门还开着。”老崔说：“有件事儿想求你。”他说：“咱哥们还说谁求谁？”老崔说：“我儿子把电脑弄得中了病毒，他自己捣鼓了一上午，总也弄不好，你过去给看看吧。”“现在吗？”老崔说：“什么时候都行。”他想到一会儿小华回来还得去医院看岳父，就说：“好，现在就去，我先回去下，你等着我。”

他上了楼，去卧室换上T恤衫和休闲裤，拿起手机，穿上皮鞋，把脚上的拖鞋放回鞋架，和儿子淡绿色的拖鞋排放在一起，儿子的脚比他小不了多少了。刚要锁门，又想起该给儿子留个言，又去儿子房间的书桌上找了张便笺纸，写了“回来给爸爸打电话”，贴在防盗门上，才下了楼。

他站到小区门口，看下手表，下午 1 点 10 分。

到了老崔家，老崔儿子还在电脑前顽强地捣鼓。老崔说：“我请专家来了。”他看了，说：“只有重新装系统，有重要的文档吗？”老崔说：“没有，你该删的删。先吃西瓜，吃了再弄。”

删除了硬盘里的所有东西，重新装了系统，下载了一些必备的软件，一边和老崔父子聊着天，吃完西瓜又喝茶，电脑经过几次关机启动后，终于能正常工作了，涂春运看看表，已经一个半小时过去了。他说回去了，老崔还拉着他：“急什么，不走了，晚上就在我这儿喝两杯。”他说：“我有同学聚会，改天咱再喝。”

下了楼，正看到黄大鹏，黄大鹏是儿子同学黄磊的父亲，黄大鹏对他露出一口黄马牙，问：“我家黄磊是跟你家小华一起出去的吧？”涂春运也笑着说：“是一早出去的，我不知道一起有谁。”黄大鹏说：“这鬼伢，昨晚跟我说到汉江边上去玩，我说不让去，还跟老子哭，说跟同学约好了，不去怕别人说不讲信用。可去了，到现在没回来。”

涂春运心里一紧，说：“不是说去石榴红玩吗？怎么又汉江边了？黄磊会游泳吗？”

黄大鹏说：“会一点儿。”

涂春运说：“我家小华完全不会，我跟你说，会还不如不会，不会他不敢下水，就怕会一点儿的，不知自己几斤几两，就冒冒失失地下了水。”

黄大鹏一听更心焦了，说：“我也是这样想，不过我再三叮嘱他，离水远点儿。”

“叮嘱有个屁用，孩子都是人来疯。别说孩子了，咱这么大的人，哪次上酒桌前不是告诫自己不要喝多，可端起杯子来，哪次不喝醉？”

“那，那，怎么办？这么半天还没回来。”

“你儿子有手机吗？打个电话问问。”

“我哪敢给他配手机？配了手机整天打游戏，那学习成绩还不从

倒数第二升到倒数第一！”

“我倒是给我儿子配了一个手机，只能接打电话的，可他放家里了，不然打个电话问明白多好。”

“急死个人嘞，这可怎么办？”黄大鹏望着他，好像涂春运比他多很多智慧。

“你知道黄磊到汉江哪一片玩？”

“好像是去龙家台那里。要不，咱俩现在就去找找？”

“好，我知道龙家台的，那离石榴红村也不远，估计两人是从龙家台到石榴红村的。”

“我去开车，咱俩马上走。”

黄大鹏的车还没开来，却见金嫂子抱着条斗牛犬正出小区，用毯子包裹着，边走边喘粗气。他忙问：“嫂子，今天遛狗怎么改成抱着了？”金嫂子露出满脸的笑，说：“哎哟，宝宝病了，要去看病。你这么闲着？没事儿给我帮个忙，帮我抱抱宝宝，累死我了。”

“什么病啊？”他接过狗，几根黄褐的狗毛瞬间沾在他身上。正是脱毛的季节。

“宝宝是肠炎，拉稀，放心，不会传染你的。昨天就打蔫儿，拉稀拉的都没吃什么东西，在家里喂了点抗生素，今天又观察一上午，也没见好。走啊，还站着干什么？”

走？跟她去给狗看病？他还以为只是让他接过来抱会儿，她歇口气呢。他犹豫了。金嫂子看他一眼说：“你不会周末也忙吧？”

他嗫嚅着：“孩子出去玩去了……”

“既然你没事，就跟我走，抱这么个东西跟抱袋大米似的，疼疼老嫂子，你替我抱着它，给它输个液，也就一个多小时的时间，很快。”还没等他说完，金嫂子就把话接过去。

这时，黄大鹏开着车过来了，脑袋伸出车窗喊：“上车吧。”他忙对黄大鹏说：“要不你自己先去看看，我陪金嫂子有点儿事。”黄大鹏

用奇怪的眼神看了一眼他和他怀里的狗，什么也没说，车就向前驶去。他追着车的尾气喊：“看见他们给我打电话！”

金嫂子说：“他找你有事啊？”

他说：“他儿子和我儿子一起去玩儿了……”

金嫂子说：“哦，那咱走。”

到了宠物医院，医生煞有介事地拿听诊器听，量体温，折腾了好半天，才出结论，竟然和金嫂子说的一样，治疗方案也一样，输液。给狗扎点滴，狗呜咽着不配合，两只爪子扑打着。金嫂子说：“乖，叔叔抱着和我抱着是一样的。”狗在他怀里扭转着，又把足够多的狗毛蹭在他身上。

终于扎好了。他看下手表，下午 3 点 25 分了，金嫂子又满脸笑意地说：“要不你再抱一会儿，我去东方美容那儿做做头发，你看，几天没打理，乱得跟鸡窝似的了。”又转向狗，说：“宝宝，妈咪一会儿就回来，一定要乖哟！”说完，扭着屁股走了。

一滴，两滴，他数着输液管的滴数，一滴就是一秒钟流走，如果不堵车，黄大鹏现在应该出了主城区，是的，他去和他不去没太大的区别，只要去把孩子们喊回来就行了，也不知道一共去了几个孩子，他跟着去了，搞不好回程时车子还坐不下这么多人呢。他这么安慰着自己时，又想起了妻子，忙给她打电话，问岳父的情况，妻子说：“是血压高上去了，心速也快，已经住院了，住在市第一医院，正在输液，儿子回来了吗？”他说：“还没有。”妻子说：“哥哥嫂子都在医院，等小华一回来，你俩赶紧过来。”

好不容易瓶子里的药液快输完了，医生又拿了一瓶来，他急了，说：“怎么还有啊？”医生说：“就两瓶，把这个输完就没有了。”他活动一下抱狗抱得酸麻的胳膊，一活动，狗毛从他的身上飞起来。他苦笑笑，这是自己要变蒲公英绒球的前兆啊。看下手表，已经下午 4 点 40 分，一滴，两滴，一秒，两秒，黄大鹏应该到了龙家台，怎么也没

有电话来呀。龙家台紧靠汉江边，汉江在这里拐了一个90度的大弯，水面宽广，看似平静，其实下面旋涡湍急，堤坡冲刷严重，后来就用石头在这里砌了一面堤坡和观水平台，水中不时会有金鲤跃出水面。很多来江边游玩的，都选在这里观水。他甩甩酸麻的手，拨通了黄大鹏的电话，好半天才接。

“我到了龙家台，这里一个孩子都没有。”黄大鹏说。

“会不会去江里游泳？’他问。但他知道，这里河水湍急，就是会凫水的大人，也不敢在这里下水。

“江里没人，我问了附近的人，说一天也没见有下去游泳的，我正在附近的金桂园找呢，没有就去石榴红村。”

“好，你多辛苦吧。”

“没有他们的影子，我这就去石榴红，你还在抱狗？”

“这是我们局长的夫人，她开口说了，你说，让我怎么办？”

终于，这一瓶药液也快输完了，金嫂子也及时推门进来，刚烫的头发蓬松弯曲，和之前比起来，倒更像鸡窝。她很得意地朝他左右摆两个造型，说：“我这个头型还可以吧？来，你歇一会儿，我来抱。”

他说：“不用不用，这不就快输完了。”

金嫂子说：“今天多亏了你，不然，会把我累得够呛。”

他问：“金局长今天在家休息啊？”

“哪里在家，还不是去开会了。当这个破领导，没周六周日的，也不算加班。来，我抱一会儿吧。”金嫂子拿着被单挡在前面，把狗狗裹上单子抱在怀里。

“也好，我正要打个电话。”

他走出诊所，想回家看看，儿子是不是已经回来蹲在楼梯间等着他。又一想，不会的。儿子上小学一年级时，有次学校突然提前放学，他自己回来后见家里没人，到楼下的超市里，借老板的电话打给他，说他已经到家了。那么小都有这个心眼儿，现在大了，更应该不

会蹲在门口干等，何况他已经在门上贴了字条提醒呢。

还没给黄大鹏打电话，黄大鹏的电话先来了，语速快得像中央电视台体育频道的直播解说员：“我到石榴红村，还是没有看到他们！”

“你都找了？”

“都找了，江堤两侧，石榴红广场，折枝园，草莓采摘园，都找了，没有。”

“再仔细找找呢。”

“我也问了，村里人说，是有几个孩子骑共享单车来的，其中一个和抢行的出租车撞在了一起……”

“那人呢？严重吗？”

“说是几个孩子坐上这辆出租车一起去城区医院了。”

“是他们几个吗？都穿的什么衣服？”

“我问了，也说不清楚，我看见了撞歪的单车还停在路边儿。”

“你问问送去哪家医院？”

“肯定是东西湖区医院，离着近。”

“好，我马上去医院！”

单车是铁的，都撞歪了，那人会怎样？他赶紧招手，拦了辆出租车，赶往东西湖区医院。坐在车上，才想起来，也没跟金嫂子说一声，就这么走了，会不会让她有想法呢？不管了，还是自己的儿子要紧，已经被她耽误掉两个小时。这里离东西湖区医院有10多公里，往日很顺畅的路，今天竟堵起车来了。他跟出租车司机说：“你从三环线走，红绿灯少。”司机说：“动都动不了，怎么上三环线？”

好不容易，道路通了，他看看表，又过去了五分钟，5点30分了。电话响了，是五毛，他说：“你可以出发了，早来咱多聊会儿天。”他说：“你们几个喝吧，我估计去不了。”五毛说：“那怎么行，人少了有什么意思。”他说：“可能真去不了，现在有事儿没办完。”五毛说：“什么大不了的事，先喝酒，明天再说。”

是的，平常他电话约酒，也是这么说的，他也确实把一些事放一放，放到明天。但今天这个事能够放吗？他说：“儿子和几个同学出去玩了，到现在还没回来，我去找找。”

“找什么呀，也不是三岁两岁的孩子。还能丢了？”

“不是怕丢，刚一个家长去找了，说有个孩子在那里被车撞了，去医院了，不知是不是儿子他们，我去看看。”

“哦，那得赶紧去，有什么消息，通知我们。”

到了东西湖区医院门诊部，他下了车，看了下手表，5 点 48 分。

他小跑着到急诊科，问值班的医生有没有送来的车祸受伤的孩子，医生看样子是刚交接完班，拧着眉沉稳缓慢地拿起交接记录，一页，一页，查了，然后又一页，一页地倒回来，最后说没有。他说怎么会没有，是从石榴红村送来的，自行车都撞歪了，他又说出了儿子和黄磊的名字，让再仔细查查，医生把本子交给他，说：“不相信我，你自己看接诊记录吧。”他追问：“会不会在住院部？”医生说：“如果是其他科室直接收治的，没通过急诊，就有可能。”



他忙跑到住院部，让前台的小护士在电脑上查了，依然没有儿子和黄磊的名字，他松了口气，又一间一间地从病房门口的小窗口望进去，万一伤的是其他同学，他们也会在这里的。虽然不希望他们在这里，但还是希望早点看到几个活泼的身影，最坏的结果比没结果要好。

他给黄大鹏打电话，说：“我在医院都看了，没有在这里。”黄大鹏说：“我也到了医院门口，你下来吧。”

这时妻子来了电话，问：“你来了吗？”

他说：“儿子还没到家呢，我再等等。”

妻子说：“你别光等了，去同学家找找，你来时把银行卡带上，医生让明天早上再交 5000 元的押金，我想这个钱我们出了吧。”

他说：“交 4000 行吗，这样卡上剩下的钱还够交咱这个月的

房贷。”

“这是我爸，到你爸住院时，一分钱不交我都不管！”

坐在黄大鹏的车上，他问：“你有其他学生家长的电话吗？”

黄大鹏说：“有的，我问了几个孩子，都说没有一起出来。”

“可千万别是遇到了歹人啊！”

“怎么会呢？别把事情想得那么复杂。”黄大鹏带着哭腔说：“要相信这个社会，是好人多。昨天他和我说，我就不同意他去，他跟老子吵，他妈也站在他那一边儿，说让他去乡里走走，锻炼一下，呼吸下新鲜空气，这下呼吸吧，我给她打电话，让她也着下子急。”

黄大鹏一手握着方向盘，一手摁通了老婆的手机，电话一通，黄大鹏就鼻子不是鼻子脸不是脸地说：“你可支持黄磊出去玩了，到现在也没回来。”电话那头说：“谁说的？”黄大鹏说：“我说的，我把龙家台和石榴红都找了个遍，都没找到。”那头说：“你找到个屁，他和我在一起呢。”“什么？回去了？什么时间回去的？”那头说：“有两个小时了，他直接来找我了，我也忘了跟你说，赶紧回来吧。”

黄大鹏的老婆在小区对面开了一家卤菜店。黄大鹏对涂春运说：“好了，没事了，孩子们到家了，不用惦记了。”涂春运说：“我在门上贴了条子，我儿子到家没钥匙，是进不了门的，应该会给我打电话啊。”黄大鹏说：“那就是还没到家呗。”

“不会吧？你家黄磊都到家了，我家离你家就差一栋楼的距离。再慢能慢到哪儿去？你再给嫂子打个电话，看我家小华是不是也在店里一起玩？”

黄大鹏又打通了电话，问：“小华在咱店里吗？没有？那黄磊和他什么时候分手的？什么？一天都没在一起？他们不是早上一起出去玩的吗？不是？始终没在一起？”

涂春运忙对黄大鹏说：“你问问黄磊，今天看见过小华吗？没有？天哪！”

这回轮到黄大鹏安慰涂春运了：“别着急，指不定藏在哪个网吧打游戏呢。”

涂春运说：“不可能，现在上网都要刷身份证的，未成年人不能上。”

黄大鹏说：“老板刷他的身份证，然后让孩子们玩儿，有可能的。”

这时电话响了，五毛又来了电话，肯定是叫他吃饭的，他干脆不接，让电话肆意地响个没完。电话终于不响了，他顺便看了一眼电话上的时间，6 点 20 分。“儿子去哪里了呢？再怎么疯玩，肚子饿了也该回来吃饭啊。”黄大鹏说：“太阳还这么高，孩子们也许以为还早着呢，别看你着急，他还指不定自己玩得怎么兴高采烈呢。也有可能早回去了，你回家看看？”涂春运坚决地说：“不用看，他出去没拿钥匙，回来肯定会打我电话。要不这样，咱俩去问问黄磊，看知道哪几个同学跟小华一起去的。”



回到他们小区门前，已经是 7 点钟，黄大鹏去停车，涂春运来到卤菜店，黄磊正啃着鸡爪子。涂春运问：“早上小华不是跟你们一起出去的？”

黄磊摇摇头，说：“不是。”

“那你知道他跟谁出去的？”

“不知道。”

“那你知道他除了跟你好，还跟谁好？”

黄磊说：“他跟我算什么好，他跟赵永旺更好。”

“赵永旺？也在咱们小区吗？”

“不在，他在梨花园小区住。”

“你有他家电话吗？”

黄磊说：“我们老师有。”

涂春运一拍脑袋，“真是的，问老师啊！”

给班主任胡老师打通了电话，说：“胡老师您好，小华早上出去

玩，还没回来，我想看看哪个学生是和他在一起。”胡老师说：“好，我挨个儿问问，你等消息吧。”

涂春运说：“他平时可能跟个叫赵永旺的最好，您可以先从他家问起。”

刚挂断胡老师的电话，五毛的电话又打了来。接通了，他说：“儿子没找到。”五毛说：“那需要我们帮忙吗？”他说：“你们吃你们的。需要帮忙的时候我会通知你。”五毛问：“你在哪儿？”他说：“在我们小区门口。”

黄大鹏停好车回来了，刚站稳，胡老师的电话也打来了，说：“问了，赵永旺说，他们早上是一起出去的，是到的石榴红村，去的时候坐的公交车，回来的时候坐的是一辆回程的出租车，刚好他们是 4 个人，就都回来了，先送赵永旺他们到梨花园小区，最后送的是小华。”

“出租车？最后送来？天哪，这会把人送到哪里去了？”

胡老师说：“他们玩到 12 点半钟时想回来，刚好遇见这辆返程的车。”

涂春运身体软得要坐到地上了，路上再怎么慢，一个小时可以到家的，那儿子现在在哪儿？他下了车吗？如果在小区门口下车，是不会走丢的，他会遭遇到什么？被拉走了？是绑票？还听说有把拐去的孩子弄残废，给他们当一辈子的乞讨工具……黄大鹏说：“你别着急，搞不好去同学家玩去了。”涂春运说：“这个点儿了，还玩什么，我怕，怕……”

他说着，声音哽咽起来。

“老涂啊，你怎么像个孩子啊，社会治安现在很好呀，没那么复杂，要往简单想，往好的方面想，比如，和女同学一起看电影了，或者去同学家玩去了……”

他一下想到了报警。

这时，两辆出租车停在小区门口，是五毛大星他们赶来了。涂春运像见到了救星，一下子握住了他们的手说：“看，让你们也不能安生地喝酒。”五毛说：“孩子是第一大事儿，现在，你说怎么办？”涂春运说：“报警，一起去玩的同学人家都回来了。”又把了解到的大致情况和大伙儿说了一遍。

一群人赶到了派出所，只有两个人值班。涂春运说：“我来报案，我儿子从石榴红村回来坐一辆黑车，不见了。”

警察问：“多长时间了？”

“从下午一点半左右到现在。”

警察说：“好，我登记一下，姓名？性别？年龄？”

登记完了，警察说：“一有消息我会通知你。”

“这就完了？不去给我们找孩子？”

警察说：“公安网上一有这个孩子的信息，我会第一时间通知你。”

出了派出所，五毛说：“看来自己去找更迅速，时间就是生命，早一刻行动小华就少一分危险多一分安全，这样，明天一早去石榴红村，把他们村路边的监控视频都调出来，但愿能看清他们上的那辆车，然后呢，再找他们回来下车时小区门口的监控录像。这样呢，一边依靠公安，一边依靠自己，两条路一起走。”

涂春运说：“再打印带小华照片的 1000 张寻人启事，就算城管执法再严厉，也要把这些寻人启事贴到最繁华的地方，让更多的人看到并帮助找回儿子！”

“好的，就这么办。”五毛分好了明天的工，他和谁去找梨花园小区那边调监控视频录像，黄大鹏和谁去石榴红村调视频监控录像，谁谁去调涂春运小区门口路边的视频。这些监控的归属单位不同，一定要和人家好好说。都安排好了，大家说：“散吧，早点休息，明天一早分头行动！”涂春运说：“谢谢大家，谢谢弟兄们，危难时刻见真情啊！”

这时，妻子的电话来了，问：“小华回家了吗？”涂春运说：“没

有，都找了没有。”妻子说：“那还愣着干什么？赶紧报警啊！整整一个下午，不见了儿子你也坐得住？儿子若有个好歹，看我不跟你拼命！小华啊，妈的小华……”

涂春运说：“已经报案了，五毛他们都在这儿，大家都在想主意。”

“你们现在在哪儿？我马上回去！”

大家刚要散去，五毛拍拍脑袋，“对了，现在几点了？ 9点50？不算晚，你现在就把小华最新的照片找出来，我认识个打字部的老板，睡了觉也得把他拎出来，晚上让他们加加班，把寻人启事做出来，明天天一亮咱就去贴，早一会儿找到，少让孩子遭罪。”

大家都在小区门口等着，涂春运上楼去拿儿子的照片。走到楼道口，碰见爱钓鱼的老崔，老崔见了他，一前一后地递了两根烟过来。他摆摆手。老崔说：“看你慌的，连烟都不抽了？”

他说：“我儿子不见了。”

老崔说：“瞎说，中午我还看见他了。”

“在哪儿？”

“就在院子里，我俩抽烟，他从你身后走了嘛，当时还以为你爷俩一起呢。”

“你没看错？”

“要么就是看错了。”老崔不敢十分确定。

他上了楼，楼道空无一人。到了门口，那张写给儿子的便笺纸还好好地贴在门上。儿子啊，你究竟去哪儿了？他的眼泪都快流下来了。他开了防盗门，儿子的拖鞋整齐地摆放在鞋架上，他也没有换鞋，就进了门，客厅的石英钟显示着10点05分。

穿过客厅，他去推儿子的房门，却没有推开。怎么回事，是风把门锁住了？不会啊，锁门是要在里面摁一下，从外面则需要钥匙，风怎么能做到这些呢？他又使劲扭了门把手，门纹丝不动。他敲了敲门，没有声音。会是中午时自己不小心碰了门锁？他去找房门备用的

钥匙，他们一直标榜着尊重儿子的隐私权，平时除了儿子自己带有房门的钥匙，他们都没有。他从专门放备用钥匙的盒子里，找了一串钥匙来，一把一把地试，终于，门被打开了，这样一幅场景呈现在他的眼前：两只旅游鞋像两条搁浅的小船躺在木地板上，儿子坐在书桌前，赤着脚，头上戴着大耳机，两只手在他笔记本电脑键盘上如飞……

“你怎么进来的？”他一把拽下儿子头上的耳机，“回家怎么不给我打个电话说一声呢？你知道这一下午我怎么在找你吗？你一直在连续打游戏？还嫌你的眼睛不近视……”

“我中午就回来了，门敞着，我进来时还说了一句‘我回来了’，是你没听见怪我吗？然后我进厨房吃东西，后来就听见你锁门出去了。你们都不在家，我晚饭都没吃，饿着肚子打一会儿游戏还不行啊？”儿子似乎比他更委屈。

“哦，是了，就那个去丢垃圾的空档……”他恍然明白了。

他马上给妻子打电话，说：“儿子在家呢，毫发无损，你不用回来了。”妻子说：“不是说假话给我宽心吧？我已经坐上出租车了。”他说：“那你回来了自己看，看我有没有骗你。”

他重新回到小区门口，双手抱拳：“谢谢哥们，虚惊一场，儿子自己在家打游戏呢，我以为他没有钥匙，哪知……走走，大家因为我晚上没喝好，咱一起去宵夜！”

“不去了，不早了。”五毛要散去。

“哪能就这样走了呢？”他拼命拉住五毛，拉住大星，拉住黄大鹏，拉住老崔，拉住他们每个人，硬是坐到了小区外面的夜宵摊子上。

“吃什么？”老板问。

“先搞一大锅油焖龙虾，两盘新农牛肉，毛豆花生都上的，啤酒，10 元一瓶的先上一箱！”

"好的。"板满脸堆笑地去安排菜。

"你们先坐，我去方便一下。"涂春运知道自己口袋是瘪的，走出好远，在一个银行的自助取款机上，塞进银行卡，取出一沓钞票。

菜上了桌，酒上了桌，他举起杯，敬每人一杯感谢酒，都是一饮而尽。喝过一圈，每个人又都回敬他，给他压惊。他喝了一杯又一杯，早忘记了上午起床时还是昏昏沉沉的。

他醉眼蒙眬地望着他们各自散去，才晃晃悠悠地上了楼，客厅的灯透过纱门亮出来，妻子少有地坐在沙发上等他。他看了一眼墙上的石英钟，此刻，刚好是 23 点 59 分，新的一天又要开始了，明天是周日，他一定要好好利用这一天写方案！

诚然，在酒精的作用下，他显然忘记了，他的岳父老大人还躺在医院里……

# 粉墙黛瓦

## 一

村里人说，朱绍国亏了，为了喜欢的女人，硬是误下自己，不清不白地跟在周进香后面，白白转悠了半生的时间。

这话传到朱绍国耳朵里，他既不反驳，也不回应，只是眯缝着眼笑。别人就以为他默认下这场风花雪月。本来嘛，家里田里，或忙或闲，周进香说句话，朱绍国都来白给帮忙，干活时俨然一家人似的。不过，知道底细的人会撇着嘴“切”的一声，还朝地上唾一口：“他呀，一个瘸腿的癞蛤蟆，想吃天鹅肉呢。”

对的对的，周进香什么人物，眼珠子长在飞机翅膀上的角儿，他只是一厢情愿白给人家当奴仆，人家使了不花钱的长工还不领情，至于其他的，哼哼。

周进香家是外来户，她爸妈年轻时来此扎根，周进香小时候是个鲁莽的假小子，调皮的事儿男孩子们跟着她干了不少，不过进入青春期就突然华丽转身，变成让人眼前一亮的俊闺女。腰细得夸张，胸

大得夸张，屁股大得也是夸张，不管多大的人群，只要她在里面，一股无形的吸力像磁铁一样，吸牢四面八方的眼神。女性极致的美有两种，一种妖娆得能快速呼唤出异性的荷尔蒙，另一种则是让人心静如水，尔雅安详。在朱绍国眼里，周进香散发出来的，是一种好比观音菩萨般的让人摒弃杂念、仰视膜拜的美。但是，同龄人都结婚了，周进香还是单身。同龄人都有了孩子，在城区当临时工的周进香回到村里，也突然大起肚子。她走在街上，挺胸腆肚，从容坦然。人们并没有听到过关于她订婚和结婚的一丝消息，疑惑着问："什么时候结的婚？"周进香则瞥过来一个冷峻的眼神儿，神态自若，依旧昂首挺胸地走。进香从城里回来的那天，从街巷里走过的人，听到从她家传出来的声音，进香妈声音颤抖着压抑地哭，边哭边骂："是哪个缺了大德的害了我闺女？"就听进香接茬儿道："不怪人家，是我喜欢的人，我愿意。"她妈说："你去找他来，一分钱彩礼不收，把你嫁了去。"进香才哽咽了，抽抽噎噎地说："他面儿都不能露，还敢来娶我？"妈问："这人是谁？"进香却再不言语。她妈又逼她："引产打胎，然后远远地嫁人！"不想进香的犟性子上来，说："我要把孩子生下来，自己养大，不用你们管，你们再逼，我就去死！"一片寂静。后来，进香就生下了一个胖嘟嘟圆滚滚的男孩儿，取名周小伟。

朱绍国腿有些残疾，这使他从小内向孤僻，喜欢怯怯地躲在角落处看别的孩子小鸟般挓挲着双臂跑来跑去，尤其喜欢远远地看周进香。周进香大他两岁，他从小就喜欢看她，无论是未发育前的假小子模样儿，还是初长成的俊闺女模样儿。他看她的目光，小时候是臣服，是孩子对孩子王的心悦诚服，再大些，就是仰视，如同抬头看天空中不可及的五彩云朵。周进香坚持生下孩子，她父母一气之下划清界限搬离她去了哥哥家，她独自一人手忙脚乱地拉扯孩子。三村五里、十庄八乡都知道了孩子没爹，以为周进香一定会很快降低身价打折处理。几个离异、丧偶的鳏夫不知天高地厚地托人来提亲，都被进

香毫不客气地拒之门外。朱绍国也鼓足勇气站到了光亮处，开始一跛一跛地近距离地关心起进香，先是好像每次都是不经意间从进香门口过，先去哄一下小伟，摸摸散发乳香细腻如瓷的小脸蛋，摸摸肥嘟嘟的小手和脚丫，然后顺手拿起扫帚帮进香打扫凌乱的庭院。朱绍国哄逗孩子时，进香没有说什么，没有哪个母亲会阻止喜爱和夸赞自己孩子的行为；到他拿起扫帚时，周进香开始喊他住手，甚至是大声呵斥。一次两次，当朱绍国充耳不闻我行我素甚至独断专行地在尴尬的空气中帮助了她，她也实实在在地感受到了得到帮助的便利和实惠，慢慢就顺其自然地接受了这份帮助。天长日久，还发展到让朱绍国替她跑腿买东西，替她去菜地里干下种或采摘的活儿，有时还替她把积攒多日夹杂着鲜艳内衣内裤的脏衣服顺手从屋里抱出来，浸泡在大盆里。当然，他是不会给她洗的，最多是把衣服泡进去后，再使劲在盆子里摁两下，让泛着洗衣粉泡沫的水全部浸透衣服，这样到进香洗时，就好洗多了。再后来，竟发展到朱绍国在家里忙自己的事儿时，进香需要人跑腿儿或照料孩子，她还会一溜小跑着去把他喊来。不管忙闲，只要她去喊，朱绍国都会忙不迭地放下手中的活儿，屁颠屁颠儿地跟在进香后面走来。看着他俩一前一后的身影，有人说，照这样发展，进香和朱绍国很快会一起过日子。朱绍国心里肯定也是这么想的，或者已经尝到过什么甜头，不然不会这么不图回报地付出，不会几次错过别人给他介绍的同样身体某个部位有缺陷的老姑娘，不会错过和他年龄相仿的离异或丧偶女子，就这么心甘情愿地跟在进香后面转。一天天，一年年，天长日久，铁石心肠的人也该被磨化了吧。然而，从周小伟嗷嗷待哺长到蹒跚学步，从小学读到中学，又去读大学，大学后在北京找了工资很高的工作，而那个未婚妈妈周进香还是目中无人、我行我素、天马行空的单身女子。朱绍国呢，还是那个走路微跛、形单影孤的鳏夫，额头、眼角上滋出比同龄人多一倍的细碎皱纹，灰青色的脸上，胡子长成杂乱的灰黑色。任由看不过眼的乡亲

们怎么说、怎么劝，朱绍国就像俚语里吃过秤砣铁了心一样，蹉跎掉青春和岁月，情愿给周进香白尽义务服务到底。周进香却始终对他不远不近，即使有时朱绍国帮她干地里的活儿回来晚了，周进香实在不忍心再让他自己回家做饭，也只是把饭菜盛在碗里，端出来让他蹲在门外吃。

“门都进不了，还能发生什么？”乡亲们真是替他着急。

“周进香单身不假，但儿子是她亲生的，你朱绍国是真正的孤家寡人，时光总是把人抛，也是快四十五六岁的人了，还糊涂着心眼呢。”

小青年们说得更绝：“这个没血性的人，只知道跟着满场跑，就是不会临门一脚！”

说劝都没用，就是抡起棍子教训，恐怕在他认准的路上跑得还快些。村里的老葛说：“他这是把周进香看得太高太重，当成了神。神只能仰望，不能亲近。”

在人们的口诛笔伐中，他又任劳任怨地做了一年的义务工，帮着周进香拆旧建新，盖起一座粉墙黛瓦的三间三层徽派楼房。

## 二

过完春节，进香把儿子小伟送到车站，眼睛弯成小月牙儿，说：“等你下一个春节回来，妈会有一份惊喜送给你！”小伟细长的眼睛在眼镜片后面一下子圆起来，惊恐道：“您老人家可别私下给我定什么亲事。”进香一听就不愿意了：“妈是老脑筋的人吗？妈的眼光打年轻时就高，一般人从没进过我的眼，小伟这么优秀的人在乡里找女人，你自己答应我还不答应呢，我盼着你带回来一个和你志同道合的，只要

你自己满意，哪怕是金发碧眼的洋妞，妈也高兴！”

小伟正月初六走的，到正月十六，进香就忙了起来。

她请人推倒住了几十年的三间老房，清理出地基，备齐了砖瓦砂石料，请来一班子建筑师傅开始建房。之前已经把带班的师傅请来，看工程量谈工价。带班的师傅接过进香手里的图纸，左看右看，最后问:“这是从哪里淘弄来的？”进香紧张地问:“可以照这样建房子吗？”师傅说:“当然可以，您这是别墅呢。”进香说:“什么别墅啊，怎么住着舒服怎么建，里面实用、外面美观就行了。”师傅说:“不过看这图纸的画法，不像是设计院弄来的。”进香说:“我自己画的。”师傅瞪大了眼睛说:“是啊，虽然画法不专业，还是能看懂，其中很多可取之处，比专业设计的还合理，不错不错。”进香的脸被师傅说得满面春风。



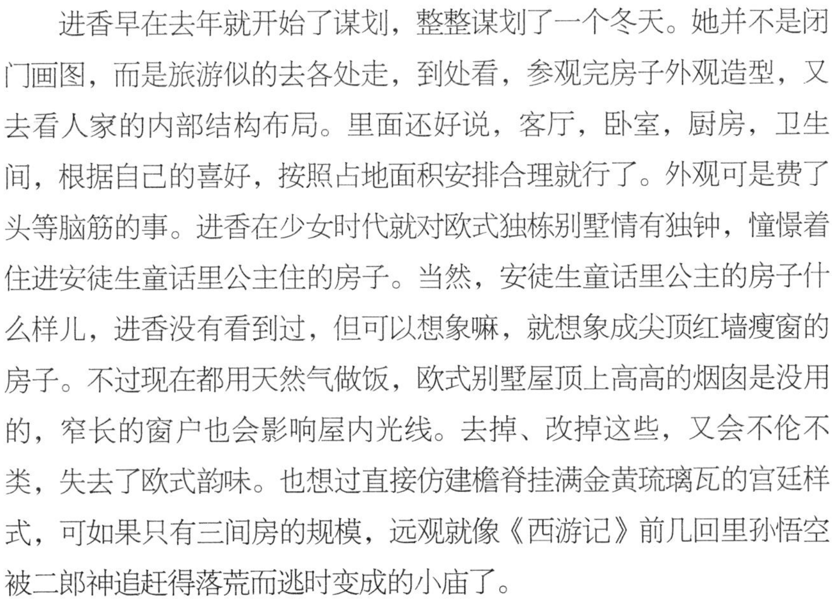

进香早在去年就开始了谋划，整整谋划了一个冬天。她并不是闭门画图，而是旅游似的去各处走，到处看，参观完房子外观造型，又去看人家的内部结构布局。里面还好说，客厅，卧室，厨房，卫生间，根据自己的喜好，按照占地面积安排合理就行了。外观可是费了头等脑筋的事。进香在少女时代就对欧式独栋别墅情有独钟，憧憬着住进安徒生童话里公主住的房子。当然，安徒生童话里公主的房子什么样儿，进香没有看到过，但可以想象嘛，就想象成尖顶红墙瘦窗的房子。不过现在都用天然气做饭，欧式别墅屋顶上高高的烟囱是没用的，窄长的窗户也会影响屋内光线。去掉、改掉这些，又会不伦不类，失去了欧式韵味。也想过直接仿建檐脊挂满金黄琉璃瓦的宫廷样式，可如果只有三间房的规模，远观就像《西游记》前几回里孙悟空被二郎神追赶得落荒而逃时变成的小庙了。

进香家前面就是一幢去年才建好的小楼，平头平脸的三层，里外贴着白亮的瓷砖，门窗也是白亮亮的铝合金门窗，像微缩版的学校教学楼，这是二丫建的。进香之所以要把平房翻建成楼房，和这幢小

楼的建造有很大关系。那年，正读中学的二丫辍学跑出去，一走，用去十年的光景才回来，从十六七的毛丫头蜕变成二十六七岁的摩登女郎。二丫小拇指粗细的鞋跟儿把村里的泥路踩出麻麻点点的坑，猩红的唇让村里任何花草都黯然失色，她衣服里面像有一双有力的手，把两个浑圆从宽阔的裙子领口使劲地推挤出来，让有血缘关系的乡亲目光慌乱躲闪不能直视。她的手上无时无刻不拿着一只比巴掌稍大的真皮手包，会于不经意间打开，除去一叠厚厚的大面额人民币，就是一排金光闪闪的银行卡。她一挥手，民工推倒了旧房子，再一挥手，盖起了这幢小楼。洁白的小楼，像一座镇妖宝塔，压住了多年来关于她的诸多负面消息。她父母的脸上露出了十年来少有的笑容，曾经在身心上痛苦地折磨了他们的女儿，如今也能像在凹凸的墙面贴出光滑考究的瓷砖一样来给他们脸上贴金了。如果创可贴遮住的是伤口，那么，露富想遮住的，则是之前的不堪。楼房盖起来，二丫进了城。二丫在家乡的小城市里紧锣密鼓轻车熟路地一下开了几家足浴中心，连锁的，从城东到城西，从城南到城北。她在城里也买了房子，村里的这座小楼当初盖时可能就没打算住进来，只是她二丫在村里讨回颜面的一种方式。

能让二丫比下去吗？进香的儿子是什么人？全村，全镇能出几个在北京读名牌大学又参加工作的呢？掰手指数数，没有！小伟一参加工作，她的日子像富贵竹节节高升，不是成心跟二丫比，而是决不能让一个近乎文盲的女子比下去，比下去了，一个国际名牌大学的学生容颜何在？一个培养出北京白领的家庭容颜何在？不能！

周进香的儿子小伟，长得英俊漂亮不说，真的是绝顶聪明。从小学到中学，拿回家的奖状贴满了整整一面墙。考上北京的名牌大学，也全部是用奖学金在读书，毕业后在北京找了一份高薪水的工作。这么聪明的孩子不在北京找到工作，谁又能在北京工作呢？不但聪明，也孝顺。现在各家的孩子少，都是娇生惯养着长大，就长成两族合

体，月光族和啃老族。小伟虽然也是被进香娇惯着长大，却和其他孩子有着本质的区别。小伟从事的 IT 行业工资高，但没有自己租房住，而是挤在公司的集体宿舍，吃食堂的工作餐。除去零用，小伟几乎把所有的钱都打到妈妈银行卡上，他苦着自己，却和妈妈说，随便花就是，别在家苦着自己。周进香心花怒放，说你不用惦记我，不过我们年轻那时候也是把工资都交给家里的，家长给存着才能攒下，有教养的孩子都这样。钱是不能乱花的，等你安家置业，结婚生子，用钱的地方多着呢。小伟每年回来一次，都是除夕前一两天才到家，待不上五六天，就走了。村里人好像早已忘记了进香未婚先孕时的窘相儿，见面就说，看你周进香多福气，身上的每个荷包都是鼓的，生个好儿子，好比是造了台印钞机呢，儿子人又长得好，什么叫人中吕布马中赤兔，这就是！看上谁家闺女了？我给你家小伟介绍。进香忙摇手，我可不操这份心，看他自己吧。

没用一个月，进香楼房的框架就建好了，放到九月，才开始刮灰刷白，墙头挂瓦。放这几个月，是让新房沉淀一下，再装修出来，墙面不会有裂纹。装完彩钢门窗，又去买装潢材料，开始了室内装修。装修的师傅是从镇上请来的，他们干着几家的活，同时还去接新活儿，干干停停，快三个月才完工。

虽说是周进香建房，忙前跑后的却是朱绍国。周进香推倒了老房子，烂砖碎瓦要清理，朱绍国出力最大；买来的沙石砖瓦堆得满街，朱绍国当成是用自己血汗钱买的，起早贪黑地来守护。

粗活儿都让朱绍国管了，进香就来了闲情雅致。整整一个夏天，进香白天忙完菜地里的活儿，傍晚就在院子里栽种花草。院子中有一棵一抱粗的大杨树，她在树下面放置了一个圆形的石桌，四只鼓状的石凳。这棵树是小伟上小学一年级时栽种的。春天里，他从街上捡到一棵已经晒蔫了的树苗，拎回来在老屋前挖坑栽种浇水，进香看了那干枯的杨树苗，觉得此行为幼稚得可笑，还摇着头露出银牙来一

通笑。"无心栽柳柳成荫"的话应验在杨树苗身上，小树苗咸鱼翻身似的活了，发出嫩芽，长出叶子，一年一年地长粗长高，快二十年过去，长到站在院子里须把脖子仰成 90 度的角才看得见它的树尖。进香有时会抚摸着杨树的树干说，材质太差，是棵银杏树就好了。她在楼前靠墙栽了几根湘妃竹，在楼房周边种上一排冬青，在院子中间用红砖铺出横纵两条 1.2 米宽交叉的路，路两旁种了一排鸢尾草，再种上几簇牡丹、月季和芍药，弄完这些，剩下的空地上就全部铺了马尼拉草坪。朱绍国看了直心疼，说："种这一院子的茄子辣椒西红柿，该多受用啊！"听到这话，进香的头抬都没抬。朱绍国并不认为自己错，继续说："就是种花种草，起码也该留片地方种点儿香菜香葱什么的，这种当葱花儿的东西还是随吃随掐好，靠买不行，买太少不合适，买多了吃不了，坏掉。"不知进香是真的听进了还是考虑给他个面子，就在柴屋后面留出半米宽一米长的地方，种香葱。

到买家具时，进香叫上朱绍国，在城区的家具城挑挑选选了一天，到傍晚买了满满一车回来，摆进铺了淡黄木纹复合地板的各个房间里。转天又去城里家电城一趟，拉了一车的家用电器回来，该安装的安装，该摆放的摆放，所有的工作就算万事大吉了。

全村老幼都来参观进香的新房子了，三五成群，或单个来手里牵个孩子。来吧，进香早就备好了笑脸和糖果瓜子候着呢，他们的到来，就是让进香扬眉吐气的时刻。外观是他们已经司空见惯了的，尽管远远地看了很多次，但还是感觉小楼是那么美。是的，徽派风格的三层小楼，红柱白墙相间，屋脊黛瓦拱翘，楼前湘竹摇曳绿叶婆娑。有人说："能住到这样诗情画意的房子，真是得道成仙一样快活，进香以后就是神仙了。"还有人指着前面二丫的小楼："那也算楼房？快拆了，别给叫楼房的房子丢人！"进香知道，这是逢迎她的话，进香不好随口搭话贬低邻居，就只陪一张笑脸。进了门，一楼是宽大的客厅，墙上挂着几乎和墙一样宽的平板液晶电视，真皮的沙发上铺着暖意绒绒的棕色驼毛垫子，再往里面走，是一间卧室，里面是一张席梦思大床，一个带椭圆大镜子的梳妆台，墙上也有一台小电视机。进香说："这是我自己的卧室。"扶着雕花的木头楼梯上到二楼，是三间房，只有一间房里放了张两米大床，另一间里面摆着一组八门书柜，空空的书柜前摆放着一张仿红木的书桌。上到三楼，是两间大房，空着，只铺了复合木地板。"这是干什么用的呢？"有人问。"这个呀，还没想好，看小伟他自己怎么安排，我想的是等他有了孩子，给俺孙子搞一间卧室，搞一间活动室，玩具啊，小滑梯呀，都放在里面，呵呵，反正我是这么想的，到时候再说吧！"看的人直啧舌，"太豪华了，你也太会享受了。"进香摆着手，说："这算什么享受啊？毕竟咱农村还是受局限，本来我想弄个游泳池的，在屋里搞个四季恒温，又怕师傅马虎，弄不好四下漏水泡了房子，就没弄了。"听的人直竖大拇指："这就够好了，真是疼儿子，你就等着小伟回来夸你吧，一下解决了几代人的问题，小伟这辈子都不用再操这样的心了！"

村主任老纪来了，说："进香这小楼真好，从画册里剪下来的一样。什么叫新农村建设？这就是，公路修进村，盖起别墅洋房，农村现在过得比城里还好。"边上有人哼一声，说："公路是通了，年轻人都顺着公路走光了，去了城里。"老纪说："该走就得走，去赚外面的钱，回来养家总没有错。"进香说："怎么说咱这里还是偏远农村。"老纪说："偏远怎么了？你能建起这楼房就是沾了偏远的光，靠城市近的农村根本不能随便翻建，更不是你想怎么建就怎么建，建前要审批的。我打算呢，以后咱村谁家再建房，都统一成你这样的。"进香说："若能统一规划那就太好了，我这是从一个叫石榴红村的地方看来的造型，人家整个村都统一成这样的建筑风格，那里已经是绿色生态乡村旅游的景点，去了真跟走进了仙境一般，春桃、夏榴、秋桂、冬梅，真个是四季花香，节假日人山人海，光赚城里人去旅游的钱一年就不少。"老纪说："那咱以后也学人家。"

手上戴着三枚金戒指和一只金镯子的来福嫂也来楼里楼外仔仔细细看了，来福嫂家是村里第一个百万元户。她说：“进香姐真是个能人，这样讲究的房子非得你这样心气儿的人住才不屈！农村建好了其实比城里强，花红柳绿，鸟语花香，空气新鲜。”前年来福嫂一家人都搬去了城里，半年前，她自己莫名其妙地又回到村里住。

新楼房给进香带来了荣誉，和各式各样的恭维，本村的来看，外村的也慕名来，还有的反复来几次。他们吃光了进香专门准备的 20 斤糖果，30 斤瓜子，抽完了两条香烟。人越多越好，人越多进香越是高兴。进香发现，原来陪同参观是比干活儿还要累的，这一天下来，竟也腰酸背痛。天黑了，进香锁好大门，进了低矮的柴房。拆掉旧房子，进香就暂时住在柴房，所有生活必用品也都放进柴房，在一张小床周围堆得层层叠叠。新房装修好，新家具家电摆进去，进香却没动窝儿。柴房紧靠二丫家的楼房后面，很少见到阳光。朱绍国说：“我放个一万响的鞭炮，帮你搬进新房。”进香摇摇头：“就过年了，等小伟回来，再一起住进去吧！”朱绍国说：“还几十天呢，这何必的。”

## 三

又一个春节说来就来了，说走又踏着遍地红色的鞭炮碎屑走了。正月十六，朱绍国从镇上回来，村庄已经从喜庆喧闹中挣扎出来，回归清静和寂寥。每年都是这样，过了正月初五，年轻人齐刷刷地拖着各种各样带轮子的皮箱哗啦哗啦地从各家各户走出来，坐上去外面的公交汽车。年前，朱绍国被人介绍到镇上一家工厂的锅炉房拖一个月的煤，春节期间临时工的工资高得邪乎，独自一人的他也不讲究什么春节不春节的，何况那里食堂的吃喝比他自己在家做还滋润可口些。

走在回家的路上，朱绍国又一次想起进香，想他们母子在新楼房里度过的第一个春节绝对是惬意的，是舒适的，是充满天伦之乐的。小伟回来，看到新房子肯定是惊喜至极，而进香肯定会跟儿子撒娇似的诉苦，说她为建这个房子花费了多么大的精力；为买材料货比三家，又比质量又比价格；为了这一院子的花草，人晒得像黑妹。进香会不会在小伟面前提到他这个劳苦功高的幕后英雄朱叔叔呢？朱绍国总觉得小伟跟自己有缘，从小就把小伟当成自己的孩子。小伟爱吃巧克力豆，朱绍国就买了偷偷地给他，一直到小伟出村读中学。

朱绍国进了家，放下行李，气儿没喘匀，双脚已不由自主地走上了去进香家的路。朱绍国在镇上，当换班休息时，就去镇上闲逛，串大街走小巷打发时间。还是镇呢，连一幢像进香那样漂亮别致的楼房都没有，镇还不如村了。转过白色瓷砖的二丫楼，就看见了白墙黛瓦。真是美呀，他发自内心地赞叹。不过院里的花草在这个季节里大多成了枯枝，只有当成院墙的冬青还油绿依然，两只喜鹊站在杨树的枝杈上嘎嘎叫，抖落着黑黑白白的羽毛。楼门紧紧地关闭着，每一扇窗也都关着，每一块窗玻璃上都布满尘渍。小伟肯定是早走了，那进香去干什么了？怎么不见人影子呢？不见就不见吧，他也不想进去，如果只他俩，进香从不会主动请他进去的。本来就没有关系的两个“寡人”，只适合在大庭广众之下走动。楼前转了一圈，虽没见到人，原本空落落的心像涨潮的海滩，渐渐地充盈，妥帖了起来。好了，回家歇着吧，在镇上烧锅炉的这些日子是不能休息好的。他转身要走，却发现进香家的门上除了春联好像还贴了什么。朱绍国又一跛一跛地凑过去看，是一张粉红色的纸板，从什么包装盒上剪下来的，用塑料胶带粘在门玻璃上，上面两个墨黑的大字：出售！

出售？出售什么？想弄明白，“出售”下面却没了字。朱绍国懵了，纸贴在门上，门属于楼，肯定和这两样东西有关，一定是嫌这个门质量不好要出售吧，但绝不会是出售这幢楼，刚费力建好装修

好，不会立刻就卖！会不会有人故意恶作剧来整她？他又仔细看那两个字的笔画，端正，规矩，从容，不是出自少年的手笔，也看不出一丝的慌乱和调侃。他觉得非常有必要搞明白是谁贴上去的，有必要弄清来龙去脉。他伸出手，轻轻地拍了两下门。没有回声。他又拍了两下门，清清嗓子，喊："进香"！喊完了侧起头，左耳向前听了听，又喊："进香姐！"喊完，脸红起来，这些年，他从来没有当面喊过她的名字。

邻居的门开了，马胜利出来，说："是你喊进香啊？"

朱绍国忙伸手摸摸这些天疏于打理的乱蓬蓬的胡子，说："我不是来找她。"

"不找她，喊什么门呢，她找你呢。"

朱绍国以为马胜利调侃他，忙解释说："看她门上贴着'出售'，想问个究竟。"

"她自己贴的，是房子要卖。"

"卖房？"朱绍国又侧起头，让左耳朵对准马胜利，"真是卖房？她人呢？"

马胜利说："她早走了，初六背个大包跟打工的人们一道走的，估计是去找儿子了吧，小伟春节没回来。"

"哦，那她为什么不自己卖了再走呢？"

"她说大过年的卖房不吉利，一定过了正月十五再找买家。"

"她走了，谁给他卖呢？"

"你！"

"我？"

"你回来的正好，进香给你留下一把房门的钥匙。"

马胜利进屋拿出一把闪着白光的钥匙和一张写满字的纸，递到朱绍国手上，进香走前跟我说："等你回来，委托你全权代理，有买的，就给她打电话。朱绍国啊，你的手机总也不开机，进香就是想跟你

好，也联系不上啊。”

朱绍国说：“我的电话十天半月也响不了一次，前些天推煤时又摔坏了，就没急着再买。”

“进香把要交代的具体事项都写在纸上了，你自己看吧。她连建带装修，一共花了 28 万，加上屋里的家具电器，又花 5 万，这样就是 33 万，她忙乎了一年，只加了 2 万的工资，出去打工的一年至少还挣四五万呢。这样呢，谁要就是一口价，35 万。她说等你回来，让我给她打电话，她在电话里跟你再具体说说。”

朱绍国想，还没算上我的工资呢，算上怕是要卖 40 万的。他接过钥匙，叹口气，这个进香，怎么想的，刚盖起来的房子就卖，并且是这么好的房子，那何必当初劳力费神呢？年轻时就是个犟人，想的做的跟别人都不一样。又问马胜利：“那进香住进新房了吗？”马胜利挠着头想了想：“好像没有，她走时是从柴房背个大包出来的。”朱绍国说：“真是个犟人呢。”



马胜利拨通了周进香的电话，把手机递给朱绍国。朱绍国问：“非要卖吗？”进香说：“必须卖，小伟等钱用。”朱绍国说：“这么好的房子，卖了我都心疼，我这里还有钱，先借给你用。”进香说：“钱，自己留着讨老婆吧，房子一定要卖，越快越好。”朱绍国问：“你都考虑好了？这可是你辛辛苦苦劳神费力建起来的，真的舍得？”

“哪儿那么多废话，卖！”电话那头的进香吼完，语气又柔和下来，“绍国你帮帮我，越快越好，谢谢你！”朱绍国说：“不用谢，小事一桩，包在我身上，这么新的楼房，你要价又不高，不愁卖的。为什么卖？有什么难处？”

进香长叹一声：“是小伟，他要在北京买房。”

原来进香翻盖新楼前，并没有跟儿子商量。建房这么大的事怎么不跟小伟说呢？进香曾经得意地说，别看他是大学学士学位，在建房上，他是要甘拜下风的！朱绍国想，她太想把自己树立成伟大母亲的

形象了，便做这样一个业绩工程，她是太想给春节回家的儿子一个出其不意的惊喜，让毫无防备的他眼前海市蜃楼般出现一座诗情画意的房子，这对女朋友迟迟没有浮出水面的儿子是一个督促：房子好了，给我带回来媳妇吧！

春节的脚步一天天走近，进香最后还是按捺不住兴奋，给儿子打电话，问："能不能早回来几天，你回来了一定要好好地谢谢妈，妈替你完成了人生的一件大事。"小伟问："什么事啊？"进香说："你回来就知道了，妈为这儿，人都瘦了好几斤。"小伟不安地说："妈你快说吧，别闷着我了。"进香就满心欢喜地跟儿子说了："你去过婺源吗？想有那样一套徽派建筑风格的房子吗？妈给你建好了，一村人都竖大拇指，装修得体，家具电器都置办全了，搞得这么好，没有借一分钱的外债。我可从来没跟你要过什么，这回，一定要弄点儿北京最好的营养品来，给妈补补身体。"好半天，小伟那头静寂无声。进香以为通信线路出了故障，刚要挂断重打，才传来小伟的一声叹息。进香忙问："小伟，你有不舒服吗？"小伟的语气突然陌生起来，"怎么事先不跟我商量？我正准备过完春节在这儿附近买房的，这下好了，还有钱吗？全花光了吧！"小伟挂断了电话。进香再打过去，儿子不接听。隔一会儿再打过去，还是。

小伟破天荒地没有回来过年。正月初六，面色憔悴的进香贴出售房的纸条，混在外出打工的人群中走了。人们说，进香肯定是去找儿子了，可这么心急火燎地找去有什么用？应该一条心把房子卖掉，拿大把的钱去，才好给儿子买房的。又一想，进香是不想自己亲手卖出苦心营造的新房，才躲出去。

这么崭新雅致的徽派小楼虽然不属于他，可他朱绍国全程参与了，也凝聚着他的汗水，甚至他流的汗比进香还多些。他站在院子里，从白墙看到朱窗，从马头墙看到黛瓦，从冬青看到绿竹，从杨树看到草坪。草坪上散落着被风吹来的香樟树叶子，他建议留的那一小

畦菜地已空旷板结，像草坪补的一块补丁。他坐在树下的石凳上，瞬间，一股冰冷就刺穿棉裤浸到了屁股。这么好的房子，只配心气儿高的进香拥有。进香不要了，那又卖给谁呢？能是谁给的钱多就卖给谁吗？他从村头想到村尾，从村东一家一家地数到村西，觉得他们都不配来住这个房子，这房子是一面镜子，照出他们的邋遢或粗俗，平常可亲的面孔现在细想起来，竟是那样丑陋甚至狰狞，他们的举止怎配在这么典雅漂亮的房子里起居生活呢？不行，不能卖给他们，他们出高价也不能卖。好鞍鞴要配给好马，不能让房子叫屈，漂亮的房子就是漂亮的姑娘。

## 四

朱绍国并没有急于在村里张罗，他坚信，这么好的房子不愁买家，发愁的还是卖给什么样的人，才不委屈了这房子。既然由他经手，买家就要是他认可的人。他想到了姐姐，他的亲姐姐。并不是出于近水楼台先得月的考虑，进香说多少钱，就卖出多少钱，姐姐从小也是心气儿极高的人，她是绝对配得上这房子的人之一。这样想时，他竟然有些小小的冲动。进城，马上去找姐姐，叫姐姐抓住这千载难逢的机会，姐姐也是有这个经济实力的。

第二天，朱绍国坐上了去城里的车。姐姐一家十年前就搬进城里了。他相信，姐姐一定会满意这个房子的，一定会买下来，也一定会对弟弟心存感激。别说这是对姐姐有好处的事，就是平时，只要是他说的，姐姐一般都会答应。姐姐一直对他心怀愧疚，姐姐欠他一条好腿，不是这条腿，恐怕他朱绍国的命运不是这样。姐姐和姐夫经营着一家酒店，一楼二楼餐饮，三到六楼住宿。姐姐早就让他去城里，在

店里帮着料理一下。他也动过心思，却没有去。他跟姐姐说：“我也不是女的，能端盘子上菜什么的。”他耳闻姐姐和姐夫爱吵嘴，姐夫总跟店里的哪个女服务员纠缠。他去了，看到了，怎么办？跟姐姐如实汇报，还是视而不见？干脆，还是待在家里落个清净。姐姐托人给他介绍过十几个对象，姐姐为他操尽了心。

进了门上钉着金色牌子的总经理办公室，姐姐正坐在老板桌后面拾掇自己。朱绍国把一大包红菜薹放在桌子上。姐姐随手用涂了蔻丹的指甲掐了下，说：“还是自家种的菜好。”姐姐叫服务员进来给他倒了杯茶，才问：“来办什么事儿的？”姐姐之所以这么问，是正月初二他才抽空来给姐姐姐夫拜了年的，才过去半个多月，不是有事，平时不会往来这么勤。

盯着杯子里翻转的茶叶，陈绍国说：“好事呢，姐，周进香新建的房子，你知道吧？那个房子您还没看到过吧？可不得了，费大脑筋自己设计，人们都说跟婺源那里的房子一样，是徽派建筑风格，花去一年的时间建造和装修，又买了满屋的新家具新电器，想给回来过春节的她儿子一个惊喜，但还是兴奋得忍不住提前透露了，不想儿子不但不领情，还气呼呼地反过来把进香训了一顿，说他要在北京那里买房，怪她把钱花光了，一气之下也没回来过春节，唉，现在的孩子们啊。进香哭都没有眼泪，为给儿子在北京买房，她也豁出去了，过完年她就出去打工了，她托我给卖房子，好给儿子买房。你猜她多少钱卖？崭新的三间三层徽派别墅楼房，大小 12 间房，全新的家具，全新的电器，都是名牌的电器，全加在一起，才 36 万呢。你说便宜不便宜？”朱绍国故意多跟姐姐说了 1 万，既然是帮进香，那就让富裕的姐姐多出 1 万，姐姐不在乎这个钱的。

姐姐出乎他想象的平静，挓挲开戴着两个铂金戒指的手指把染得乌黑的一头大波浪边往脑后推边问：“你想买呀？”

朱绍国说：“我哪买得起，我是想……”

“还差多少钱？”

“我……我压根儿就不打算买。”朱绍国觉得被姐姐误解很冤屈，“我想让你买，买下来，你跟姐夫以后在那里养老，农村空气比城里不知好多少倍。”

“刚才你说多少钱？”姐姐又低头从皮包里掏出个小瓶子来，补指甲油。朱绍国见了，把头侧向另一边。姐也有 50 多了吧，还弄这么红的指甲和嘴唇干什么，跟小女孩们争奇斗艳啊？

“36 万，我知道底细的，绝对物有所值，她买电器都花了快 6 万。”

“是不贵。”姐姐说。

姐好像动心了。朱绍国忙接着说：“她还种了满院子的花草，树底下摆了石桌石凳，一早一晚喝茶聊天的好去处。村主任老纪都说了，以后村里谁家再建房都要照进香的房子搞。”

“周进香是能人，也有性格，她这一生就是吃了自作聪明的亏。咱村进城办事往我这里来的人不少，我也有所耳闻。她是想给小伟一个惊喜，就偷偷地瞒着儿子建房，你想过没有，小伟为什么会生那么大的气？”

“他想在北京买房。”

姐哼一声：“他为什么要在城市买房，还不是城市的房子升值快？还不说北京，就咱这小城市的房，去年到今年，每平米涨了 1000 元，你算算，一套百十平米的房子就是涨了多少钱？放个三五年，怕是要涨得翻番。而在农村建房呢，你投进 30 万，过个三年五年，还是原地打转转。不贵倒是真的，但不能买，有钱还是在城里投资买房靠得住。你呀，这些年跟在进香后面转，捞到什么好了？倒是把时光白白糟蹋掉了，把自己耽误下了。别再转了行吗？多想想自己，今天你不来我还正想找你来，店里新来了个离异不带孩子的，只怕人家看不上你。”说着，拿出手机，按通号码，说：“曼莉呀，你到我这儿来一下，

好吧？”

朱绍国忙说：“姐，那这房子你买不买？”

“不能买。”

“买不买随你，过了这村就没这店的，我回去了。”

“曼莉就上来了，见个面，然后你吃了中饭回去。”

“一听这么洋气的名字就知道是什么人，你想她会跟我去村里过日子吗？”

姐姐说：“总也忘不了你是农民，她若看上你，你不会来城里跟她过日子吗？随便干点什么，比你种菜强。”

姐收起指甲油，去洗手间的工夫，朱绍国逃似的下了楼，跟一个正上楼的中年女人擦肩而过。他往她脸上匆匆扫了一眼，精致的五官上洒落着几颗雀斑，又往下看，身姿也好。

到了街上，小跑似的走出一段，朱绍国才放慢脚步，想着姐姐此刻肯定在怒气冲天地骂他。

## 五

离开姐姐的酒店，朱绍国向建材市场走去。他的走姿惹得几个出租车在他后面摁喇叭，他看都不看他们，只摇晃摇晃脑袋。等看见了建材市场的大门，后背也走出汗来了。王占江的门面在建材市场大门的左侧第三家。他的第二手准备，就是让王占江买。

王占江是朱绍国小学到初中的同学。王占江家里穷，读完初中就出来闯荡，先是干建筑小工，后来当了小老板带几个人搞装修，爱干包工包料的活儿，赚了一些钱，在城里买了房子安了家。如果朱绍国不是腿有残疾，当年他们肯定是一起出来的。前几年王占江还邀请

他，去给他们打个下手。朱绍国摆手说："我腿脚不利索，爬梯上高儿不方便，去了也是拉你的后腿，别惹其他师傅不高兴，心意我领了。"

王占江这时恰好和一个人出来，见迎面走来的朱绍国，忙对那人说："我老家的哥哥来了，下午我再去您那儿看现场，可以吧？"那人不高兴了，说："给你做业务还推三阻四，你知道好几家想着做我这个业务呢。"王占江说："这不是特殊情况嘛，您也别走了，中午陪我哥哥一起喝几杯。"那人脸色才缓和些，说："下午三点，必须到的啊，不到我就另外找人！"

王占江带朱绍国到一家装修上故意装老装旧的土家菜酒店，点了四个菜。朱绍国不喝酒，王占江喝下去二两白酒，他还只象征性地端端酒杯。王占江问："是专门来看我的，还是路过？"朱绍国说："是专门来找你，有件百年不遇的好事等着你。"朱绍国端起杯，看王占江又干了一个，才把周进香卖房的事跟王占江说："最低价，35 万，我知道的，绝对成本价。"



王占江春节回家是看到了周进香房子的，就说："值得买，买吧，我支持你，还差多少钱？"

朱绍国说："我哪有那么多钱买，不像你们当老板的，拿个几十万像从大腿上拔根汗毛，我是来让你买。"

王占江又喝了口酒，从甲鱼汤里捞出块裙边放进朱绍国碗里，自己也舀了勺汤，说："房子是好房子，价格真的也不贵，只是我今年还没赚到钱呀。业务不好做了，现在的业主贼精，不像以前我们报价多少就基本成交，我们用什么材料都基本认可。现在不行了。我们买回去的材料，业主即使认可了质量，还要拿点儿材料头子到市场上询价，看我们有没有黑良心，太不好做了，利润真是太低了，不过要是遇到个公家的业务，那还可以。"

朱绍国说："房子的事别犹豫，像你这么大的老板在城里有房子，在村里再有一套度假的别墅，多美的事。"

王占江动了心，说："贵倒不贵，建筑我也干过的，行情也懂，真若让我自己建，用的钱怕还要多。我也的确需要在村里有套好房子。"

"那就买呗，钥匙就在我手上。"朱绍国说。

"眼下我真没那么多现金，能宽限一段时间不？"

"别人不能，你能的，不过越快越好，想想看，不是等钱用，这么好的房子人家会卖？"

王占江眼睛朝天翻了翻，说："不出两个月，我外面业务的钱就能收回来。"

朱绍国一听这话，忙把俩人面前的杯子都倒满，一碰，说："好，你抓点紧，早点儿把钱筹齐，周进香卖房子的事儿好在还没几个人知道，若是传出去，不知多少人挤破头要买呢。来，为祝贺你这大老板又多了套别墅，我这从不会喝酒的也豁出去了，干一个！"

王占江说："连干三个！我买了！"

## 六

朱绍国裤袋里装着崭新的手机回了村。和王占江吃完饭，他晕晕乎乎地去营业厅买了一个手机。试机的时候打给王占江，说："这是我的新手机号，你可以随时联系我。"王占江说："你也忒着急了。"朱绍国笑着说："我刚买的号，试下效果。"

太阳偏西时进了村，遇见来福嫂。来福嫂正打扫路边的一块空地，她们几个大妈嫂子每天晚上在这里跳广场舞。朱绍国想低头走过去，来福嫂伸出金光闪闪的手拦下他："周进香的楼房卖了吗？"

中午的那杯酒还在脸上烧着红云，朱绍国说："谈得差不多了。"

来福嫂看他一眼，说："喝酒了？脸红，倒没什么酒味。"

朱绍国惭愧地笑：“我喝了三杯呢。”

“呵呵，三杯就超过了猴子屁股的红，好酒量。房子卖多少钱？”

朱绍国说：“35 万。”

来福嫂哦了一声，“这么便宜呀，早知道我买了多好啊。卖了房，进香以后就不会回村来了，你就独守空房吧。”

朱绍国脸更红了：“说清楚，我什么时候不独守空房？”

“听说你有进香房子的钥匙，里面几张席梦思大床一晚都没睡过就这么卖了？走，我跟你去看看进香的房子。”

“卖都卖了，还看个鬼？”朱绍国不想跟她再聊，气鼓鼓地加快了脚步。



摘完一茬豇豆，朱绍国跟王占江电话里聊几句；种上茄子，朱绍国又给王占江打电话说了半天。一个多月的时间，打了不下 20 次电话。打到最后，王占江说：“还是乡里的生活清闲啊，你总有时间能想起我，我一天到晚没歇着的时候。”朱绍国说：“你忙证明你在赚大钱啊，钱收回来了吗？”王占江说：“收什么钱？”朱绍国说：“你不是说收回外面的业务款就买周进香的房子吗？那天咱俩喝酒时说好的。”王占江“哦”了一声，“我新接了个企业装修的工程，要垫钱买材料进场，刚又借了一屁股债，现在什么也顾不上了。”朱绍国说：“好多人都看中了这个房子，你不买可就卖给别人了。”王占江说：“那就卖给别人吧，实在是顾不上。”朱绍国气愤了：“你不诚心买，耽误这么长时间干什么？人家急等钱用，我跟周进香都说了你买。”王占江说：“什么计划不如变化，她周进香建房时也不是想着建好了就卖吧！”

# 七

朱绍国马不停蹄地去问之前打问过房子的，他清楚地记得当他们听见房子被王占江买了时脸上流露出的遗憾表情。一家一家去问了，他们几乎异口同声地问：“王占江为什么不买了呢？”问完，又都毫不犹豫地摇了头。气得朱绍国在心里又骂了王占江好几遍，都是他把卖房的好时机给耽误了。这些天进香和小伟不知多着急地等卖房子的钱买房呢。

晚上，朱绍国破天荒地去看街边的广场舞。

因为每天必跳，所以就没几个人围观。朱绍国远远地站在一棵樟树的树影里看来福嫂她们向前向后向左向右地摇摆着身姿，一整晚的舞蹈他也没从姿势上看出上一支舞曲和下一支舞曲的区别，只听出歌曲的差别，一会儿是“你是我心中最美的云彩”，一会儿是“你是我的小呀小苹果”，让朱绍国惊奇的是，他童年时代的一首歌，曾经让他痛哭流泪和深夜难眠的歌儿竟然在她们脚下也跳成了欢快的舞蹈！当年的银幕上，就是在这首如泣如诉的歌声旋律中，潘冬子英雄的母亲被熊熊烈火烧死。“夜半三更哟，盼天明；寒冬腊月哟，盼春风……”她们和他是同龄人，都是听过这个歌的，竟然能在这个旋律中心情舒畅地轻盈舞动。

终于跳完了，跳舞的嫂子们一哄而散，只剩来福嫂自己拔掉电源收拢电线，把两只音箱放回拉杆车。她是组织者，付出就最多。朱绍国凑过来，说：“跳得好啊。”来福嫂一手拉着车，一手在脸颊旁轮成扇子状：“跳出汗了，得减半斤肉下去。”朱绍国说：“按猪肉价儿就是损失了六七块钱，按牛肉更贵。”说完，顾自笑起来。来福嫂也笑了，“终于让你小子占回便宜。”夜风吹来，裹挟着来福嫂身上的汗味和脂

粉香。来福嫂问："看了一晚，会跳了吗？"尽管他站在黑暗处，来福嫂还是早就注意到了他的存在。朱绍国说："非要骂我是瘸子心里才舒服啊？我是找你有事，你不是看中了进香的楼房吗？"说话间，就到了来福嫂门前。来福嫂向左右瞟了瞟寂静的街道，"进来说吧。"

进了门，来福嫂倒比街上时严肃了很多，先给朱绍国咔嗒开了一罐啤酒，说："你先坐着，我去洗个脸，都是汗。"朱绍国本没想喝这罐酒，听见来福嫂从里面发出来的没完没了的水花声，就口干起来，洗个脸要这么长时间？端起来咕咚一口。

果然不只是洗脸。来福嫂出来了，头发高绾，换上了一件无领低胸的黑羊毛衫，竟能一下把她肥腴滚圆的脖子显得修长，一边往外走一边用毛巾擦拭着脸颊和脖子，在朱绍国跟前站定，一股剔除汗味的湿漉漉的清香钻入他的鼻孔。朱绍国的喉结动了动，口舌干涩，又抿了口啤酒。

"周进香的房子你还买吗？"

"不是卖了吗？"

"先前说买的那人没筹够钱。"

来福嫂挥动毛巾的手停下来，说："就为这事儿找我？"

朱绍国点点头。来福嫂说："你这么死心塌地地给她卖命？"

朱绍国说："就是从小长到大的友谊。"

"还友谊，你比进香小吧？"

"小两岁。"

"哦，那我比你还小一岁呢，跟我喊嫂子委屈了你的。"

朱绍国不自然地笑笑："你上次不是说想买进香的房子吗？"

"那就别叫我嫂了，我本名叫玉芬。"来福嫂顾自说着。

"还是叫嫂吧，来福哥大呢。你上次不是说想买进香的房子吗？"他又重复了一遍。

"我哪有钱啊？"

“来福哥那么大的财主，拿这点儿钱出来还为难？”

“要买也是我买，跟他无关。”

“你们一家哩。”

“一家？”她也拿起一罐啤酒，咔嗒打开，仰头两口就喝干了。“为什么我自己回村来住？我……不想让人知道罢了，不想让孩子知道，也不想让娘家人知道，我只想让人们看到，我吃得好穿得好我嫁了来福就是天生富贵的命……人前我又说又笑又唱又跳，可谁知道……”咣啷一声，她把易拉罐扔到地上，又补上一脚，踢到角落里。

“你不买我就走了。”朱绍国站起来。

“一听我不买房，就一刻也不愿陪我坐了？”

“不是，你要休息了。”

来福嫂说：“休息？我哪天晚上安稳地睡过？”

朱绍国说：“我真的瞌睡来了，要回去了。”

来福嫂往上提了提羊毛衫的领口，说：“腿瘸，眼光够高，难怪你孤家寡人这么多年。我奉劝你一句，你也不是小青年了，为什么你自己不买下进香的楼房，赶紧找个能疼你的人，过有汤有水的日子？不然，一晃真的老了。”

## 八

朱绍国把周进香大门的钥匙拴在腰带上，就像背上了一袋米，见谁，腰都是驼的，逢人就问：“进香的楼房便宜卖了，随时可以看房，你们谁要？”

其实他不问，全村的人也都是早已知道的。除了风，还有什么

能比小道消息传播得更快呢？这几天，他转变了看法，在他眼里，所有人都成了可亲可敬的人，因为不知道谁会突然来找他，买走进香的楼房。能对房子感兴趣的，拦住朱绍国打问房子情况和价格的，多是带孙子的老年人。他们细细地把关于房子的所有事情和最低价格一五一十地都打问清楚后，才摇摇头，说："现在是年轻人当家，咱做不了这个主。"口干舌燥的朱绍国就有些气恼，说："你们可以建议的，年轻人知道什么，还不是要听老人的。"有的老人还叹一声，不知是炫耀还是诉苦，提高了声音说："俺家孩子在城里买了房，暑假后学生开学前就搬去住，今年他们回来过了春节，下一年估计就不会回来了！"



天气一天天热起来，进香的房子还是连个正式的买主都没有。朱绍国心里很着急，显得自己太没尽心了。看房的倒有几个，真心实意坐下来跟他谈谈的，没有。也有问完了想趁火打劫的，说 20 万他就要。哼，放着你那 20 万吧，这跟明抢没区别了。有次村主任老纪从这里过，朱绍国拦住他问："不是说建设新农村吗？这新农村的房子建好了，搬进来直住的，怎么都没人买呢？"老纪笑笑说："建设归建设，卖房归卖房，她要天价，谁要？"

"哪里贵了？她只是加了点她的辛苦钱，不应该吗？"

老纪说："别问我，问市场，问买的人，好比你卖一车白菜，喊出价儿来，总也卖不出去，难道是怪买菜的人？"

进香又来电话的时候，朱绍国把老纪的话跟进香说了。进香在电话那头好像犹豫了好半天才说："要不……要不把我的辛苦费去掉，只卖 33 万吧。"

"那真是白干了一场还搭上宅基地？好，我听你的，我这就去跟人们说。"

朱绍国荒下自己的菜地，又专往人多的地方凑，不管是乘凉的老太太们，还是聚在一起打麻雀牌的老头儿们，就一头扎进人群里插嘴

道：“周进香的房子便宜卖了，只要33万，她白受了累，还搭上一块宅基地，谁买谁合适。”

“合适你买了呗。”

“我是拿不出这么多钱，我若拿得出，早就买了。”

“其实你不用花钱的，人都倒贴给你了，这房子再让她奉送不也行吗？”

大家哈哈一阵大笑。

朱绍国也笑起来，笑得像肚里灌进了一碗汁液浓稠的高汤般妥帖，笑到最后，望着笑得高兴了的大家说：“还是都给关个心，有想买的告诉我，随时过去看，钥匙我有。”

“好，好，还能再便宜不？有买的，肯定告诉你。不过，但凡有点儿条件的，都起了去城里买房的心思。”

朱绍国忙拿话拦住：“让我说呀，还是咱这里好，空气好，环境好，最重要的，这里是咱的根，是咱祖祖辈辈居住的地方，唱歌还唱‘树高千尺也忘不了根’呢，走到哪里都还是要回来的，国家的政策早就说了的，要实现农业现代化，要建设富足和谐的新农村，让咱过上小康生活，以后啊，农村一点儿不比城市差呢。”

听的人呵呵地笑，笑完了，再呵呵地笑，说：“在宣传政策上，你比老纪还专业，咱走着瞧，看是去城市落户的多，还是回来建设新农村过小康生活的多，目前咱村里谁家不是只剩下老幼病残，你不是腿跛，恐怕你也早到城里去了。”

“咳，咳……我始终认为是咱农村好。”朱绍国说完，赶忙从人群中退出去。

还是有人真心实意来看房，并且一下看中了。

老葛两口子看中了。

其实是早就看中了。房子刚建好时，他们也来看过房子，但现在的看和之前的看截然不同，现在起了买的心思，两个人的眼睛就像加

了X光的探照灯，把每个犄角旮旯都扫描了，把屋里够得着的每一块瓷砖四个角都抚摸了，并且不再是之前的夸赞，而是说不足，哪里哪里有缺点，不该这么弄。不过不管怎么说缺点，他们眼里始终跳动着久违的青春时代才有的火焰。缺点说完了，再跟朱绍国讲价钱。朱绍国说：“你也知道，这是进香的，我是代管，她说卖多少就卖多少，我说了没用。”老葛说：“知道，知道，你中间再给做做工作，能便宜就再便宜，我想在村里给儿子把家安好，孩子如果都像大鹏鸟儿，大一个飞一个，村子还不空了呀？最后只剩老家雀儿，没人管了，还不臭在屋里啊？”朱绍国赶忙附和，“就是就是，城市再好，是人家的，农村再差，是咱自己的家，进香这个房子可不是集市上的菜，卖完一筐还有一筐，你们想买就要抓紧！”老葛说：“有人来看吗？”朱绍国说：“有吗？真得把‘吗’去了，这几天好几个想买的，都在等着外面打工的孩子汇钱回来，就看谁家钱拿出来得早，就卖给谁家了。”老葛哦一声，老狸猫似的黄眼珠转了转，说：“要不，价格上你还是跟进香再说说，我买下，都是现金。”朱绍国说：“价格不会少了，多少钱盖起来的，我清楚，白搭了工夫白受累，想必你也能把这个价格算清楚。”老葛点点头：“行，那就给我留着，我这就回家给儿子打电话。”朱绍国说：“你不给定金怎么给你留？”老葛在身上摸索，掏出一把大小不一的纸币，看了看，又装回去，说：“定了，回头就给你送点儿大钱来！”

朱绍国忙高兴地打电话和进香汇报，进香说：“乡里乡亲的，那就再让他5000吧。”朱绍国说：“听你的，你甘愿赔，谁能管？”

老葛媳妇咕咚咚小跑着给送来了1000元定金，脸蛋绯红成少妇的颜色，跟朱绍国说：“儿子的电话还没打通，我和老葛做主了，这个家我们应该还能当，钱都是我们辛辛苦苦挣下的，他身不动膀不摇地就置办了家产，还会不同意？”朱绍国接过钱，说：“孙猴子再闹腾还能翻出你们两个如来佛的手掌心？剩下的钱多时到位？”老葛媳妇说：

“都在银行存的定期，过个几天十几天的到期就取，你不见大钱不交房就完了，我比你还急的！”

房子有了买主，就去了朱绍国的一块心病。不过又给朱绍国添了一块心病。房子卖了，进香今后会去哪里呢？去大城市跟儿子一起生活？一直到老？那自己还能再见到进香吗？朱绍国像丢了一大笔钱，一直难过到两天后老葛提了两瓶酒来找他。

老葛把两瓶酒撴在朱绍国的饭桌上说：“咱哥俩喝两杯！”朱绍国摇摇头。老葛说：“没菜？我再去小卖部弄两个菜回来。”说着，慢吞吞地往外走。朱绍国跛着脚没两步就把他拉了回来，“别去了，有什么话说就行了，你知道，房子是进香的，我当不了家的，不过你真是做到好梦了，进香听是你买，她愿意再赔点儿，再便宜上5000。”老葛唉的一声：“不是价格的事，是我儿子坚决不同意，他也要到城里买房！还说如果我要在村里买房，他就喝百草枯给我看！唉，好厉害的儿子啊，他唯一能降服的就是老子！这可怎么办，这么好的房子，自己不操一点儿心，打着灯笼都难找的好事！”朱绍国说：“那就听儿子的？”老葛说：“他谈了个镇上的对象，绝对是那丫头给他画的道儿。城里是那么好待的吗？每天睁开眼睛就拿钱铺路，喝水要钱，停车要钱，住自己的房子都要再给人家钱！”朱绍国说：“那是物业费。”老葛说：“咱农村多好，房子宽敞明亮，有车街上随便停，可小兔崽子就是不同意呀！这不坑我吗？我都给你交了定金，让你跟进香怎么交代啊？”朱绍国才明白过来，说：“我把定金退给你就是了，你不买了，乡里乡亲的，难道她还真想你的定金？她不是不厚道的人。”“唉，”老葛说，“是我不厚道，既然反悔，定金就是不能退的，不然怎么叫定金？儿子昨天和今天已经在城里到处看楼盘了，其实是没那么多钱买的，也得到处借，不然，我怎么也不能再跑来要这个定金，我的老脸也怕丢呀！”朱绍国掏出钱来说：“幸亏进香不在家，钱还在我这儿，你数数。”老葛接过钱，往右手的三根指头尖上吐口唾沫，一张

一张地数完，并不走，看眼桌上的酒说：“要不这样，这酒咱哥俩一人一瓶，自己喝自己的。”说着，拿起一瓶酒就要转身。朱绍国拉住他：“两瓶你都提走吧！”

## 九

进香连着两周打来电话，问买房的人找好了没有。显然，是真着急了。朱绍国宽慰着她说：“这段时间问的人还真不少，就是能拿出这么一笔钱的人不多，所以他们就说卖贵了。”

“最高的能出到多少？”

朱绍国咳两声，说：“想着不能便宜卖，也没跟他们说价格上再便宜的事儿。”

进香说：“城里的情形可就不一样了，自打小伟说买房，我就关心起楼市，这离‘金九银十’还差几个月，一平米比年初就涨了一二千元，繁华地段涨了三四千，从去年到今年，买同样一套面积的房的差价，我那幢楼房都不够填！嗨，难怪小伟会生气，会不理我这糊涂的妈。这样吧，只要有人买，价格上亏几万就亏几万吧，早一天变成钱能买了房，就等于是多卖了钱。”

“那到底亏几万？”

“几万都行，只要能卖出去！”

进香算是破釜沉舟了。

不过朱绍国也看透了，目前也不是你便宜多少的问题，是本村压根儿没有起心思在村里买房的人了。怎么办？

朱绍国下了血本，自费去镇上的“春芳打字复印部”印制了300张在城里被叫作“牛皮癣”的不干胶小广告，上面印着醒目的售房标

题：你想拥有一套乡村别墅吗？下面是房屋信息介绍和他的电话号码。他骑着电动车，冒着酷热去镇上和各村电线杆上贴，他还大着胆子去城区的繁华地段，在公交站牌、电线杆子上贴了几十张，贴完才发现衣服都被汗湿透了，还好没被城管发现。贴出去没几天，就有人打了电话找来。

那人仔细看了楼房，又看了四周环境，强抑制住脸上满意的喜色。朱绍国感觉有戏。不料那人却说："我是想在附近租房子，租两年，租金可以一次性先给你。"朱绍国心里一下凉了半截。那人又说："看到你的小广告，我就来看看房子，如果合适呢，就买下来。"

说话大喘气呀。朱绍国忙说："买下来绝对不吃亏，在城里这样的房子没有几百万想都不用想。"那人说："看是哪个城里，在你们这儿的小城市里也能值几百万？要值钱得在北京，如果靠在天安门广场边上，那还几个亿都不卖呢。"朱绍国笑了："你不是本地人？"那人说："我从省城来，姓牛，是作家，作家不易啊，好想找个安静的地方写一部传世的长篇小说。"朱绍国瞪大了眼睛望着他："作家应该都很有钱的啊，小说被改编成影视剧就是几百上千万。"牛作家不屑地说："你说的那是宫廷剧、泡沫剧，都是哄小少女和家庭主妇的拉不断扯不完的东西，太浅了，我要创作一部反映这个伟大时代变迁的纯文学巨著，要给中国的文学史留下里程碑式的经典作品，所以要找个地方安静下来，沉下心来，你这儿环境还算合适，价格也能接受，就是我暂时拿不出这么多钱。"

"拿不出钱还说什么呢？说也是废话。"朱绍国就不想理他了。

"最低多少钱？"牛作家又问。

"30 万。"

"29 万，行就成交。"

朱绍国说："行，给钱吧！"

牛作家说："咱签了买卖合同后，我先给 20 万，剩下的一年内付

清，看这样行不？”

“你先给我 20 万，咱再签合同。”朱绍国按着他说话的套路改变着方式。

“没问题，我把银行卡先给你都行。”牛作家突然爽快起来。

朱绍国接过了银行卡，才给进香打电话汇报。进香说：“卖吧，欠的钱一定让他写明还款日期。”朱绍国说：“写合同是必须要你亲自来弄的。”进香说：“好，你跟他约好时间，我就安排回去。”

朱绍国问牛作家，牛作家说：“越快越好，我现在的灵感一个劲儿地往外冲，要赶紧写下来，时间耽误长了怕忘。”

朱绍国说：“要不你先住进去，等卖家回来。”

牛作家说：“那就更好了。”朱绍国又替牛作家盘算，觉得他太草率，又怕说了影响成交，话在肚子里转悠半天还是问：“作家，这么大的事儿不跟领导商量？”

“领导？什么领导？”

“你不是作家吗？作家能没领导？”

“作家呀，全世界几乎都是业余的，我本职工作是在市场卖卤菜，现在创作激情上来了，什么尘间琐事都要给文学创作让路，把生意都甩给我老婆了。”

朱绍国明白了，总说发烧友，这回算是见识到一个，这是个大脑发热的文学发烧友。

第二天一早，果然变了卦，牛作家跟朱绍国说：“我听了你的，昨晚跟老婆一商量，她倒同意，不过咨询了一个同学律师，有一个问题卡住了，现在的政策不允许城市人到农村买房，不受法律保护的。你说那么多农民进城抢房就合理合法，还鼓励落户，城市人想在农村广阔的天地安个家怎么就不行？不能买就算了，如果出租就租给我，租吗？”

旱了很长时间，夜里终于下了一场透雨，别人都说这是场喜雨。

唯独朱绍国不乐，怕各处贴的小广告都被冲得字迹模糊了。又半月过去，几个外村的人先是电话联系，再是来人观看，该问的都问了，就是没人往外掏钱买。

这么好的房子真就没人要了？一年的时间走过了春夏，他就这么窝囊无能，辜负了进香的托付。不管有没人买，这个价格绝对是物超所值的。夜里，窗外的蝉高一声低一声地叫得烦人，朱绍国辗转反侧，下定决心，他自己买下来。他有20万元的积蓄，大部分是近几年攒的。前些年挣钱慢，一天才几十元，这几年好攒钱，会个砌墙刮灰手艺的人，一天能挣三四百，不过钱也变得好花了，干什么动不动就是成百上千。

## 十

他想去借一些，然后把房款一次性交给进香，解她的燃眉之急。

他又进了城，想着先去找王占江借，差多差少再让姐姐给兜底。他给王占江背过黑锅的，这么多年没求过他什么，这回得让他补偿了。这是一件只有他俩知道的不算光彩的事。他们快初中毕业的时候，一个天气闷热的傍晚，他俩一起在操场上拍篮球拍得起劲，突然王占江就停住了，朱绍国顺着他的目光望去，他们漂亮的女老师端着水盆出来，从水龙头下接了水又回了简陋的单身宿舍，然后关了门。朱绍国还没明白过来，王占江朝他挤挤眼，像太空行走似的轻手轻脚地跑过去，趴在门缝上。还是脚步声音大了，女老师问：“谁？”王占江猴子似的蹿着跑了，朱绍国也只有快速地跟着往外跑。等老师开了门，只看见一个还没来得及走出校门脚步匆匆的跛身影。第二天，朱绍国被莫名其妙罚站一天。

王占江没在店里，新来的店员不认识他，以为他要装修房子。朱绍国说：“我是你们王老板的哥们儿，他去哪儿了？”店员说：“你打电话吧。”电话通了，朱绍国说：“我来找你了。”

王占江说：“我中午回不去，有什么事？”

朱绍国有些结巴地说：“我还是听了你的，真的……决心买周进香的房子，借我些钱吧。”

“哎呀，你上个月说就好了，现在刚刚都进了货，你克服克服吧，中午你别走了，我让店员陪你吃饭。”

“不吃饭，只借钱，能借给我多少吧？”

“真的没有，我的钱都是用在生意上短期周转的，我老婆是管钱的会计，再说，我就是能借给你，你多长时间能还呢？”

“怕我欠下你的？”

“不是不相信，你是买房，要是生了急病住院，我就是卖店也给你拆兑。”

“别说了，我也不住院，你也别卖店。”

“理解万岁吧！”王占江说，“你不吃饭，过几天我回村找你吃，我去忙了！”

钱没借到，还晦气得差点住院，这就是从小玩到大的朋友！朱绍国喉咙里像吞着一只绿头苍蝇。

去找姐姐，姐姐肯定是会帮他的。

还没走到姐姐的酒店，朱绍国就消了气，想通了，王占江是对的，救急不救穷，人家也要盘算自己的生意和日子，没有错。

朱绍国还是两岁的时候，姐姐领着他在街上玩，那天，生产队的拖拉机没有下地干活儿，静静地停在街边的一个坡子上。一群孩子像猴子看见了树，纷纷爬上去，学着拖拉机手的动作，边转动方向盘，边胡乱地摘挡换挡，离合、油门和刹车乱踩一气。姐姐把绍国放到地上，也坐到拖拉机上过了回瘾，没转动几下，就被几个大男孩扒拉下

来。姐姐不甘心，讨好地说："你们先开，过一会儿我再开，好吧？"绍国也想爬上拖拉机，被姐姐推到街边："你还小，长大了再上。"绍国就哭起来。姐姐并不管他，只顾专注地盯住拖拉机的方向盘，想着一旦没谁转动了，她就冲上去。突然，拖拉机从坡子上倒退着冲下来，直奔绍国和姐姐而来。姐姐惊慌成一只灵巧的麻雀，瞬间展翅逃走，拖拉机从还不知道什么叫危险的绍国腿上轧过去，粉碎性骨折，留下终身残疾。这些年姐姐都在愧疚和忏悔中度过，不该在危难之时丢下弟弟仓皇跑掉。如果抱起弟弟，或者拉弟弟一把，就躲过去了。

姐姐酒店门口的服务员由两个变成了一个，里面的服务员也像少了些。朱绍国问："怎么感觉空荡荡的？"

姐姐一笑，说："住宿部没什么变化，餐饮这边从春节后一直是淡季。"

朱绍国望望姐姐胳膊上白晃晃的铂金镯子说："姐，我是来跟你借钱的。"

"有什么急用？"

"我，我想把进香的房子买下来，你看行吗？"

姐姐说："这么长时间还没卖出去？也难怪，现在农民跟溃堤的鱼似的，一拨一拨从农村冲到城里安家落户，所以她是卖不出去的。你呀，也不是诚心为自己买房，你还是想帮她。"

"我有了新房，才好找人结婚啊，再说房子也不贵，进香也真是在难处了。"

"她怎么难，有你难？她孩子大学毕业都挣钱了，你呢，总这个样子下去，老了你会更难的，你还是现实点儿，哪怕是找个拖油瓶带孩子的，以后就有人给你养老。"

"我也真看上了进香的房子，不只是想帮她。"

"那你就买呀，不用跟我商量。"

"我没那么多钱，想……"

“你想怎样了就来找我？我想怎样的时候你怎么就溜掉了？上次给你介绍曼莉，我是提前征求了她的同意才让你们见面的，曼莉哪一点儿不比进香强，你跑吧，你是没那个命！幸亏你跑掉了，你是怕害了人家以后的好姻缘才跑吗？人家现在找了一个丧偶的有高教职称的中学老师，工资卡都是曼莉拿着，一个月6000多呢。那谁，给我泡杯茶！”姐姐朝门外喊着服务员。

朱绍国说：“姐，这事儿过去了，我后悔也没用，父母没有了，我有了难处，你不帮我谁帮我？我如果有个新房子不是更好找人结婚吗？”

姐姐问：“你有多少钱？”

朱绍国说：“有20万，还差10万。”

“不是36万吗？”

“她现在又降价了。”

“看看，所以这房子还是坚决不能买的，农村建设得再好，农二代农三代已经回不去了。赶紧的，把你那20万拿给我，我给你在新开盘的梨花园小区售楼部交个首付，哪怕你不来住，房子还是会升值的，过几年会长成你养老的儿。”

“姐，眼下我只想买进香的房子。”

“好，好，她卖你买，你帮她把一个烫手的山芋甩脱了手，倒甩到你怀里把你拖住了，有意思！”姐姐挥挥手，“算我什么都没说，你自己有能力就买，我是没有钱借。我让厨房给你炒两个菜，吃了你再走！”

回到家，朱绍国拧着的眉头也没舒展开，从哪里去借差的这部分钱呢？晚上他饭都没吃，灯也没开，就躺在床上。“夜半三更哟，盼天明；寒冬腊月哟……”窗外传来了广场舞的乐曲声。他立刻想到了满手金光闪闪的来福嫂。

广场舞曲结束了，他又磨蹭了一会儿，才去敲来福嫂的门。来福

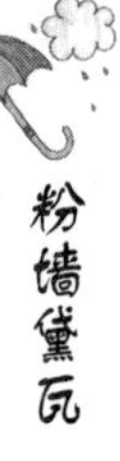


嫂穿件桃红的睡裙。来福嫂对他的到来好像并不惊讶，倒是没有了上次的热情，也没有给他开易拉罐的啤酒，只是一言不发地望着他。

朱绍国开了口："来福嫂。"

来福嫂说："不愿意叫我玉芬？"

朱绍国说："我……想找你……借几万，真的，真的把……进香的房子买下来。"

"然后呢？"

"什么然后？"

"然后找个人结婚还是？"

"谁会跟我呢？"

"如果有人跟你呢？"

"那……不会的，一个瘸子，谁跟？"

"别扯淡，这个岁数的人谁还看脸？改看人品了。如果有人愿意跟你合伙儿买下再合伙儿住呢？"

朱绍国低下头，好像在思考。

"咱们都还不算老，我想透了，不能为顾忌别人说什么就委屈了自己，蹉跎的是自己的岁月，我得找个人一起过，我和来福的离婚证都拿了，你回家考虑吧，我等你回话。该醒的梦得醒，该睡的觉得睡，一晃，就老了。"

是的，好像来福嫂没有哪一点不好，模样也是俊秀的，性格比进香开朗，可为什么自己非要陷在进香这口陷阱里爬不出来呢？进香给过自己承诺吗？自己等的又是什么？自己希望过进香嫁给自己吗？都没有，可他就是打心里愿意和进香保持有一种关系，有一丝半缕始终只是友谊的联系。是啊，要不要剪断这些丝缕的牵挂，重新开始另一种新的生活？

# 十一

第二天，朱绍国正睡午觉，电话响了，好听的普通话，男的：“您是朱先生吗？”

“我姓朱，但不是先生，你没打错吧？”

“您的房子卖了吗？我们想看看。”

朱绍国恍然想起来，做牛皮癣小广告时，打字部的那丫头在广告上印的是“联系人朱先生”。这么多天过去，小广告竟然还有没被城管铲除？竟然还有没被雨水冲刷掉？

“还没卖，哦，有人想买但还没付钱，你可以过来看。”

一辆霸气十足的越野车上，下来了三个人，穿着看似随便，骨子却富贵袭人。他们跟着朱绍国来到进香的楼房前，围着房子转了一圈儿，湘妃竹在粉墙黛瓦前随风摇曳婆娑，满院的牡丹、月季、芍药开得正艳，鸢尾草小蒲扇似的分列路两旁，养眼的绿油油的马尼拉草坪上，几只喜鹊天不怕地不怕地啄找食物。看完外观，朱绍国掏出钥匙要开门。其中一个年轻人拦住他，只透过窗上的玻璃往里漫不经心地扫了一眼。

朱绍国还是执意要开门，说：“里面新装修完，都是新家具新家电，建好一天都没住过。”

“我们真不用进去了，你只说一共多少平米。”

朱绍国说：“可以算的嘛，长乘宽，一层 90 多平米，一共三层。”

年轻人环视了下院子，指着柴房问：“那间小房也是吧？”

绍国说：“那是柴房，肯定一起带着卖。”

一个人过去丈量了，说：“这就有 30 平米。”

“你只说最低多少钱？”其中一个问。

朱绍国见他们连房门都不进，这哪里是买房？分明是开玩笑，是吃饱了没事儿拿人开心开涮来的！好，那咱就互相开心开涮好了！朱绍国很生气，生气了后果就严重：“40 万！”

“便宜点呢？”

“一分不少。”

三个人对视了一下，年轻人说：“我们买了，签个合同吧。”

朱绍国傻了，卖了半年没卖出去，短短几分钟就成交了？竟然还卖了高价！这几个人是脑壳进水还是钱多得能当纸烧？朱绍国结巴了，说：“房子，房子不是我的，我给人代卖。”

“那本人呢？”

“在她儿子那里，我马上通知她，估计一天就能回来。”

几个人又对了下眼神，年轻人刺啦一下拉开手提包，掏出几捆粉红大钞和一张名片，说：“这是五万定金和我的电话号码，赶紧通知本家回来签合同。对了，你们附近还有房子卖吗？我们还要。”

朱绍国忍了忍，还是好心地提醒：“听口音你们不是附近的人吧？从城里来？我听人讲现在的政策不允许城里人到农村买房子。”年轻人一笑：“只要房子是你的，你卖，我就给你钱，其他不用你管，谢谢您提醒。”

夕阳残红，朱绍国懵了。他望望进香的粉墙黛瓦，望望蒙了层灰尘像跑了很远的路的白色大越野车，望望这几个城里模样的人，彻底懵了。几个人走时，他听见年轻对同伙儿小声说：“可惜了这房子。”

“可惜了这房子？”什么意思？望着卷起尘土远去的越野车，朱绍国不明白，是说这么漂亮的房子建在农村可惜了？还是可惜这么好的房子被卖掉？还是可惜房子卖少了钱？不少啊，比这个价钱便宜十万大半年愣没卖出去，这是遇到他们几个不懂本地行情的愣头青才高价成了交。朱绍国看看手中的钞票，仔细摸了抖了，又放在阳光下照了。管他什么意思，房子卖了，总算去了进香的心病，并且是高

价成交，意想不到的满意。朱绍国真想唱支歌表达此时的心情，唱什么呢？“你是我心中最美的云彩……”他能哼上来的，只剩广场舞曲了。

给进香打电话！

# 十二

第二天傍晚，进香回来了，朱绍国偷偷打量了进香，进了城倒比在家时还黑瘦，朱绍国把定金交给进香，进香问：“我还能打门进去吗？”“当然能，没签合同，还是你的。”进香就开了门，宽大的客厅里，电视机插头的塑料纸还包着。她褪去插头上的塑料纸，插上插头，打开电视，播出的是载歌载舞的综艺节目。进香又擦了下沙发上的灰尘，坐下来，对朱绍国说：“我自己静一静，好吗？”朱绍国说：“晚上你不用自己做饭了，一会儿我做熟了来喊你。”进香说：“我带了面包的，你今天不管我了，我真的想静一静，你给人家打电话，让他明天早点来。”

第二天，过了中午，越野车才又挟着轻微的尘土进了村。这次只来了年轻人一个人，和进香签了卖房合同，都摁了手印，进香把房门钥匙和宅基证给了那人，越野车拉着进香和朱绍国到镇上的银行，钱一分不少地转到她的银行卡上。刚一到账，进香就把所有的钱打到了小伟的卡上。朱绍国听见进香走到一边给小伟打电话，问小伟收到了吗，可能是小伟问哪来这么多的钱，进香说：“你只管赶紧买房就行了，其他甭管，是妈让你着急了。”

办完这一切，太阳还挂在镇上最高的楼顶尖上。朱绍国问：“你就回去吗？我用电动车送你去车站。”进香怔一下，望眼楼尖上的太阳说："多亏你给卖了这么高的价儿，让小伟买房少受一些难，天有点儿晚了，我就住下来吧。"

"什么？"朱绍国侧起头，把左耳朵对住进香。

"我住到你那里！"

进了村，朱绍国说："我这里还有一把你那房的钥匙。"

进香坚决地摇头，说："房子卖给了人家，咱就不能再随便进去了。"

朱绍国忙去村里的小卖部买了几样现成的卤菜，加上青菜在锅里炒了，端到饭桌上，进香说："不用这么讲究，我晚上几乎不吃饭的。"

朱绍国没看她，说："难怪……"

进香问："难怪什么？"

"难怪看你……瘦了。"

两人吃了饭，朱绍国问她在哪里上班，小伟谈女朋友了没有，进香说她在家政公司上班，也不算很累，还没说到小伟的情况，进香就说洗洗睡吧，忙了一天。

朱绍国抱起一床被单往外走，说："你睡我的床，刚换了床单。"

"你呢？"进香问。

"我去隔壁。"

隔壁一间是朱绍国放杂物的，他已经在中间空地上扒出了一块空地，铺了一张破开的纸箱子。

进香坚定地往床上一指，说："咱俩都睡这里。"

第二天早上，天刚放亮，进香就走了。到晚上，进香给朱绍国打回电话来，"到了。"朱绍国嘴巴动了动，话都堵在喉咙里。进香说："别苦着自己了，找个人成家吧！"

昨晚，进香洗漱完毕，麻利地上了床，把电风扇调到最大风挡，风就呼啦一下呼啦一下撩着她的白纱睡裙，她催促着他："还站着干吗？快去洗了睡。"朱绍国就洗了澡回来，衣服一件不脱地躺下来，天气有些闷热，他还是用床单把自己从头到脚盖严，他的心怦怦地猛烈跳着，那个人，远远地凝望了半生的人，终于和他躺到了一起，他喜欢这个人，他爱这个人，他的期望里从没有奢望，只要经常远远地看到她，看她一举一动，看她一笑一颦，就知足了。黑暗里，听着进香均匀的呼吸，他僵硬地平躺着，时间一点一点过去，他觉得累，想翻个身，又怕惊扰了进香。正不知所措时，进香侧过身，呼出的还算清新的气一下一下拂着他的脸。他刚想转过身去，一只手伸进了他的被单下，那只手捉住他的手，说：“这些年亏了你帮我，我欠你的。”

朱绍国在一个秋夜，在广场舞曲结束之后，去找来福嫂。来福嫂问：“房子不是卖了吗？不是来借钱的吧？”他说：“不是，是来商量和你伙在一起过日子的。”来福嫂冲他一笑。



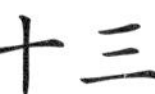

# 十三

一个冬天，他准备着和玉芬的婚事，先把自己的几间房子粉刷套白，想着再置办一些新家具。他原本想得简单，两个人的行李往一起一搬就行了，玉芬不同意，说：“我先回娘家准备嫁妆，正月十八，你从婚庆公司请几辆车，手捧鲜花来娶我！”

一天晚上，街上突然嘈杂，朱绍国初以为是谁家两口子吵架，从家里打到了街上。到了街上，很多人吵吵嚷嚷地议论，议论刚才本市电视台播报的一条新闻。这个如同天降的消息，让整个村庄再无法安静。假的吧？是不是听错了？之前怎么没听到一点儿风声呢？晚上十点钟还要重播的，大家再看看。十点后，全村人再次收看了重播的本市新闻，整个村庄沸腾了，这里将发生翻天覆地的变化！高兴之余，村主任老纪嘟囔：“这么大的事怎么也不提前跟村里人商量一下

呢？”老葛转悠着大狸猫眼珠子说：“明天咱赶紧买砖瓦檩条，赶紧抢建房子！”

第二天上午，几辆公务用车开进了村，在村委会的墙上贴出了公告，公告上盖着大红的公章，即日起，所有的在建房屋一律无条件停下来，所有的房屋买卖都停止交易。

大年三十这天，不知是四周村庄燃放鞭炮造成的，还是因太多的返乡汽车排放的尾气骤增，一大早雾霾漫天，快到中午，都没有散尽。朱绍国去祖茔祭祖的路上，遇到了从城里回来祭祖的来福哥，他想躲过去，来福哥却大声喊住了他。他悄悄地握紧了两只拳头。不料来福哥却说：“祝福你们俩！”他的脸一下酡红色，松开拳头拦住来福哥递过来的香烟，来福哥接着说：“办事儿的时候通知我，我来喝喜酒，是我亏欠了玉芬，她人不错，你今后好好待她啊！”朱绍国点点头。来福哥接着说：“你俩快点儿伙到一起吧，她搬你那儿去，我也好回来收房子。”

祭祖回来，雾霾也没有散去。在隐隐的雾中给自己的门上贴完春联，他想到了进香卖出去的楼房，不管现在是谁的房子，都应该有春节的喜气，本地的风俗是只有当年逝去老人的人家才不贴红春联。玉芬已经回娘家过年，朱绍国还能自由支配自己。就是她知道，这种帮助别人的事情想必她也不会阻拦。他胳肢窝下面夹着卷成一个红卷儿的春联，拿上塑料胶带走出门去。

买房的人从付完钱到现在，好像没有回来过。当让村庄沸腾的消息传来时，朱绍国恍然明白，那几个人肯定是提前得了这个确切的消息，所以赶到这里，价儿都不还地买房圈地。难怪他们只粗略看了房屋占地和面积，连门都不进就毫不犹豫地买下。是的，一定是的。朱绍国也终于搞懂了看房时那人说的一句话，“这房子可惜了”。他终于把这句话补充完整，就是“这么崭新和漂亮的房子，马上拆掉太可惜了！”

粉墙黛瓦前，一个背双肩包的身影在门前逡巡。

那人听见脚步转过头来，白白净净的，戴着一副眼镜。

“小伟，你回来了？”

“是啊，我刚到，可门锁着。”

“你妈呢？”

“我妈？我没看到，这不一直等她开门吗？”

“开门？她不是去北京找你了吗？”

“找我？什么时候？”

“不是今天，也不是昨天，是开年时就去了的。”

“开年就去了？”小伟一下懵了，“不会吧？我妈电话里说在家又种菜又养殖，养了一百多只羊，每个月都能打3000元钱到我卡上，她还让我春节不要回来，说节日期间的工资高，让我多多攒钱还房贷。”

“你在北京买了房吗？”

“说是北京，离市区远着呢，燕郊知道吗？到河北地界了，河北的一个镇。去年春节我没回来，是一时想不开，耍小孩子脾气，我真的对不起我妈，这么多年一个人拉扯我太不容易，她建房还不是想着为我好？越想越对不住她，所以就突然赶回来，也给她一个惊喜，我妈去哪里了？”

“她真的没有跟你在一起？”

问完了，朱绍国才意识到这真是句废话。小伟每个月都收到进香打给他的钱，跟他说是在家养羊，这是只能欺骗没有养殖知识的大学生的一句假话，养殖户不会每个月都有收入，只有养成一群大羊才会一次性卖掉。望着焦急的小伟，朱绍国想明白了是怎么一回子事，他眼窝里就洇出泪花儿，他伸出大拇指抹了一下，“你呀，还有你妈，特别是你妈，都是……真是有性格的人！我这里还有一把钥匙的，一会儿带你进去看看，你看看你妈为你费了多大的心血吧，有她住的，

有你住的，有你结婚以后住的，有你的书房，有将来你孩子的儿童活动房，还准备给你们修一个游泳池的，真的很好，真的……”

朱绍国来到门前，看到窗玻璃上映出红着鼻尖呼出白气的小伟已经掏出了手机。朱绍国想，他这是要打给进香。进香在哪里呢？不管在哪里，听到小伟回来的消息，她肯定会放下节日期间的高工资立刻赶回来的。不过到了今天这个点儿，长途客运车恐怕已经都停运了，怎么赶回来？

朱绍国边往门上贴春联边说：“方圆几十里也没见过哪个男人能建出这么有特色有风格的房子，可是，为了给你汇去买房的钱，你妈已经把这房子卖掉了。你不知道，村里卖个房子多难，小青年们都和你一样的想法，哪怕是出苦力打工的，都要在城里买房安家。卖了大半年，好不容易遇见几个城里人才卖出去，还卖了高价，当时别提我多高兴了。过了几个月才突然知道，原来咱这里要建一个大开发区项目，所有的房子都要拆，然后安置到城里的还建新区去，过完年就量面积，哪怕是一间柴棚子，一间厕所，一间牛棚和猪圈都算成面积，然后在城里还楼房面积。现在咱整个村所有的房子都不让买卖了，所有正在施工的建筑都停下来。可你家的房子卖了，不然，像你妈建的这么大面积的房子，一拆迁，怕是要给城里的好几套房子呢！”

好半天，并没有听到小伟给他妈妈打电话的声音。朱绍国回头一看，小伟表情冷峻地静静地仰望着大杨树，大杨树被北风盘剥得骨骼分明的最高枝杈上，托举着一个色泽灰黑却坚固异常的鸟窝。

# 宠物牛

雾霭氤氲在清晨的树梢儿，大家多还在酣睡，一种清脆的“橐橐”声传来，打碎了甜美的梦。听声音酷似美丽少妇的高跟鞋鞋跟与水泥路面碰撞发出的，可声音又缓慢杂沓，少了少妇应有的婀娜抖擞的麻利劲儿。好奇这声响，就揉了惺忪的睡眼往窗外看：是一个老汉和一头水牛。老汉穿着双绿色迷彩军用鞋，鞋底儿轻软，行走无声。清脆的声音是牛蹄子踩踏在水泥路上发出来的。他们走在村里的路上，走在变成了城市的街道上。

村庄以前好像离城市很远，远得去城里办点事儿来回差不多要一天的时间。如果村里有谁去趟城里，前一天会精心准备，夜晚甚至会醒上几次。来去的路上，遇到人问，都会大声地说是去城里了。后来城市就像吹起来的气球，快速地往四周鼓胀，高楼和工厂就像勤快孩子手里的积木，一下子就堆砌在了村里的田地上。再几年，村子就淹没在楼群的包围之中，村名对外也改叫某某工业园了。失去土地的村民呢，忽悠一下，竟然不可思议地成了以前羡慕的城市人。村里人异常兴奋，像接住了天上掉下的馅饼，生活也开始城市化了，把世代耕作的农具当废铁卖了，或做了柴烧。白天去工厂当保安、搬运工一类没有多少技术含量的工作，晚上就凑在雪亮的灯光下哗啦啦打半宿麻将。相比之下，老汉，和他的牛，愈显不合时宜的另类，像飘在崭新

春天的秋天枯叶。

牛成了村里唯一的牲口，老汉成了村里唯一饲养着牲口的农民，哦，该是城里人。不只这些，从播种到收割的农具，老汉也一件不少地保存着，都擦净泥土抹上黄油，整齐有序地摆放在牛棚一侧，好像随时等待春种和秋收。老汉农民出身的儿女们一天农活也没干过，中专毕业都先后去沿海一带打工了，那里工资高。现在，家里只有老汉，老伴儿，加上牛，过本该安静的日子。没有了农活，还要牛干什么？老伴儿原本很贤惠，成了城市人后却总和老汉吵架。

没了农活，牛就享了清闲吗？老汉不这么看，牛待在家里，不事农桑，脾气反而不像以前温顺，暴躁了许多，每当牛烦得摇头摆尾晃犄角，只有把它牵出去转转，啃几口路边带了露珠的青草，它才安稳些。有次老汉还看见牛在棚里一下一下地舔木犁的手柄，几十年被汗水浸红磨滑的犁手柄。牛是嗅出有盐的滋味，还是渴望再事农耕呢？别看牛不会说话，有时它好像也心事重重呢，有时会发愣，有时会支棱起弯角下的耳朵，鼓圆了眼向记忆中田野的方向张望，蓝天下，高楼和厂房又把它的目光硬生生地挡回来。

老汉看出牛的心思，就牵着它去了七八里外的亲戚家，那里还没有工业开发。早晨去，晚上回。老汉在久违的田园风光中陶醉了一路，中午还受到小酒招待。牛呢，更是快活，站在广袤的田野里，听着小鸟的鸣唱，流着涎水大口地吃着田埂上茁壮的草，吃撑的肚子像青蛙喊叫时两腮的包。吃饱了还找了个小水坑扑通一下卧进去，嘴里“哞——哞——”地叫，身子舒服得半天不动。就有三两只白鹭鸟跳到牛背上来轻巧地啄找，像给牛背按摩。

总往那么远的地方跑也不是办法呀，给亲戚添麻烦不说，牛一步三摇地走路太慢了。于是，牛还是每天被关在棚里，老汉觉得牛憋闷了，还是牵到街上走走吧。

融入城市后的变化大啊，土路拓变成水泥路不说，连路边也慢慢

地被平整，铲除了杂草，铺上了彩色的水泥方砖，还有绿化带，种了扭捏的矮树和叫着洋名字的草。老汉和牛在马路上散步，一不留神，牛就去偷嘴，老汉知道那洋草金贵，就紧张得像他自己偷了东西，边前后张望，边使劲狠拉穿着牛鼻孔的绳儿。他们走过村头的小水塘，以前牛经常在里面洗澡打腻的小泥水塘，现在已经修整成小桥流水的玲珑模样，塘边还点缀了两块假山石，别说牛，就是人也不能在里面洗澡了。牛不顾绳子拽得鼻子疼，往水塘里挣。老汉呢，就豁出命豁出牛疼去往回拽。那么好的小桥流水，牛跳进去那还了得？是啊，那样的日子一去不复返了，但又让人和牛都十分流连：收工回来，夕阳把一个又红又大的脸膛挂在西天上，牛把疲惫的身躯往水里泥里一泡，水里就咕噜噜冒一些泡子出来。泡上一会儿，满是泥水和晚霞的背上还会落三两只小花雀，跳来跳去。

牛和老汉就在路上空转一圈，看了一路的楼房和绿色，牛胃里空落落地回家去吃干草。家里不生长任何植物，贮存的干草也是有限的啊。

自从地里“长”满了房子，老汉就到处给牛找吃的。

老汉的侄儿在老纺织厂当门卫，厂已经停产好多年，宽阔的厂院里长满齐腰深的草。侄子本来在一片葱茏处除草种菜，领导却呵斥了他一顿，说他不务正业。他只好任由杂草丛生。纺织厂在以前城市的边缘，离这里不算太远，但不能牵了牛过无数的红绿灯去厂里吃草啊。老汉就每个上午去割草，捆成了一抱粗的个子，用自行车驮回来。侄子说：“这个厂的草打完了，还可以去同样停产的第一染料厂院里打草，那里的人他熟。”老汉边割草，边看鸟们从厂房的碎了玻璃的窗子三三两两自由地飞进飞出，想：“把这闲下来的厂房改建新厂不行吗？怎么还非要和庄稼人去抢土地呢？”

牛吃饱了，就要消化，消化完了就排泄，每次拉屎拉得还特多。已经进入城市生活，没有了牛的街坊四邻对牛粪散发的味道早已是不

能容忍了。先是今天你找来，明天他找来，老街旧邻的也都不好意思明说，话点到为止。老汉呢，你不明说我就装糊涂。在一个热烘烘的闷热天气，街坊们终于结成伙儿找到老汉家里，人多了说话就没了顾忌。张三说："没了田地还养牛干什么？养只狗还能看家。"李四说："咱这一片蚊子多，都是牛粪招惹的，蚊子可是大害虫，传播疾病。"直到大家七嘴八舌地把牢骚说尽了，没有人再能发表新的意见了，起初还像做错了事的孩子似的老汉终于开了口："养什么是我的自由，我的爱好，就像你们爱养个猫啊狗的。如果要传染病也是先传我，你们还要靠后，牛在我家养着，跟你们相个什么干。"一句话就将来者硬生生顶回去。倒是老伴陪着满脸笑，像是她做错事对不起大伙儿，把众人送到门口，小声说着什么。还说什么呢？人缘已经变坏了，老汉想。都是因为牛。前些年，种地的时候，老汉的人缘出奇好，也是因为牛，牛可以帮邻里做些耕耩的事情，特别是没有养牲口的人家，老远见了老汉就露出专门准备给老汉的微笑。不光老汉和牛被追捧，连牛粪都有人抢，粪是一宝，能肥田哩。牛走在路上，拉的屎还冒着热气，就有人背了粪筐老远地奔来，像拣了狗头金似的拣了去。现在呢，牛粪在家里堆成小山，先是叫还有地种的外村亲戚来车拉。老汉一边帮着装车，一边很是惋惜，很感叹，话语间大有这么好的肥料白白给了你的意思。拉了两车后，亲戚就不来了。老汉追问得紧了，就又勉强来拉了一趟，走时亲戚和他流露的意思是，现在种地都用化肥，省事，方便，没人还会稀罕臭烘烘的牛粪，何况是这么远跑来倒腾，既然是亲戚，是来帮老汉的忙才拉走，便宜，是你老汉占了我的便宜。什么能比了肥料呢？种地的外行！老汉心里骂着亲戚，既然你愿用化肥就用吧，牛粪给别人也不给你。牛可真是造粪的机器！一泡牛粪就能装满一个小柳条背筐，几天的牛粪就堆得老高。怎么办？老汉找到附近一家刚拉起院墙的苗圃，问人家要不要牛粪？人家说："送来就要。"老汉愤愤了，现在的人怎么都这样了？捡了便宜还躲着走？

大馅饼非要送到门口才张口？生气归生气，可牛每天定量是要生产这些东西的啊！虽说和邻里们争论时话很硬，可内心深处还是抱有歉意的，就尽量院内不存牛粪，少些熏人的气味，少招引苍蝇蚊子，把邻里的不高兴降到最低。在这样的思想指引下，无奈的老汉只有低头，每天又增加了给苗圃送牛粪的任务。

还是有穿浅灰绿制服的找上门来，说牛在马路上的排泄物影响了城市社区环境，不能再上街。老汉一下子火了，据理力争，说别的动物咋能上街，猫啊狗啊在街上乱蹿你们都不管，辛苦一辈子的牛就不能了？哪条规定里有啊？忘记牛给咱卖命的时候了？穿制服的大多也是农民子弟摇身变成的，听他这么一说，就改口说上街也可以，只要不影响环境，您也要理解，我们也是执行公务啊。老汉再和牛出去时，手上就多了塑料编织袋，随时准备给牛便后做保洁。走在路上，牛排泄的粪虽被老汉及时收起来，但牛粪的渍痕还是留在了青白色的水泥路面。

和牛一前一后地在街上走，遇到从小一起长大变老的伙伴，老伙伴们坐在树荫里，或帮着老伴看孙子，或逍遥地逗弄摇着尾巴的狗，远远地见了他，和他开玩笑："你呀，老顽固！你等着这牛成精啊？成了精好给你做媒呀，你想当牛郎，等织女降临凡间呀？"老汉笑笑："你以为织女会看不上我呀？她是神仙，怕是有几千岁了，在神仙眼里我这个岁数还是小青年呢。不过，织女真的来了我也愁呢，屋里黄脸老婆子和我一起过了几十年，可怎么处理呀？"

一路笑呵呵地回了家，摸着牛脖颈下垂着的老皮，眼泪就滴下来："牛啊，你辛辛苦苦跟我十几年，这些年这个家里吃的用的都是咱俩儿在土里泥里摸爬滚打干出来的，时代变了，变好了，可容不下你了，你还不如游手好闲的猫狗们呢，你太大了，城市容不下你。我该怎么处置你呢？你也不是垂着大奶头的黑白花牛，那样可以送你去牛奶场。现在农村也大多是用拖拉机耕地了，一狠心卖了你吧，买你的

人就会直接送你下汤锅，我不忍啊。”正泪眼婆娑着，自家那个“黄脸老婆子”喊他：“女儿来信了。”

他好奇起来，平常有事没事孩子们都是打电话的，怎么突然有耐心写信来呢？他忙把信捧在手上读。读完了，老汉乐了，鬼丫头，难怪要写信，这在电话里是不好说出口啊。女儿谈了个男朋友，想在春节期间带回来让他们老两口看看。老伴已经先看过了信，笑吟吟地和他说：“咱要在女儿回来之前粉刷一下屋子，再添置几件时兴的家具。”他说：“你这么大动静，是安排接待闺女对象还是给儿子娶媳妇啊？”听这么一说，老伴老脸上的酒窝更深了：“总不能给闺女脸上抹黑呀，人家一是来让咱相看，二也是来看闺女出身什么样的人家，咱给人家个好印象，闺女在他心目中的地位就高。”

“好，好，听你的。”老汉的脸上也透出近来少有的笑，孩子们大了，长成人了，他肩上就轻松了，想到这就有完成了一种神圣任务的感觉。老伴见老汉赞成了自己的看法，说话就理直气壮起来：“叫我说呀，咱这儿都是高楼大厦，没了田地，就别留恋以前那些了，让未来女婿来了一看，咱这儿城市建设得好，环境好，咱家房屋宽敞，闺女脸上多有光啊。你就把那些没用的犁耙绳套儿扔掉算了……”

“住口！”老汉呵斥住老伴，脸红红地说：“我知道下一句你就该说牛了！牛怎么了，农民怎么了，你不是农民还是咱闺女不是农民？忘了她吃什么长大的了？”老伴白他一眼，说：“她吃我的奶长大的，还能是吃什么长大的？”老汉说：“奶水是你的，但奶水是牛苦拉苦干打下的粮食变成的！婚事能不能成是看她俩人的缘分，不是图咱房子看咱的地，不应该是看咱的身份，我就是一个农民，我就是养了一头牛的农民！我就是要养着牛……人啊，不能忘恩负义！”说到后来老汉急吼吼地喊。

“还扯上忘恩负义了，牛是什么，就是割草的镰刀耪地的锄，一个工具！人啊，也要跟上社会！”老伴也对他喊起来。

和老伴一番争吵后，老汉感到很难过，感到很孤独。高楼仿佛一夜之间在田野里盖起来了，一夜之间世代耕种的人们竟冷漠地和牛划地绝交！牛啊，牛，白天看的是牛，夜晚闭上眼睛，黑漆漆的眼前竟然也站了牛！他竟荒唐地生出一个想法，只有他和牛之间有一个病重，病得离开了这个世界，剩下的另一个才可以割舍。他想起了总有人在说的一句话："走自己的路，让别人说去吧！"对，我就要继续养牛，还要照顾好它，把它当个宠物养着！不是有人花几十万元买条狗养着玩儿吗，咱现在也成城市了，休闲了，也要养宠物，并且我这个宠物比他们的还知己、还贴心！

眼看天快冷了，他开始忙着给牛准备草料，已经自己打草晒了一部分，想再从远处村庄买些稻草。晚上他就和"主管财务"的老伴商量，老伴说："今天，有人在咱家门上瞎画，怕你看见生气，我给擦了。"老汉问："写的什么呀，肯定是小孩子们干的，咱不和他们一般见识。"老伴说："你听听就知道还是大人是孩子，写的是'倔老汉，大傻子，喂头老牛招蚊子，想当牛郎引织女，不想牛拉了一院子屎！'"老汉乐了："还挺合仄押韵，就冲这，明天去多买草，把牛再养肥些！"老伴看拧不过，叹口气摇摇头，半天才说："你咋就听不进劝呢？买吧，先别买多啊。"

老汉起个大早去亲戚村里，让亲戚领着买稻草，找到几户卖草的人家。挑到中午，老汉终于满意了一家，但价格比别人稍高。一向节俭的他却没有还价，只要牛不吃亏就行。付了钱，让亲戚帮着往家拉。把亲戚家的拖拉机车斗装成小草垛，美滋滋的老汉不顾危险地坐在上面，抬头望飘着云彩的天空，竟有了以前坐在打谷场上的感觉。亲戚一把把他拉下来，拖拉机才缓缓地走。

"老伴儿，快来卸草！"到了家门，老汉大声地喊。

老伴小步挪出来，神色慌张地说："牛不见了。""什么？"老汉大声地问。老伴说她敞着门出去买点东西，回来牛就不见了。"娘啊，

这不是要了命嘛！”老汉腾地一下走进院子里转了个来回，随后又出来站在路中央张望，如今的水泥路不是从前的泥土路，留不下蹄印的痕迹。牛去哪儿了呢？是没拴好跑了，还是被偷了？老汉黑红着脸，额上淌出汗，三下两下推掉拖拉机上的草，跳进车斗里，催促着亲戚：“快，赶紧沿路追，别真是让人偷了！”老伴看他火烧眉毛的样子，不禁心疼地劝道：“别找了，没就没了吧，反正让你自己处理又舍不得。”老汉一听这话，眼珠转转，跳下来，粗暴地抓住老伴的衣领：“快告诉我，你把牛弄哪去了？”老伴说：“我不知道，是它自己跑了。”

“你撒谎，你就知道，你卖了牛，快点说，耽误了时间，牛下了汤锅我就拿你抵牛的命！”

“你把我的命拿去吧，我不活了！牛是我卖了，怎么样？你怎么就听不进别人劝呢？没农活儿了还养牛，白白费钱不说，还遭多少人烦啊，为条破牛你还要我的命，你个没良心的，亏我跟你做了几十年的夫妻，亏我给你生儿育女让你当上爹，亏我没日没夜地操持这个家！”

老汉说：“你想死也得告诉我牛在哪儿才能死！”

老伴摇着头，闭着眼睛不再说话。老汉就使劲地摇晃着她的肩膀。这时围了一大圈子人，都来拉扯老汉让他放手，问什么事儿值得动这么大肝火呀。老汉说：“她背着我把牛卖了。”人们一听，都改变方向，去劝慰哭泣的老伴来。听到说牛，人群中一个孩子说：“我知道牛去哪儿了。”孩子的妈妈忙拦阻：“不许胡说。”“我真的知道，不是胡说，是老舅爷领个人来把牛牵走了。”老汉一看，是个远房孙子在说话，他说的老舅爷是指他老伴的弟弟。这时，孩子妈妈的巴掌打在孩子的头上，厉声斥责：“你还没闻够牛粪味儿啊？”老汉猛地松手，老伴一屁股跌坐在地上。老伴手拍着马路呜呜地哭起来。老汉连看都不看她说：“你等着，赎不回牛跟你没完！”老汉往老伴娘家村方向一指，冲开拖拉机送草来的亲戚大声说：“快，快跟我去追……”

依旧在早晨和傍晚这两个行人稀少的时段，老汉就牵了牛从堆满清新干草的院子里走出，老牛沧桑的背上驮着它和老汉田野里摔打长大的灵魂和精神。一边走，一边担心别人会说什么，遇了熟人或遇了看见他们一前一后走在城市街道而惊讶的人，不等别人表示什么，老汉就自言自语地先开口："你们可以养宠物狗，宠物猫，甚至宠物猪，我为什么不可以养宠物牛呢？牛啊，给咱出过力的牛。"

老汉和牛前面走，后面就有人小声指指点点："这个怪老头，没田地种了，还养牛，他老伴都把牛卖了，他又花高价买回来……"老汉和牛出了名，就有在工厂打工的外地农民工来，特意领了牙牙学语的孩子来看牛，在路边虔诚地恭候老汉和牛的到来，孩子在城市出生成长，从没看到过牛。

"橐橐"的声音每天准时敲打着水泥路，那是老汉和他的宠物牛出来散步。变成城市的街道上彻夜霓虹闪烁，晃眼，让老汉和牛的步伐越来越没有底气。牛的脚步声还能响多久？牛儿不知道，老汉也不知道。

# 相见不如怀念

“就是它吧。”她的目光又在各处环视了一遍，强忍住内心十二分满意，尽量不在中介人员面前流露出来。

“好。”他也四周环视了一下，点点头。

这是多好的房子啊，装修考究，富贵袭人，原来房子不但是住人的，还可以是工艺品，这房子像一件精雕细琢的玉，材质好，雕工好，浑然天成。房子坐落在有名的富豪区，不看别处，单看小区门口的保安跟别处的保安就大不相同。别处小区执勤的人员多是着便装，不是卷着几个月不理的长发，就是剃成几个月不用打理的光头，歪斜着一身懒肉，即使穿了保安制服，那制服也邋遢成小吃店里擦桌子的布。而这里的保安就不同了，都是 30 岁以下的青年，身上的制服别于常见的企业保安服装，是需到五星级酒店门前才能见到的最讲究最奢华的那种：威武的大檐帽，酷似军装的服装，制服上还有从肩绕到胸前的金色穗带。门口有一个方正的不锈钢站台，是专门执勤站岗用的，身材挺拔脸廓紧致的保安 24 小时轮流笔挺站立，仿佛身后不是居民小区，执行的任务也不是为居民看门，而是担负着某项神圣使命。房子更没有话说，150 多平米的四室两厅，红橡木地板，墙壁贴了开满紫罗兰，暗纹淡雅富丽的壁布，屋内的家具也都是红橡木家具，欧式风格的，古拙，暗红，厚重。特别是几个卧室里的床，都是

两米宽的大床，床头雕花绽放的花朵与墙上壁布的花纹如一棵根系生长出来的，看一眼，仿佛暗香正慢慢袭来。她的手指在床头的花纹里游走，摁了摁床垫，没摁动，又不禁坐了一下，她用力一颤，才觉出下面弹簧的力道。

“好吧，就是它了。”她对房屋中介的人说，“最低多少钱？”

“租多长时间？”中介是位近四十岁的棕色卷发女人，贴着头皮的发根已经泛出葱茏的黑来。

“一个星期吧。”

“租一个星期？哈，那就不是最低多少钱的问题，是我们能不能租给您的问题，起租最少半年。”

“这样呢，我租一个星期，给你 10 天……不，给你半个月的租金，总可以吧？要不就一个月！”

“从来没这么租过，即使有特别的，最少也是一个季度。您若早说租 10 天，我都不带您来看房。”

“可你也没问我租多长时间啊！”她说完，可能觉得自己说得生硬了，就又陪起笑，“你跟房东说说，这马上也快春节了，谁还会出来租房啊，空着还不是空着？”

“这房子您也看见了，什么档次？可以用‘富丽堂皇’来形容吧？这样的房东还怕空几个月吗？您要想便宜，去这小区对面的梨花园小区，那儿还有套房子也要出租，面积也不小，是三室一厅，您在那儿租一年，都比在这边租一个季度还省钱。”

“谁让我就看中这了呢，不图省钱。”她的口气倒好像不是租房，而是置业。其实她就住在梨花园小区，房子怎么样还用她介绍？一条马路，隔开了两个小区，分成了两个阶级，两边的房价拉开了，贫富差距也拉开了。

棕发美女说：“这家的房子其实空了好长时间，房东怕租户不爱惜，一直舍不得出租。这么短时间，估计更不会租了。”

“您给说说吧，什么都讲个缘分，就像我们非要租几天这个房子似的，请房东绝对放心，我们会像爱护自己的眼睛一样爱护他的房子和屋内所有设施。”不知受中介的感染，还是因为别的，她也像中介一样，把“你”改口说“您”了。

“好吧。”棕发女人叹口气，开始翻手机里的通讯录，找准了，拨出去，独自走到另一个房间通话。她还是能隐约听到她说话：“您还在外地呢？跟您说，现在春节前难租，等过了这一个月，过完春节后……”

女人走回来说：“好说歹说，房东总算同意租给您一个月，不过要我们多收您些押金。租这么短时间，我干这么多年，还第一次遇到。我也说实话，这儿虽然空调冰箱洗衣机什么都有，可您自己铺的盖的得弄来，一周的时间，其实您还不如住宾馆合适，既省钱，每天还有人做卫生，也省得您弄些东西倒腾来倒腾去。”

她还没说话，他接过话去说：“谢谢您提醒，可我好这口儿呢。”

棕发女人咧开大嘴笑了，几颗黄褐斑大长牙一览无余，说：“看得出，虽然您目前的购买实力虽然不够，但您是追求高质量高品位的人！”

她觉得他这样说，辜负了刚才人家好心好意做房东半天的思想工作，忙接过话来：“谢谢您，我们是外地人在这打工，这几天老家来人，我们……”

“明白了，明白了。”女人点着头，一脑袋棕色发卷弹簧似的跟着摇晃。

签完协议，交完钱，房子就算租到了手。第二天一早，她和他来收拾屋子。开了门，刚想迈步，她望着纹路细密的木地板，忙脱掉靴子，却忘记带拖鞋。她就光了脚，走在似带有暖意的木地板上，她拉开帷幕般厚重的金丝绒窗帘，让阳光洒进来，涂抹在房间里的每一件物品上。这里看看，那里看看，然后站在床前，摩挲床头上雕花的

花纹。细腻，滑腻。他呢，站在门口，头探进来，左边瞄瞄，右边瞄瞄，那神情像被抱上龙椅的猥琐的乡下孩子。她笑着对他说：“把靴子脱了。”他再次左右看看，左右静寂无声，才看她，脱靴子。

她指着茶柜旁空空的立体鱼缸说：“灌上水，下午你买几尾锦鲤来放里面。”又往电视机那里一指，“电视下面，再摆两盆花儿，这样，一下有了生气，买锦鲤时一起买来，反正跑一趟花鸟市场。”

“还有呢？”

“买两床新被子来，还有枕头、被罩，一起买！家里虽然还有两床八成新的，配这么豪华的家，太不搭。”

她打开占了半壁墙的液晶电视，电源灯亮了，却没有图像。她喊他，“你来看看，怎么不出人儿呢？”

他过来，弄了半天，说：“是好的，估计欠了费，要充钱吧。”

“让中介通知房东去交收视费。”

“这个钱，还有水电费、物业费什么的，都是租户承担。”

“那你下午就去交，明天他们就到了。”

“咱家的收视费每次都是一交一年，恐怕……”

“租这么几天，总不能咱给他电视充一年的收视费吧？”

“那怎么办？这么大的电视看不了？”

“要不就不充了，匆匆忙忙的，估计他们也不会看，实在不行到时候说有线电视的线路坏了，还没来得及修。”

她又去了厨房，看如果开火做饭的话，还差哪些东西。天然气灶具、抽油烟机、消毒柜、冰箱都有，锅碗瓢盆都没有。她说：“你把咱家的盘子碗筷再弄些来，买一小袋香米，买壶茶籽油，再买些鱼肉青菜放冰箱里面。”

“不是说来了去饭店吃吗？还弄这些干什么？”

“是增加烟火气，过日子总不能没有开火做饭的东西吧？”

“茶籽油？不买大豆油？好，我去买。”他一转身，看到客厅一个

空空的书柜，说：“把咱的书也搬一些来吧，这里显得太空了，他们来了，见书柜里没有书，会怀疑这不是咱的房子。”

“书本儿好重的，倒腾来几天，再倒腾回去？”她犹豫着。

“我找咱楼下收废品的老李借个三轮车，两趟就能拉来这一架书。咱那边从五楼扛下来是难点，这边有电梯就轻松多了。”

“好吧！”她想了想，同意了，“你捆好，咱俩一起搬。”

“书的事儿不用你管，你还是去安排被褥枕头什么的。这户人家，这么豪华，书柜却是空的，真是。”

“装修这么有品位，绝不是头脑简单的暴发户，可能人家都搬走了。再说，就是有，和你的阅读兴趣也不一样。”

经过一天的卫生清扫和日用品补充，应该说这房子里除了电视信号和网线没有，其他的都有。“走吧。”他说。

她细细地打量着，思忖着，想是不是还有什么遗漏。

“走吧，不早了。”他看看手表，又喊了她一遍。

“走！”她应着，一抬头，发现了他手腕子上的亮闪，“哟，这块旧手表有年头不戴，怎么又戴上了？”

客人是一对夫妻，来自他们故乡。客人男是她以前公开的恋人，和他也算熟悉；客人女呢，则是他以前一个单位的同事。十年前，她们，确切地说，是他们，是她跟随他，充满新奇和幻想地从家乡出来，来到这座美丽的城市，并定居下来。

一晃，十年的时光水般流走。

准确地说，十年零八个月前，她们像古诗里说的“烟花三月下扬州”一样，烟花三月下到这里来，来了，再没有走。因为来时的决绝，她们几乎割舍了故乡，割舍了同事，割舍掉朋友，只剩下爱拼才会赢的宏伟理想和相互怜惜的温情。十年，他们虽然没有消沉，却一天天变得平庸，一天天与原本的雄心壮志越来越远，甚至有时背道而驰。生存是有压力的，是打磨掉诗情画意的抛光机。

十年，他们混得还算不错，但绝对称不上富贵。不是他们不努力，而是财富的获得有时和勤奋无关。比如他们家楼下不远处有家卖油条的，每天早上四五点钟就摸黑开门忙碌，能说他不勤奋么？他们目睹了他的勤劳和坚持，多少年过去，除了糊口还能怎样呢？他们还是不错的，原本也是知足的，来这里没几年就在梨花园小区买下一套二室一厅的二手房，之所以选择这个小区，还是价格的优势打动了他们。这个小区从外观看，中庸了一些，如果拿人做比喻，就属于灰头土脸不修边幅的中老年形象。楼距之间较近，对面那栋楼有人家轻轻咳嗽一声，这边的就惊得哆嗦一下。墙面是那些年盛行的灰色水刷石，因为治漏雨，墙面上有一片连一片防水涂料涂刷的痕渍，虽说刷上的是透明无色的涂料，墙面还是像洗不净的大床单。就是这样的房子，还榨干了他们全部的财产；就是这样的房子，也不是所有来闯荡的外地人都能买得起的。并且，他在故乡还有房子的，尽管一直闲置，他们也没有卖，有那么一套遥远的房子在那儿，他们就还能在梦里看见故乡，像树叶和树根，距离再远，有树干连着，他们就还是一体的。当时想在这里买房时心里也忽悠闪过卖掉故乡房子，把卖房的钱添上，在对面小区买，让生活多一些美好。后来，两个人都否定了这个想法，卖了房子，就断了他们回家的路。还是买了梨花园的便宜二手房，他们每天上下班，从五彩斑斓川流不息的多彩马路上，拐进空间逼仄颜色灰暗的黑白照片似的小区。故乡人是知道这个城市的，不光是故乡人，就是全世界不知道这座城市名字的人恐怕都少，他们沾了这个大城市蜚声中外的光。在故乡人看来，他们居住在这里，就是属于了这个城市，融进了这个城市所有的光鲜和看点，这个城市所有的荣耀就都和他们有关。这座城市出过一个世界级的网球女明星。去年，她以前单位一个只是见面点头关系的老同事费尽周折地问到她的电话号码并打来，绕着圈子寒暄半天，初以为他是为借钱，后来才吞吞吐吐地说：“我是网球女明星的铁杆粉丝，能不能麻烦您去找她

要一张挥拍击球的签名照！”那口气，仿佛她和她每天都会遇见，仿佛她每天练球就在她们家的后花园！他们来这么大的城市发展，并且待了十年，生活就应该足够好，就足以居住带有后花园的洋房或别墅。对于美好的向往，人们从来不缺想象，就像他们当初为什么从故乡来这里一样。他们每天的日子，是让遥远的家乡人羡慕的大城市生活。只有他们自己知道，他们在大城市的生活和在家乡的生活相差无几。这十年，真的就白折腾了？好吧，那他们就只有不让家乡人知道他们的生活现状，那么，他们要让从家乡来的客人亲眼看到，她跟随他，是对的，他们一起出来闯荡，是对的。他们必须让家乡人看到他们过得好，虽然不是带后花园的洋房或别墅，但必须是让人眼前一亮的厅堂！

客人是趁着出差来看望她，看望他们。那就看吧！她犹豫着和他一说，他也爽快地答应了，不过她说的瞬间，他的脑海里一下闪过一个婀娜的身影。看吧！十年了，他们蜗居在这个陌生又熟悉的城市里，举目无亲，现在，故乡终于有人要来看看他们！并且还是这样的一种故人关系！

“看吧，我们过得很好！”

“对，我们将最好的面貌展现给他们，展现给了他们，也就展现给了老同事，老朋友，展现给了故乡的所有认识我们的人！”

他们在经历一个几乎不眠之夜后，做出了这样的决定和举动。

交完房子的租金和押金，购置完新铺盖和零星的物品，她有些心疼钱了，说：“应该撒个谎，说我们出差了，暂时回不来。”他呵呵一笑：“这么远，难得人家能够来，十年过去，还能让一个人想起，多不容易！”她脸红了一下，又愠怒起来：“你是什么意思？”他忙嬉皮笑脸，来缓解事情的严重性。她疲倦地瞥了他一眼，放过了他。是的，这几天他俩都精疲力竭。他们来，可能只是偶然路过来顺便叙旧，而他们，却认认真真地忙碌了几天做准备。

客人终于来了。到时，已是下午三点钟。

在小区门口迎到了他们，此刻风和日丽，适合给客人宾至如归的好感。客人是给她打电话说来的，她作为主角并没有站到前面迎接，而是随在他身后。他看到了他们，大老远高举起手臂挥了两下，迎面走来的打头的男子也挥舞了两下手。越走越近，前面的男子穿一件皮外衣，脚步匆匆，脖子上大毛领子的毛随风晃动，走成一匹来自北方的狼。越走越近，他上前几步，眼睛先极快地扫了一下走在后面的紫红色羽绒服上面的脸庞，紧接着就握住了男客人的手，露出大大咧咧的笑："可算把你盼来了，马斌，十年过去，你还是那么帅！"

"哪里呀，是你还是那么帅，我的脸都成了核桃！"马斌也不顾忌，握完手就专注地看她。她呢，却没看他，而是伸出手，拉住女客人，十年前她俩仅是认识，十年以后，不是这种在她家门口的场合，估计早就擦肩而过。她握住女客人一双骨瘦无肉的手，说："贺梅，孩子读几年级了？看你保养的，这身材还跟少女似的！这次来了一定多住些日子，家里宽敞着呢。"

"行，一定把你住烦为止！"女客人也满脸的笑意。

她和他分别从他和她手里接过行李，上楼！

边走，马斌边打量，边说："一看你们这就是土豪小区，是有钱人住的地方。"

"从哪儿能看出来？"她问。终于和马斌说上了第一句话。

马斌一指门口笔直站立的保安。

从小区门口往里走，前行，左拐，走到住宅楼前的空地，走在最前面的她迟疑了一下，相邻的单元栋口一模一样，哪个栋口呢？这边还是那边？也难怪，算这一次，她才第三次来，一次是中介领着，一次是闷着头跟在他身后。她的脚步就停下来。马斌在她后面，问："怎么了？"她忙遮掩，右手抚住额头，"没什么，晕了一下，让你们来高兴的，大脑缺氧了。"

只有他知道她是懵了方向，忙走到前面，说："看你俩一来把她高兴的，都懵圈了。来，都这边走。"

他在前面引大家进了右边的单元，上了电梯，到了 26 层，哗啦掏出崭新的棕色牛皮钥匙包，一把一把挑拣着，然后小心翼翼地插进钥匙，顺利地打开了房门。她才长出一口气。房门开处，几双新棉拖鞋像一排整齐浮在水上的鸭子，恭候着几双脚。

"来，随便坐！"

"好大的房子呀！难怪你们当初下那么大的决心出来，恐怕我们要奋斗两辈子也不能搞这么一套房子呀！"

"哪里哪里，你们在老家，比我们过得更舒服自在。"

不等主人让，客人已经从客厅开始，一个房间一个房间地看了一遍。看一个房间，就叹嘘一番，再看一个房间，又叹嘘一番。是的，各个房间都是那么宽敞，净空也高，起码有 3 米，各个房间都布局那么合理，每个房间的装修各异，又都保持总体格调统一。她看到，贺梅的手也像她租房时一样，干瘦得像鸡爪子的手指在床头凸凸凹凹的花纹间深深浅浅地摩挲。持家的女人，多爱这些东西，特别是想讲究品位却因柴米油盐总也提升不上去的女人。对品质生活的向往，是每个女性的天性。她目光转向客厅，高大的马斌正打开书橱，这些年，他看上去真的没什么变化呢。马斌望着书籍们胖瘦不一的脊背，说："你们还是那么爱看书。"他说："这大部分都是她的书。"马斌说："好多人以前爱看书，等成了像你们这么衣食无忧的大款，基本上都不读书了。"他笑着说："我们算什么大款？辞职出来进公司给人打工，只不过工资高一些罢了！""高一些？怕是比我们强到天上去了！"一连串略显夸张的笑声。她和他在这来自家乡故人的奉承声里很陶醉，仿佛她们真的已经是成功人士了。

参观完各个房间，主人和客人又都坐回到客厅宽大的沙发里。她望着马斌，马斌已脱掉皮外衣，肚子圆滚滚地放在腿上，像一个随意

的大男孩，倚在沙发后背上，岔开双腿。干瘦的贺梅则略显拘谨地前倾着身体，淑女般一前一后收拢着双腿。不过他们的手指上，都戴着璀璨的戒指，使他们不像上班的职员，更像暴发户。马斌左手上一个方方大大的厚实的金戒，贺梅是两只手的无名指上各有一黄一白，白的上面闪着钻石的光芒。

贺梅听着他们的聊天，一边打量着他和她。房子是高档的，他们的衣着也是得体入时的，但他们的容貌好像超出常人更多时间的风霜吹打。他十年前就有的大鬓角还在，而头顶，则需要从四周培养长发去遮盖那里的荒芜和光亮。而她呢，这个曾让马斌魂牵梦绕的女人，在当年应该是不丑的，可现在两只大黑眼袋挂在鼻梁上端，她着重端详了她挺直纤弱的鼻梁，才知道鼻梁除自身功能和支撑眼镜外，还有支撑住眼袋的作用。相比之下，虽然她和马斌在老家少心没肺地上班过日子，虽没有挣到大钱，但他们的身体发肤，光泽质感，都像是放在冰箱的保鲜格里存放了这十年，感觉没有多大的变化。当然，变化绝对是有的，十年，人生能有多少个十年啊，能没有变化？事情是相对的，目前的相对是相对于对面的他们。

她听着他和马斌说话，从窗外进来的阳光照到马斌的脸上，眼睛，鼻子，嘴唇，都是她熟悉的。不过嘴唇有些干涩。她抬头朝茶台上看，瞬间像被子弹击中：没安排喝茶的器物！怎么搞的，想到了买被褥，想到了买米面粮油，想到了搬来整架的书，却忘了一件微不足道却至关紧要的事！百密一疏啊！是啊，从古到今，无论官家还是平民，从影视作品里也能看到，来客人的第一件事情就是上茶，大多是客人刚落座，主人就朝外面喊：“看茶——”这家厨房里有烧水的壶吗？好像没有，即使有壶，喝水的杯子八成也没有。她起身去厨房，打开几个柜子找，还好，有一把坐壶，打开盖子，霉菌味儿冲出来堵了鼻孔，再看，里面布满水垢和铁锈。这不是不锈钢的壶吗，怎么还会生有铁锈？这肯定不能烧水了。怎么办？这不是夏天，夏天就好说

了，出去买几瓶矿泉水，清凉解渴，现在是冬天，马上就到滴水成冰的季节。想了想，她弯腰打开灶台下面的柜橱门，是的，水管子的阀门真在这里。她毫不犹豫地拧紧了水阀。她把坐壶外面擦亮了些，放在台板上，然后挓挲着手出来，说："哎呀，真不巧，又停水了，昨天物业通知说今天自来水公司修管道，连水也喝不成了。"马斌说："别忙了，也不渴，多说说话，比什么都强。"贺梅也说："天冷，不出汗，不渴。""真不渴？"她问，像推卸责任地问，这样不端上来茶的责任就到了客人身上。"不渴，不渴。"男女客人同声说。"也好，稍微坐一下我们去餐馆，到那里再喝吧。"

"哎呀，上什么餐馆啊，在家里弄口吃的就行了，那么客气，以后不打算让我们再来啊？"马斌朗声笑着。

"咱吃在餐馆，住在家里。看，你们就住那间大房，我再带你去看看。"她一拍贺梅的肩。贺梅随她进到房间，她拉开柜橱，里面是崭新的被褥，被褥上面是码放整齐的崭新被套和枕头。"等下睡觉前咱俩把被子装上。"她朝贺梅笑笑说。之前，她故意没有装，因为当着客人的面儿现装，才能证明着被单是新的，并且新洗过。

贺梅嶙峋骨感的手指又在床头的花纹里游动，她见了，不由地说："床垫也好，你坐一下，太舒服了。"贺梅往前只挪动了一小步，就停下来，手指也停止了游动。她才意识到，自己干了件愚蠢的事，不该炫耀，你喜爱这床，但你不该当着客人说出来呀，是暗示人家没见过？其实她真心是要夸奖，这床多好多上档次，是羡慕这户人家多会享受啊！为了夸床她竟然忘了现在这床名义上是她的床，你跟客人一炫耀，性质就变了。果然，贺梅着说："是啊，跟你们这样的大城市比，我们就是乡里人，这么好的床，哪能见得到？"

她俩退回到客厅。马斌正在惊讶着墙上的平板电视，"这得多大呀？一面墙都让这家伙遮住了，我还从来没有看过这么大的电视，这收看效果跟坐在电影院里没什么区别了。"他呢，面对马斌的惊讶，

只能嘿嘿地笑，身体陷在松软的沙发里，来回搓着手。她想，马斌夸电视，肯定也是没话找话说。而他在没话找话说上，还是略显木讷了些。

“你们这里能收多少套电视节目啊？”马斌问。

“也没细数过，大概，大概……有……100多套吧，哪有时间看，都忙着上班。”

“看我养的鱼，锦鲤。”她忙岔过去，率先走到鱼缸前。四个人都站到了鱼缸前，看几条红白相间的鲤鱼来回辗转游动，缸底的给氧器不时呼噜噜地吐出一串串的泡泡。

起初他们电话里说来看望她们，她们还是有些期待的。见了面，反而有些冷场，没什么话可以多说。是呢，能说什么呢？十年过去了，应该是有很多话说的，但倾诉的对象不对，不能掏心掏肺，那还只有寒暄，或是沉默更好吧？于是，她开始对着贺梅重复前面说过的了：“来一趟不容易，一定要多住上几天，住不了一个星期，我都不放你们走。”

“好好，来了，大家多聊一聊。”马斌说。

贺梅抬眼重重地斜看了马斌一下。

“你不知道，我们当初来时，走到马路上，听见一句离咱那里起码有200里远的方言都亲得掉眼泪。那真是举目无亲哪。”他说。

“你们付出了，也得到回报了，如果我当初知道出来能混这么好，说什么也会辞职跟你们一起来，现在，你们提前进入了小康生活，我还在上那个撑不着饿不死的班。”

“你们也不差，在家多好，如果再选择一次，我们可能就不会出来了。”

“不出来？”她心里想，“不从家里出来，她和他还会生活在一个屋檐下吗？”

“真是肥猪哼哼，瘦猪反倒不哼哼，我们比你们过得好，行了

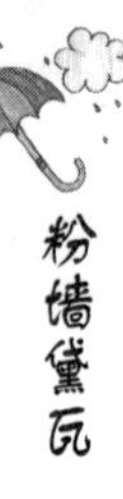


吧？”马斌调侃着。

又是一阵笑声。

他抬起手腕，看看表，说：“咱去吃饭吧。”贺梅朝他腕上瞟了一眼。

马斌说：“在家里随便吃点吧，不往外面跑了。”

他说：“外面吧，没在家里安排的，你们这么远来一次。”

她说：“是啊，就在楼下不远。工作一忙了我们自己也经常不开火，省得洗碗，麻烦，呵呵。”

马斌站起身，掏出手机，咔嚓咔嚓地在客厅，在卧室，一连拍了十几张照片，说：“我发在微信朋友圈里，让他们羡慕一下这些年一直低调的你们。有 Wi-Fi 吧？密码多少？”

她望下他，他也望下她。

“Wi-Fi？我们没有装网线，我们在家一直是用手机流量上网的。”她鼻子上沁出细细的汗珠。

“那你们的电脑不用吗？”

“哦，我们俩的电脑都在单位放着。白天工作一天了，回来就让眼睛休息，绝不碰电脑。只有没网，才能控制住。”

马斌听得连连点头：“看来我得跟你们学习，回去就把家里的网线断了。”

他的临时应变还是可以的，像真的。她随手擦了下鼻子。

慢慢地，天黑下来，他说：“我们这就去吃饭吧。”贺梅站起来，去了趟洗手间。出来后甩着微湿的双手，面无表情地说：“我们提上东西吧，吃过饭就不上来了。”

“不是说好的住下来待几天吗？”他望着贺梅，又望向马斌。

三个人都望着贺梅。

贺梅说：“你们是知道的，我们是来开会的，是顺便来看看你们。会务已经安排了我们的食宿，吃完饭我们直接过去。”

她说："那怎么行，你看，都给你们安排好了。"

他更是口吃起来，"看，看……你们，咱不住……宾、宾馆，住……家里不行吗？"

贺梅说："那边催着报到呢，怪马斌没跟你们说清楚。"

马斌望着贺梅，一句话不说。

"那就先不拿东西，吃完了再议，可以不？"他近乎央求着。

坐在饭店里，她左边是他，他右边挨着马斌，马斌挨着贺梅，贺梅那边空出好多，然后是她。点菜时，主人让客人点，客人说客随主便，什么都行。他就交给她点。她还没看菜谱，就说："要一个干锅茶树菇。"马斌没什么表示，贺梅转过头来，看了马斌一眼。这是马斌爱吃的菜。她继续点，他插进来一句："要一盘松仁玉米。"对面的贺梅眼睛眨了两下，说："铁板牛肉有吧？别尽照顾女士。"他用手捂住嘴，干咳了两声，然后又点了些海参鲍鱼三文鱼。

饭店上档次，甚至很奢华，菜好，酒却没怎么喝，他劝马斌多喝点，马斌说："现在喝酒不行了，血压有点高了。"不喝就不劝，他心里想，如果来的是他的同学或战友，会怎么样？估计会抢着斟酒、碰杯，满桌子的脏话粗话，然后仰面往喉咙管里倒酒。谁会顾及什么血压高血脂高呀！饭局在沉闷中行将结束，他去买单，贺梅跟了来。他笑笑说："你是来抢着买单的？"贺梅说："想得美，这么远来，就是来吃你的。"他微笑着望着她。贺梅也望着他。"那就回去坐着吧。"贺梅没动。服务员开始打印进餐的小票了，他说："先回去吧。"贺梅说："换块手表吧，都旧得不成样子了。"他看看表，又看看贺梅，他看见贺梅肩上挂着一根长头发，在灯光下闪烁出黄亮。刚才吃饭时他就看见了的。现在，他伸出两根手指把头发择下来，绾了几下，然后装进自己的衣袋里。

贺梅回到餐桌，看到她和马斌都目光呆滞地各自望着某个地方。他们没有趁机私下说话，或者刚才说了现在伪装成这样。贺梅想。

一桌子菜剩了大半。有的菜上了桌后几乎未动。她从来不是浪费的人，离席时，她故意不去看它们，更别说打包带回去了。此刻她想，在来自家乡的他和她面前，必须这样。迈出饭店门口的那一刻，她却不由自主地想，这要打包回去，够她和他吃两天的。

客厅里垂着流苏的大水晶灯发出亮白如昼的光，却并不能改变贺梅的想法。

“我们真的要走了。”上了楼，贺梅都没往沙发上坐，就缠绕起红绿格子的围巾，把头包个严实。

马斌看着贺梅，而贺梅不看他。

“不走，好吗？”他说，“都给你们安排好了，你们睡那间大房。”

“不了，不麻烦你们了。我们真的得去报到了。”她说。

“哦，看我，让你给我急懵了。是这样，我们还有一套房子的，你们俩今天住这一套房子，随便睡哪一间，我俩就去那边房子睡。所以，不存在不方便，这下行了吧？”她也轻缓着语调说。

马斌说：“看你说的，你们今天也住在这边，咱还能多说些话呢。”

贺梅白马斌一眼，看看表，说：“得马上走了。太晚怕会务组的人会骂人了，等开完会，我们再过来住，过来聊。”

她紧紧地拉住贺梅的胳膊，说：“不能走，坚决不让你走，明天一早走，误不了开会就行。”

贺梅则坚决地说：“我们是有单位有组织的人，不听人家的话哪行？”

这样说，就不好拦了。她松开了手，仿佛听到一块石头落进水里的声音。是的，房子为他们租的，他们不住就走了，不是石头丢进了水里，是她们租房的钱，一坨子钱丢进了水里。

送他们到楼下，她没有主动和她拉手，他和他握了手。她望了一下他，他也望了一下她。他们上了出租车，他飞快地掏出一张粉红的钞票递给司机，说：“他们要去哪里你就送去哪里。”

出租车融入灯火之中，她们才上楼。

他一改客人在时的正襟危坐，像电视剧里慵懒斜靠在沙发里，左手托着刚握过贺梅的右手手腕，手指放在鼻子下，鼻翼抽动忽闪着，问:“你和贺梅说了什么？”

她已经在内心里检讨了自己半天，并没找到可以谴责的失误地方。听他这样问，说:“我和她说什么？我俩单独离开你视线的几分钟会说什么？就是有机会，你认为我会和她说什么？”

“那怎么就走了呢？”

“我还问你呢，怎么就走了呢？”

“你说，是不是嫌没给倒茶？”

“我不是跟她说了，自来水公司搞管道维修，百年不遇的停水让他们赶上了。哦，刚才我特意把水阀关了。”

“那是嫌没给看电视？”

“我想他们在家，也不会看什么电视，现在谁不是上网、看手机呀。”

“那会是什么？”

是啊，那会是什么？她想不透为什么。走就走吧，花了重金，用百分之百的精力物力恭候她们，一切做到了我心无愧，任由他们怎么说吧。再说，或者是会务组真的等着他们，不允许他们在这儿住下来呢？

望着空旷华丽的房间，她说:“要不咱俩在这里住一晚？”她一直流连那张宽阔的大床。那么硬挺柔厚的床垫，那么有力道的弹簧，躺上去的感觉肯定不一样。她拉他起来，两个人进了卧室，并肩躺倒在厚实的大床上，她挓挲开双臂和双腿，占据着大半个床，把自己弄成一个“大”字，太舒服了！有弹簧垫子的床都叫席梦思，可席梦思和席梦思给腰的感觉竟然有天壤之别。

“还是回去吧！”他看看手表，一个多小时流走了。“我下午虽然

请了假，但该干的活儿今天一定赶出来，回去上网给经理发过去，明早他要看，我这副经理当得太不容易了。”

“算给自己放一天假，不行吗？”她说。其实她更需要上网，白天上完一天班，晚上摇身一变，她还是一个文学网站的版主，网友们还等着她审帖点赞加精呢，哪怕时间上晚点儿。

“那你不回去了？”他问。

她伸个长长的懒腰，说：“那还是一起回去吧。”她从床上起来，捋了两把头发，把它们捋到脑后，手指又在床头凹凸的花纹间摩挲。

“走吧！”他已经在门口等她。

“我上趟卫生间。”

她从坐便上起来，随手按下冲水开关，水压力很足地哗地一下流下来。她突然想起来，贺梅中间上过一次卫生间的。她忙又去厨房，拧了水龙头，没有水流出来。原来这两个地方的水是各自的阀门控制啊！她家可是一个阀门控制这两个地方的。

他在门口说：“你说，他们开完会还会来吗？”

“不会来了。”

“若不来了，咱提早把这房子还回去。”

她说：“真不会来了。”

他说：“这么肯定？”

“唉，咱这一通折腾，他们竟然一晚没住。”

“没住就没住吧。”她说，“要不，在网上发布个消息，看有短租的吗，转出去，能捞回多少是多少。”

“谁租几天啊？”

“咱不就租几天吗？大千世界，万一再有像咱这样死爱面子活受罪的人呢？”

“那就试试吧，网上发布消息也不花钱。”

“要不，想想你还有其他的朋友说要来吗？有的话，催他们这几

天赶紧来。”

“拉倒吧，下次啊，如果再有谁说来，咱就……”

她把客厅的门一关，屋内所有的豪华和品位，都归于黑暗。在楼梯间的窗口往下一看，交错流转的汽车灯光串成一条伸向远方的街衢。寒风让她打个冷战，他们到地方了吗？

此时，辞别他们而去的客人，还在亮闪闪点缀着街衢的一对车灯后面，为今晚住宿的地方寻寻觅觅。

他们还坐在那辆出租车上，让出租车带着他们找宾馆。他们没有直奔开会下榻的地方，因为那里是不会提前接待他们的。

马斌埋怨：“我真服了你，咱提前早来两天，不就是让他们带咱在这里的景点多转转吗？那么好的房子你不住，非要出来再住宾馆。”

贺梅说：“人家那么新的被子新被套，咱只住一两晚，回头人家还得洗，大冬天的，洗一次多不容易，你不是女人，你不知道。”

马斌说：“洗怕什么，总比辜负了人家的好意强。你呀，在家里跟我使脸子，出来了，到别人家里还……”

贺梅鼻子哼一声，说：“你应该单独留下来的，她才会给你泡茶喝，给你电视看。”

找了一家，又找一家，一连找了十几家宾馆，不是客满，就是条件太好或太差。司机挠挠头说：“怪了，现在也不是旅游旺季啊，怎么今天都客满了呢？”

贺梅说：“也可能是像我们这样出来访友的人来多了吧？”

司机恍然大悟：“哦，园博园开幕了！知道世界园艺博览会吧？刚开园没几天，可能来参观旅游的人多。”

马斌在胸前抖着双手跟司机说：“刚才送我上车的是我们的朋友，他那里有现成的房子，好大的房子，比五星级宾馆还上档次，可她非要出来找地方住，真是的。您再帮忙，往前开，这两天的住宿归我们自己拿钱，还是那个话，宾馆不要太豪华，有大床，房间有向阳的

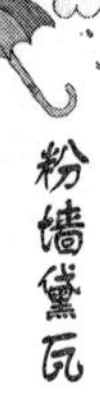


窗，带卫生间就行！”

贺梅盯住他无名手指上的亮泽说：“把金戒指摘下来放我包里吧，老王这个大戒指你戴着有点松，别抖落丢了，回去拿什么还给人家？”

一幢幢闪烁灯光的楼宇从身边闪过。车窗缝里透进来的冷风让贺梅缩了下脖子，她扭头从后车窗望去，刚才车两侧闪过去的楼宇街道又合二为一地汇入她视野里。万家灯火，点点烁烁，美不胜收的大都市夜景。本来，此刻，她们应该是在身后某一盏富丽而温暖的灯火下，谈笑、叙旧的。

她又想到他们走时他们脸上怅然若失的表情。从始至终，她们的笑意应该都是真诚的，她真不该耍小性子离开的。可是能怪她吗？做人待客的基本礼数都不懂么？没有茶水，没有 Wi-Fi，有电视却没有打开……这一切不就很好地表达着什么吗？她脑子里激灵一下，这些都没有，意味着什么？那相当于日常生活这张桌子少条支撑的腿！她突然推他一把，说：“你说，他们会不会为了要面子而……”

是的，自己绝对是错怪了他们，应该立刻给虚荣的他们道歉，应该回到那盏温暖的垂着流苏的大水晶灯下，让她们尽地主之谊招待吃喝住行，看锦鲤在硕大的鱼缸里自圆其说般吐着水泡，去感受女主人极力炫耀的大席梦思床的舒适，不该计较的，因为那张豪华的大床对于她，并没有习以为常！

# 饕餮大餐

不用看墙上的日历，香藜就知道还有几天冬至来临。是的，离冬至这一天越来越近了，离香藜蓄谋已久的饕餮大餐越来越近了。

香藜是骨感美少妇，瑜伽班最优秀的学员之一，平日里吃饭挑肥拣瘦，掂量来掂量去，生怕一不小心哪一筷子夹进嘴里，身体嗖一下就长胖了。掌勺做饭的人注意塑身，家里一日三餐的伙食就可想而知。自打交个首付又买了一套房后，三餐里更是少了荤腥。她知道愧对了大家，所以她下定决心，让平日陪着她一起不念佛只吃斋的家人，吃上一桌色味俱佳、营养丰富的大餐。丈夫还好说，在外面隔三岔五有饭局，苦的是她和儿子。三九补一冬，来年无病痛。香藜想在冬至这天开个戒，迷信一次民间谚语，给全家人讨个吉利。更主要的，她们结婚十五周年的纪念日也快到了，她要让他知道，她是多么重视这个节日。

香藜不想去餐馆吃现成的，倒不是怕地沟油苏丹红什么的，她只想自己慢慢捣鼓，捣鼓一天，然后变魔术似的弄出一大桌子菜，色香味俱佳的一桌子菜，让全家人惊呼。她筹划着，郑重其事地在小本子上策划着菜谱，又费了一番脑筋，最后从候选的 30 多道菜里精选出 18 道来。排定了菜谱还不算完，还要出新，比如宫保鸡丁里的花生米改用酥脆的腰果；鱼香肉丝里面真的放一些青鱼的肉丝。与潮流接

轨的菜要端上桌，比如芥油三文鱼片，雪蛤粥。菜的选材更要好中选优，黑木耳一定要用东北老林里的，猪肉一定要土猪肉，鸡蛋更不用说，肯定要散养的柴鸡蛋。猪肉青菜是越新鲜越好，香藜不急着买，她先慢慢地积蓄干货，比如黄花菜，比如猴头菇，比如黑木耳、白木耳。香藜是下定了决心，信心十足地等待这天的到来，要给安静的日子来一朵惊艳的小浪花。

后天就是冬至了，下班后，香藜在市场上正犹豫着是买了冰冻扇贝肉和鱿鱼卷回去放进冰箱还是当天上午再起早跑来买时，电话响了，是丈夫宝柱打来的，第一句就是：“妈病了，在医院……”

香藜头嗡地一下。

婆婆平常是极会保养的，这次的病说起来并不是很严重，但从没有病过，丈夫迅速地把婆婆送进了市中心医院。香藜急急忙忙地拦下辆出租车赶过去，还好没堵车，路上用了 40 分钟。虽然病情不严重，医生会诊后，在家属的强烈要求下，还是决定第二天下午做个小手术。香藜说：“单位明天要来检查的，要求全体都到。”丈夫熊掌似的手拍拍自己的胸说：“我在这儿就行了，你也不是医生，也不是护士，来了也没用。”香藜听了，心里很不舒服，是的，我不是医生，也不是护士，可你急火火地给我打电话干吗呀？你自己在这儿守着你妈不就行了？香藜心里这样想，脸上还是平静的，说：“明天下班我尽量早点来。”

第二天下班后，香藜给丈夫打电话，香藜还没张口，丈夫就说：“妈很好，手术很成功。你在家吧，今天不用来了，好好在家照顾咱儿子，明天早点过来就行，我们单位明天也来督查的。”香藜说：“那好吧。”

一大早，闹铃响了几遍，香藜才醒。是的，定的是 6 点钟。香藜又赖在床上醒够了盹儿，才爬起来。迷迷糊糊地拉开窗帘，老天爷还没醒，外面漆黑的一片。若是夏天，这个点儿太阳早就老高了。天

冷，连老天爷都不愿出热乎的被窝呢。香藜叫醒了儿子，说："今天你放学后去大姨家吧，妈妈要去医院陪护奶奶。"儿子胖屁股朝她一撅，头往被窝里一拱，又要睡去。香藜像工兵取地雷似的把儿子的头从被窝里小心"挖"出来，说："今天可不能睡懒觉，妈妈真的有事。"儿子说："有事你就走，我再睡会儿。"香藜说："那妈妈要给你做饭，你先吃了再睡。"儿子说："你多给点儿生活费，我自己在外面吃吧。"香藜想想，说："一定要到蔡林记那儿去吃，虽然多走几步，他家算是比较卫生的。"

香藜又嘱咐儿子出门要关电器锁好门，然后才下了楼，外面依然漆黑，只有几家早点摊子前亮着灯，袅袅的热气又把灯火包裹成一团朦胧。经过他们跟前，空气里飘荡着食物的香气，却引得香藜想要呕吐。人在惺忪中，感觉胃里却是满满的，别说吃，连气味都容不下。

香藜推开病房时，丈夫正低头看手表。见到香藜，忙"呼"地站起来，说："得赶紧走了，妈很好，但医生说今天还是不能吃东西的，明天才可以吃。"说着，丈夫就往外走，经过她身边时，熊掌大手还在她弱小的肩膀拍了一下。香藜说："路上慢着点儿。"丈夫说："知道了，咱姐说一会儿要来的，你俩轮流休息。"

病床上，婆婆睡着，很安详地睡着。婆婆退休前在单位是副职，在普通职员的香藜面前一直有居高临下的感觉，虽然不是一个单位，不是一个系统，婆婆站在她面前，总有站在台上的感觉，要么俯视着她，要么用眼角看她。

这是有两张病床的病房，另一张床上也是一位老太太，看上去属于家庭后勤妇女型的，不过比起婆婆来，面相上就慈祥多了。给这位老太太陪护的是位和香藜年龄相仿的男士，端着洗干净的饭碗正进来，冲香藜点点头，说："来了？"香藜也点点头。

男士说："走的是你那口子？"

香藜又笑着点点头。

“昨晚那呼噜打的，真有水平。”

“吵着你们了？在家倒不打呢。”

正说着，一群医生和护士来查房，婆婆就醒了，微笑着转过身来，对医护人员微笑着点点头，等目光转到香藜身上，不知怎么，笑容就收敛回去。香藜问：“妈，好些吗？”婆婆慢慢地眨下眼代替点头。医生们走了，香藜问：“妈您喝水吗？”婆婆听了，把眼睛闭上好半天才睁开。香藜读懂了，这是不喝。

护士又推门进来：“输液了！”

护士麻利地抓住婆婆苍白的手，止血带扎住手腕，轻轻地拍了苍白里泛青的手背，拿起针头，一下，紫红的血倒流进透明的输液管里。香藜看到，针刺的瞬间，婆婆微微皱了一下眉。“妈，没有扎疼吧？”香藜问。婆婆眼睛常态地眨动，没有任何表示。护士又给对面床上的老太太扎上针，数了滴数，就出去了。

病房里飘荡着一股来苏尔水的味道，就像菜场永远飘荡着鱼腥。香藜吸了一路的冷空气，进到温暖的病房还不适应，感觉鼻子有些痒，想打喷嚏，看看婆婆似睡非睡地闭目养神，她使劲揉揉鼻子，张了两下嘴，眼睛鼻子挤到一块，硬生生把喷嚏给忍了回去。

时间静静地流走，如同婆婆输液针管里的液体，1，2，3……60滴就差不多是一分钟吧。婆婆又闭起眼睛，不知是养神，还是睡着了。香藜盯着输液管里滴下的液体，眼睛越眯越小时，门又开了，进来两个人，一个人提着一大兜子水果和奶粉，来到婆婆床前。香藜忙站起来问：“您是……”

“哦，我们是朱局长的下属单位工会的，听说她老人家病了，特意来看望。”香藜想摇醒婆婆，来人中一个微胖的中年人说：“别喊了，让老人家睡吧，早些康复，比什么都重要。”两个人东一句西一句地说了几分钟，婆婆也不见醒来。两个人对香藜说：“您好好照顾朱局长，我们回去了。”香藜说：“你们工作那么忙还来看望，太感谢了！”

中年人说：“应该的，等会儿朱局长醒了，代问她好。”

香藜把两个人送出去，回到病房，婆婆正扑闪着眼睛打量两个人提来的东西。见香藜进来，又把眼睛闭上。

对面陪护的男子可能见香藜婆婆并没有睡着，就和香藜拉开了家常。

“您在哪里上班啊？”

“我是老师。您呢？”

“我呀，个体户，开个小餐馆。”

“那您是老板了！”

“什么老板，街边儿卖水果的还老板呢，还是你们上班的好，有事请个假，也不耽误发工资，像您婆婆，病了还有单位人来看望。”



“还是个体好，自由。您自己炒菜呀还是请厨师？”

“我是三级厨师呢。光切墩就干过 3 年，然后才掌勺，后来自己开的店。”

“哦。”听他这样一说，香藜大概知道了他饭店的规模。“那是美食家了，我想请教您道菜，清蒸甲鱼……”

“咳咳，咳咳。”婆婆干咳起来。香藜连忙止住了话头，望望婆婆，婆婆依然闭着眼睛，但香藜仿佛听见婆婆说，你是来陪护病人，还是来聊山海经的？

那男人问：“清蒸甲鱼怎么了？”

香藜不好意思地陪下笑，把食指放到噘起的嘴巴上，然后又一指婆婆。男子点点头，也笑了。

没静上多长时间，门啪地被推开，一个矮胖的老头进来了，径直走到婆婆跟前，粗着喉咙问：“姐呀，你咋病了呢？”

动静之大，声音之大，不但香藜的婆婆，连对面的老太太也睁开了眼睛。老头的声音和病房的环境是那么的不协调。香藜说：“舅，您来了。”

“你妈病了，我听说后这不就来了。还好吧？”

香藜点点头，故意压低声音，想引导舅舅也像她这样的分贝说话。说：“没事，就剩下养着了。”

“没事就好，多养些日子。”老头并没被香藜带得声音小，还是那样顾自粗着喉咙嚷。婆婆看了他一眼，对他点点头，算是打了招呼。“想吃什么？老弟给你去买！”老头边说边用手拍了拍衣袋，表示里面装有钱。婆婆嘴角的笑向后荡去，依然没有说话。香藜忙说：“医生还不让吃东西呢。”老头自顾自说了半天，屋里热，说到把身上的棉袄解开了衣扣，露出里面手织的绿色毛衣。这时护士进来，说：“病人需要休息，请不要大声说话。”老头被小丫头拂了面子，摸下脸，左右看看，看到那两兜水果，极红艳的苹果，极黄艳的香蕉。老头说：“不早了，我回去了。”香藜说：“吃了午饭再走吧。”老头说：“不吃了，有你照顾着你妈，我就放心了，我回去，你舅妈还说让我买些苹果回去的，我再去市场。”香藜说：“吃了饭吧。”老头让香藜说得也没有了主意。婆婆这时又干咳了两声，香藜问：“您再喝点水？”婆婆摇摇头，用眼神看看老头，又看看水果。香藜明白了，说：“舅，您不用去市场买了，就把这兜水果提上吧，我妈暂时也不能吃生冷的。”老头说：“那怎么行，我来看病人，还提走你们的东西？好，听你们的，你妈不能吃，也别放坏了，那我就拿着吧。”

兜里除了香蕉苹果，下面还有一只哈密瓜，老头提起水果兜，身体一歪一歪倾斜着走了。

送了舅舅回来，婆婆已经又闭目继续养神。

直到护工推了餐车进来，香藜才意识到，中午到了。对面床上的老太太是一份稀饭，陪护的男士是一份快餐。饭菜的香气瞬间弥漫在病房里。香藜这才觉出饿来。餐车开始往外走，香藜问：“快餐怎么卖的呀？”护工说：“营养套餐 25 元一份，定吗？”香藜说：“不卖吗？”护工说：“今天送的，是昨天定的。你今天定了，明天送。”香藜问：

“我们昨天没有定吗？”护工再次看看手里的条子，摇摇头。香藜迟疑的工夫，餐车的轮子在地上摩擦出呼噜噜的声音走远了。对面的男士边照顾母亲吃稀饭，边说：“昨天我听见护工问你老公了，因为你婆婆今天不能进食，所以你们没有定。”香藜点点头，明白了。男士说：“我帮你看会儿婆婆，你出去买点吃的吧。”香藜脚迈出半步，又收回来，说：“我也不饿，我姐一会儿说来，说不准她带吃的来呢。”

本该午休的时候，婆婆却没有了睡意，不是看着输液的药瓶子数着每分钟的滴数，就是往对面床上看，看那个老太太熟睡着，又看守护的男子，见男子也迷迷糊糊的，就扭转脸来看窗户。窗户外面是一棵树的树冠，香藜认不出是松还是柏，浓绿。香藜的电话响了，是姐，丈夫的姐。姐说：“我从早上就把我的婆婆送去医院了，重感冒，现在还在那里，所以今天就不过去了。”香藜放下电话，彻底断绝了午餐指望，肚子不合时宜地咕噜响了一下。

婆婆望着她，并没有说话。香藜说：“姐打来的，不来了，她婆婆病了。”婆婆吁出一口气，眼朝天花板看看。

香藜上下眼皮眨着眨着，就紧密地抱在一起。这时，婆婆的咳声再次响起，她强行地撑开粘到一起的眼皮，看看婆婆，婆婆好好地躺在那里，正转动着眼珠看她。香藜问：“喝水吗？”婆婆摇摇头。香藜又看看输液瓶子，还有多半，也不到换药的时候。香藜站起来，走了两圈，对面男子也醒了，香藜又想到了她的饕餮大餐，问他：“你们做鱼糕，都是刮什么鱼啊？”男子立刻来了精神，说：“做鱼糕当然是草鱼好，青鱼更好，不瞒你说，我们饭店里讲究利润，都是用便宜的鲢鱼，一剔一刮，连小刺儿都剁在里面了。”香藜说：“我做的鱼糕为什么总是发硬呢？”男子刚要开口，香藜的婆婆又开始了一连串的咳嗽，他只有闭上嘴巴。香藜对那男子抱歉地笑笑，男子也一笑，闭上了嘴。

香藜的电话又响起来，是同事，知道她快要过生日，要请她吃

饭。香藜压低了声音说："婆婆病了，在医院。"对方哦了一声，就挂断了。过了下午 3 点，香藜肚子咕噜噜响得厉害。今天的肚子，原本要在温馨中装满饕餮大餐的，现在却从早上就饿着。吃饭，吃饭，香藜不去想什么大餐，也不要什么情调，只要有一个烧饼，哪怕不是外焦里嫩，哪怕上面没有芝麻，香藜也会狼吞虎咽。

黄昏时分，丈夫来了电话，说单位的事儿还没结束，要再晚些时候才能回来。香藜答应着，说妈挺好，不用惦记着。过了一会儿，护工又推着餐车呼噜噜地进来了，晚餐照样是对面老太太稀饭，男士营养套餐。晚上的饭香胜过了中午，像一剂黏性很好的胶水，从香藜的鼻孔里灌进去，一下把她空空的肚皮紧紧粘贴到脊梁骨上。香藜想到了明天此刻的丈夫，拦住护工说："我定明天的饭，从早到晚，一份稀饭，一份营养快餐。"

男士先喂了老太太喝稀饭，然后才去动筷子吃饭。吃前，问香藜："你怎么解决？"香藜说："我，我正减肥呢，少吃一两顿没事。"男士吃完了，端着一次性饭盒去扔，对香藜说："你帮忙看着我妈点儿。""好的，去吧。"香藜说。

过了好大一会儿，男士才回来，进门就把手上的一个塑料袋递给香藜，说："快吃吧。"香藜看了看，里面装着一份快餐，心里立刻温暖起来，说，谢谢，还麻烦你去给我买，多少钱啊？

"快吃吧，吃完再说钱，中午就少吃了一顿的。"

香藜打开饭盒，一股香气从鼻子里传到胃里，菜还是可以的，有红烧鱼块，几片瘦肉，几种青菜和香菇丁。胃恨不得伸出手，立刻就把这份饭菜端进去。但她还是矜持了一下，毕竟是在陌生人面前，她需要一份斯文，必须的。她打开饭盒的盖子，缓缓地拿起了筷子。

这时，婆婆说话了。

香藜吓了一跳，尽管婆婆一直清醒着，一天却没有说话。刚才对面老太太喝稀饭时，婆婆吧嗒了下嘴唇。

婆婆说：“宝柱还没来？”

“刚来电话了，说晚些来。”香藜边答，身上竟起了一层鸡皮疙瘩。

“哦。”这次婆婆没闭眼，直接点点头。香藜刚夹起了一块香菇丁，婆婆说：“他那么晚回来，还能有吃的吗？”

香藜把筷子收起来，盖严了纸饭盒的盖子，瞬间她的胃里就被一股气体塞得满满的，仿佛还要溢出来。她想啪的一下把盒饭用力撴在桌子上，而盒饭放到桌子上时却是无声无息的。香藜忽然想起她冰箱里那些菜，汇集了山南海北的干货，除了山珍，就是海味。是的，留着胃口，等下回家自己做了吃，这么个破盒饭，就留着吧，给他宝贝儿子留着吧！她懒得跟婆婆理论，宝柱来了，估计他会吃了饭过来，即使没有吃饭，他也不会动一筷子早已凉透的盒饭，要知道平时他连热气腾腾的盒饭都不会多看上一眼的。

婆婆重新闭上眼睛。

男士看在眼里，走过来小声说：“要不我给看会儿，你去外面餐馆吃点？”

香藜说：“谢谢你！一会儿就回家了，回家再说吧，我家里好多好吃的呢，塞满了冰箱。”

男子笑笑，说：“看有没有我没吃过的。”

香藜说：“你是老板，又干了多年的大厨，什么没见过？”

“可不敢这么说。咱中国地大物博，每个地方都有每个地方的特产，没见过的东西多着呢。”

香藜说：“我家里的，你肯定都见过。对了，下午说的做鱼糕，还没说完呢。”男子笑了，看眼香藜的婆婆。香藜说：“快说，等会儿我就回家了。”

婆婆真的又咳嗽起来。香藜头都没回，问：“喝水吗？”

婆婆没有回答，当然，香藜也看不到她是否在用眼皮或者点头摇

头一类的表示。香藜说："快说吧。"

婆婆一连串的咳嗽。

"说吧。"香藜坚决地望着男子。

男子说："要想鱼糕好吃，得在把鱼剁成鱼茸上下功夫，让鱼茸有了弹性，再加肉馅，不要用纯瘦的，要用肥的，加入蛋清，加入盐和佐料快速搅拌20分钟……"

婆婆又是一连串的咳嗽。男子顿了顿，还是接着说："搅拌均匀后，弄盆清水，用筷子挖点鱼肉放进去，能浮在水上，不往下沉，就可以了。"

原来这样啊。香藜想问鱼香肉丝的做法，这菜看似简单，做好却难。婆婆又咳嗽起来。香藜想想，自己是来照顾婆婆的，还是让老人家安心将养吧。就把要问的话咽了回去。倒是男子说得兴起，讲起了清蒸甲鱼的做法，因为香藜早上问过他。香藜看眼婆婆，只好只听不问。男子说着说着也觉没有意思了，就闭住了口。婆婆也就平息了咳嗽。

看看表，已经八点多了，这个点儿丈夫不来，肯定在外面吃了，她一下委屈起来，全家人除了生病不能吃饭的，估计只剩她饿着了。她摸了下盒饭的盖子，已经冰凉了。

她给自己的姐打了电话，姐说："甭惦记了，我这大外甥可乖了，放学回来哪也不去，只专心做作业，一下电脑都没看，也没看电视。我给他做了粉蒸肉，做了珍珠圆子，放心吧，不会饿着他。今天让他住在这里吧，明天一早我送他直接去学校。"

丈夫终于来了，脸蛋像意气风发的少先队员，红得像大苹果一样。香藜闻到了酒味，问："吃了？""吃了，陪的客人。"丈夫后半句被一个酒嗝拦住，吐字不清。香藜压低声音说："没吃好吧？再吃一回吧，你妈还给你留了盒饭。"丈夫说："真是瞎操心，我又不是小孩子了。你快回家照顾儿子吧。"香藜说："儿子今天住我姐家了。我给妈

和你定了明天的饭，因为我今天饿了一天。”丈夫恍然的样子，熊掌大手又拍过来：“看我马虎的，昨天忘了给你定。好，你回吧！”

香藜背起包，刚出了门又走回来，朝对面床的老太太招招手，又飞快地朝陪床的男子笑了下，又瞥了眼婆婆，婆婆已经睁开眼睛对着丈夫微笑呢。

走在街上，有些风。肚子空空的香藜感觉自己身轻如燕，有被风随时刮走的感觉。香藜感觉浑身冰冷，呼出的气都是冰冷的。公交车终于来了，香藜哆哆嗦嗦地上去，坐在座位上，跺着脚，牙骨抖动出一首即兴的乱了节拍的鼓点儿。

香藜想，到了家，自己一定拿出冰箱里最好的东西，给自己做一顿丰盛的晚餐，即使不是饕餮大餐，也要对得起自己饿了一天的肚子。公交车走着走着，停了下来。香藜往前面看，已经堵成了一条长龙。是撞了车？还是有车在路口抛锚了？相对于车上的乘客，司机倒是司空见惯的冷静。乘客们说：“肯定是撞了车。”有人说：“一早一晚，洒水车前面洒了水，后面结成冰，小轿车开起来发飘，互相不撞才怪。”有人应道：“这洒水车，下雨天也照洒不误呢，起什么作用？”胃和肠子是空的，香藜刚才喝下的一杯热水，飞快地聚到了小肚子这里，鼓胀得厉害。香藜看看前面，没有丝毫前进的意思。香藜和司机说：“师傅，开下门，我下去。”师傅说：“没到站呢，不能下。”香藜说：“帮个忙，有急事。”司机说：“不到站开门是违章，您给拿罚款我就开，一次 200 元。”

好在车终于缓缓前行了，香藜的小肚子已是鼓胀得疼，像在某个脏器里藏了一把迟钝的刀，随着车的颠簸，这刀不连贯地露出锋芒来，割她一下，再割一下。

好容易到了家，从卫生间出来，香藜扶着墙，已经衰弱得像是大病一场。香藜打开冰箱，里面满满的各种袋装食品原料，是做饕餮大餐的原料配料，需要解冻加工才能食用。墙上的石英钟快指向 10 点

钟了，香藜又关上冰箱的门，坐回沙发。饕餮大餐再丰富，也是要一家人围坐才吃得香甜啊。孤家寡人的，能吃出什么味道呢？香藜挣扎站起来去烧水，想冲一杯速溶豆浆喝。烧上水，一屁股坐回沙发里。

LED 灯光柔和，她麻利地把冰箱里的食物都拿出来，该洗的洗，该切的切，该焯的焯，厨房里摆满了盘子，盘子里堆满了各种待炒的菜。她把围裙系在保养得纤细的腰肢上，饕餮大餐马上要开始了，在寒冷的日子，给家人一份热气腾腾的温暖和温馨。她开始烹饪她的18 个菜，一个灶上已经开始了第一个菜，就是清蒸甲鱼，虽然那男士没来得及教给她怎么做，但她原本的手艺并不会差，看龟甲裙边的颜色，就透出一种黏稠类似胖头鱼鱼头般的诱惑。她又利索地打开另一个灶的开关，开始炒菜，这个菜是宫保鸡丁，里面放的是酥脆的腰果，把菜倒进炒锅里，厨房里弥漫出引动馋虫的香气……

宽大空旷的客厅里，腹内空空的香藜垂着头，蜷缩在沙发上，蜷缩成一只猫的形状，在梦中正英姿勃发地煎炒烹炸……

# 脚　殇

把叫驴三儿送进深一脚浅一脚的夜里，玉树下定了决心：明天，最迟明天晚上，一定把儿子搞残！

鸡叫过了三遍，天开始亮起来。老伴儿说："你这一宿翻过来掉过去的，没睡好。"

玉树说："你还不是一样的没睡好，不然怎么听见我折腾呢。"

老伴儿叹口气："怎么办呀？"

"该怎么办就怎么办。"

"你好像有了主意，快跟我说说。"

"哪有什么主意，天非要塌下来还能跑了谁，光着急有啥用。"玉树心里打好的算盘是绝对不能跟老伴儿说的，她是女人，见识短；她是母亲，疼儿子。事情办完了再和她说，她虽然心疼，但一定会理解的。"做饭吧，抓紧让铁壮多干点活儿。"

"让他歇歇吧，出去了还不知他会受什么苦呢。"老伴儿撩起衣襟擦眼窝。

"大小伙子，干点活儿累不着。"

"你个拧驴。"老伴儿骂了一句，无可奈何地去做饭了。

"铁壮，起来，跟爹把房顶泥泥。"玉树朝西屋喊着。

儿子呜呜囔囔地应了一声，等半天不见动静。

年轻人的觉总是睡不够。玉树气往丹田沉了沉，想再喊，又停住，心里也是心疼儿子，想：这一天还长着了，让他再睡会儿吧。玉树就自己出了门，把准备泥房的一堆土扒开，摊成一个四周高中间低的圆，然后去水坑里挑来一担水，倒进去，水立即浑浊起来。又挑了几担，水饱满地要漾出土圈子，玉树就停下来，去打麦场背来一大筐被碌碡碾压得金黄耀眼的麦秸子。

屋顶的炊烟停了，老伴儿喊："吃了饭再干吧。"

玉树看看水全吃进土里了，又往里倒了些水，顺势洗干净了手，进了屋。

儿子铁壮也起来了，上了茅房，洗了手脸，坐在饭桌前揉着眼。

还没睡好？真是吃得饱睡得着，老子为你思前想后，一晚上没合眼。玉树有点恨铁不成钢了。

"吃吧，吃完了咱俩把房顶泥了，泥我洇上了。"

"哦。"儿子呼呼地喝上了玉米粥。

"真是少心没肺。"玉树又在心里骂。

泥洇好了，该往里掺麦秸子了。铁壮搬出铡刀来，要把麦秸子铡成寸长掺到泥里，这样泥在房顶的泥才能在上面固定住，不皴不裂，下雨冲不走。

平常铡草都是玉树续草，儿子铡，怕儿子离刀近了危险。今天玉树抢先把铡刀柄握在手里。铁壮很惊异，见爹坚定地握着刀柄没有松手的意思，问："今天您掌刀啊？"

"是啊，什么活儿你都该学着做，你都快十七了。"

铁壮就蹲下来，笨手笨脚地学爹以往的样子，掐了麦秸，放到铡刀下。

玉树就飞快地把刀按下来。

天气并没有多热，没铡几下，爷俩儿的额上却都冒出汗来。

玉树望着儿子的一双大手，真大，这么年轻的手已经是青筋暴露了。儿子会走路了，就跟在他屁股后面洼里地里看他干活，帮他干活，自己干活，穷人的孩子受苦的时候多，享福的时候还没有过。看儿子手忙脚乱地在铡刀下续着麦秸，他想：要铡到儿子的食指，儿子鲜红的血该不会一下子喷出来老远？没有了食指以后干农活还可以，当兵就不行了。若是走了眼铡到手腕子，手就骨碌一下子掉到铡刀的另一侧，儿子会疼得跳起来还是无声息地躺在地上？这样胡思乱想着，玉树扶刀的手抖起来。

玉树的爹就是死在铡刀下的。他爹当年跟着大师兄闹义和拳，手持铡刀片在廊坊跟洋毛子面对面地干起来，人和人离近了，洋毛子的洋枪拿在手里还不如烧火棍，他爹挥舞着铡刀片，像走进西瓜地，好一顿自由自在啊！洋毛子盯住了他，跑远处去给他一枪，打伤了胳膊。洋毛子抓住他和铡刀片，洋毛子恨透了他挥动刀片的胳膊，就用铡刀片砍了下来，爹流干了血。

铁壮催促着："爹，快铡呀！"

玉树才从愣神里醒过来。

玉树放了铡刀："你铡吧，我续。"

"我不是学活儿吗？"

"慢慢学吧，也不是一时学会的。"玉树想，这一天的时间还长，慢慢想别的办法吧。

三间矮土坯房，铁壮一锨一锨地往房上扔泥，玉树蹲在房顶上泥。铁壮看爹泥到了哪里就站在那下面往上扔。快晌午时，把房泥完了。玉树从房上下来，累得佝偻着腰，半天直不起来。铁壮望一眼爹，笑起来，爹的身上溅满了大小的泥点点，像画出来的一只大刺猬。

还剩了一半泥。玉树说："再泥泥厢房和墙头，你上去泥吧。"

铁壮高兴地应一声，平日里爹总是让他搭下手。

玉树往上扔泥，铁壮蹲在厢房上像个蹩脚画匠似的手忙脚乱地涂

抹着。

这厢房是玉树的哥当兵那年盖起来的。哥当兵走了，挣来的银圆留在家里，就买了头驴，自己拉土脱坯盖了厢房当驴棚。驴和农具都住在里面，农忙时忙完自己的二亩地，还给别的人家打个短工挣点钱。半年后，哥回来了，哥在直奉两军交火中负了伤，打进肚子的子弹没出来，却顺着枪眼往外流脓血。哥在炕上躺了半个月就死了，死时满脸知足的笑意，说："我能死在家里，埋在祖坟，多好啊，那战场上好多打死的连亲人都不能见上一面，家也不能回，做了游魂野鬼呢。"

泥了厢房，泥墙头。

铁壮就蹲在墙上。

玉树挥锨扔泥。

铁壮倒着泥，泥一段，倒一步。

玉树往上扔一锨泥，重重地看了儿子瘦骨嶙峋的黑脚脖子。

玉树又扔了一锨泥，又打量儿子的脚脖子。

稍微一偏就能铲到脚脖子。玉树想。

这样想时，玉树竟哆嗦起来，坐在了地上。

是啊，他怎么下得了手，这是他儿子啊。

"爹，你累了，咱过了晌午再泥吧。"铁壮对坐在地上的玉树说。

"泥吧，"玉树站起来拍打屁股上的土，长出两口气，"过了晌午泥就干了，更麻烦。"

终于泥完了，玉树像被抽了筋一样躺在了地上。

吃晌午饭了，老伴贴了一锅金黄的没有掺糠的玉米面饼子。少有的好饭啊，铁壮一边吃一边兴奋地说："你们说我会去哪里呀？"

娘说："可别远了，你哥走了五六年，连个音信儿都没有。你出去了碰到来去的老乡就捎口信回来。"

"我长这么大还没出过远门呢。"铁壮说。在他充满天真幻想的心

里，外面的世界是美好的，神奇的。

“在家千日好，出门事事难啊。见人说话嘴甜着点就不会吃亏。”娘唠叨着。

玉树什么也不说，只顾扒拉碗里的咸菜。

吃了午饭，玉树躺在炕上睡了一大觉。醒来太阳都偏西了。

都是昨晚没睡好闹的。玉树想。

“铁壮呢？”他问老伴儿。

“自己清理东西呢，说要把自己平常的玩意儿带着点。唉，还是孩子呀。”

“叫他，我们爷俩儿去耙地，河滩上我开荒的那几分地。”玉树愤愤地说，又在心里骂：“铁壮啊铁壮，你以为出去是去串亲呀？是玩命啊！”

“耙什么地，也没下雨，一地的坷垃哪里耙得开？就是耙开了也没用，麦收过了，麦茬儿地里耩的棒子也过了膝盖，今年也不能种什么了，耙它干什么。”老伴儿阻拦着。

“种地上的事你哪有我懂得多？铁壮，去厢房把耙扛出来！”玉树固执地要实行他的计划：到地里，让儿子站在耙上，趁儿子不注意，他在后面猛抽牲口……

铁壮应了声，就大踏步地去了厢房，耙没扛出来，却传来一声惨叫。

玉树急忙跑去，一把大号的三刺（刨地的农具）平躺在地上，许是毛驴把它碰倒的，它怎么倒在地上的不重要了，它三个锋利的刺尖朝上，它阻挡了铁壮年轻莽撞抬腿向前的大步，其中一个深深扎入铁壮的脚掌。

玉树心疼得怒火一下蹿到房顶：“你每天慌里慌忙地干什么呀，你都多大了还这么毛手毛脚？什么时候才算长大呀？进门扛耙就只看耙不看脚底下了？你什么时候才能不让大人操心……”

玉树突然记起来拉上铁壮一起去耙地的目的是什么，这地还没去耙，儿子已提前受了伤，还伤得不轻。儿子受伤，这不正是他玉树从昨晚到今天一直努力所要达到的目的吗？这样想时，玉树气鼓的肚子仿佛也撞到了三刺锋利的刺尖上，怒气一下子全部消散，心里又高兴起来，人也轻柔起来，轻轻扶儿子坐在地上，看黑红的鲜血已经从伤口流出来。他对儿子说："你忍住，我把三刺给拔下来。爹刚才也急昏了头，这也不怪你，都怪这三刺放得不是地方。"

铁壮倒也坚强，泪在眼里打着转儿，没流下来。玉树拔了三刺，扶儿子进了屋，血就滴滴答答地在后面跟进屋来，玉树让老伴给儿子按住伤口止血，说："我去于家坞请大夫。"

玉树快鞭赶着驴车出了村，毛驴颠颠地小跑着，玉树总算松了口气。从他记事以来的几十年，这天下就没有安稳过：日本人和咱大清国在海上打了甲午战争，庚子年洋人进北京烧杀抢掠，国民革命吓得皇帝退了位，国民军各路的大帅为争权夺势又相互厮杀十几年。大帅们争出了高低刚歇了枪炮，小日本儿又占了东北，还一步步地进了关。不管是谁和谁打，遭殃的都是老百姓啊！不管来的是哪一拨队伍，来了就向村里要钱要粮还要人。他爹，他哥，他大儿子都被战争卷了进去，不是战死就是没有音信，就是天塌下来他也不能再让家里唯一的小儿子去扛枪当兵了。他宁愿儿子是个残疾，他养活他一辈子，也毕竟是还有儿子啊。村东傻常山和他大儿子同岁，走路一步三摇，见人就露出两颗黄牙喊爹，哄笑了别人他也跟着笑。他爹花五十块大洋给他娶来了媳妇，如今也有两个孩子了。他玉树的大儿子倒是不傻，可孙子呢？别说孙子，儿子呢？小儿子自己撞到三刺上，玉树感觉很满意，真正去耙地了，他下得了手把儿子耙在耙底下吗？他的目的是耙伤儿子的腿，要是毛驴吓惊了还不把儿子浑身都耙成血葫芦？目前这样的受伤方法和受伤程度，让玉树感到出乎意料的高兴。

从十里外的于家坞风风火火请来大夫。这大夫姓刘，在保定府学过西洋的外科医术，提了瓶瓶罐罐的药水和雪白的绷带来给铁壮治伤。大夫用味道刺鼻的药水洗了伤口，又把铁壮乌黑的脚丫整个擦白了，反复地擦，像位做工讲究的木匠在用力精细地刨一件器物，边擦还边笑着说：“以后伤好了要记住每天洗脚啊。”擦得铁壮觉不出来伤的疼痛，只感觉脸红得难为情。

玉树问：“这伤要紧吗？”

“小伙子蛮劲不小，扎得不浅呢。千万别下水沾湿，隔几天换一回药，正靠近脚踝骨爱活动的地方，好得慢，不过不会落下什么毛病。”

玉树长长地松了口气。

送走大夫回来，玉树看着躺在土炕上安静的儿子，看着儿子缠了雪白绷带的脚，笑意从心里蔓延到脸上，太满意了，是非常满意呀：伤轻了，几天就好；伤太重了，落个终身残疾又后悔。玉树站在屋门对着院子大喊起来：“叫驴三儿，明儿个你来是白来了，我儿是不能当兵去了！”

叫驴三儿是村长。

第二天一早，叫驴三儿就带了两个喽啰来高高低低地拍门，说：“叫铁壮跟我们走吧。”

玉树开了门，说：“他伤着了，躺在屋里动不了。”

叫驴三儿进了屋，看铁壮和伤了的脚，半信半疑，硬是把铁壮架起来让在地上走，铁壮龇牙咧嘴地下了炕，一迈腿就坐在了地上，额上疼出了汗。叫驴三儿看着绷带上渗出的血迹，说：“怎么就伤着了呢？”

玉树说：“孩子没眼力见儿，干活儿碰的。”

叫驴三儿一拍大腿，说：“你可害了我，眼下上面催兵催得紧，一年到头的派丁征兵，村里哪还有青壮年，我找谁去顶这个缺儿呀？唉，好吧，先养伤，等养好了再去。”

玉树垂着头，送他们出门，门一关，手掌啪地拍在脑门儿上，在心里得意地骂起自己来：玉树，你怎么这么聪明呢。

铁壮的伤还没养好，中央军一阵风似的往南跑了，随后镇上就来了日本鬼子。

日本鬼子开始修炮楼，抢粮食，打算长住下来，可黑夜里总有人跑到鬼子住的地方往里打枪，站岗的鬼子兵被打死了，其他的缩成团儿不敢出来。鬼子恼羞成怒，就纠集几个据点的鬼子，对各村来一次地毯式的扫荡。

玉树又去邻村请大夫来给铁壮换药，鬼子就到了玉树的村子。

鬼子的头目很恼火，搜了几天没搜到什么，可炮楼里的死伤怎么和上级交代？

鬼子和伪军挨门挨户搜得很仔细。脚上还缠着绷带的铁壮从家里被押出来，带到鬼子头儿面前。看到一瘸一拐的铁壮，鬼子头儿眼睛一亮："你的，伤病员？"

铁壮从没有听过这个词儿，一动不动。

鬼子头儿一挥手，旁边的汉奸翻译就上去撕开了铁壮脚上的绷带，让三刺扎破的地方突起着褐黑的血痂，还浸着少许脓血水。

鬼子让翻译问话："你是什么部队的？竟敢在夜里打皇军的黑枪？"

部队？黑枪？铁壮更懵了。

铁壮懵了，鬼子头儿心里明白，对翻译咕噜了几句，翻译对铁壮说："你要交代你的同伙和队伍都藏在哪，不然皇军就对你不客气了！"

铁壮想了想，说："我的同伙就是我爹，我们爹俩儿每天一起干庄稼活儿。"

翻译问："你爹呢？"

"我爹去给我请大夫换药，这是三刺扎的，日子不少了，脚总活

动，这儿的伤不容易好。”

翻译就把铁壮的话咕噜给鬼子头儿听。

鬼子头儿再没问话，一挥手叫过来两个日本兵，拖起铁壮就走。

铁壮说：“你们想干什么呀？”

翻译说：“太君说了，你的伤袭击皇军时让皇军给打伤的，你还嘴硬，不说同伙在哪，太君生气了，把你拉出去枪毙！”

铁壮奋力挣扎着，脚已不顾了伤痛，在地上乱蹬：“我连枪都没见过怎么会打枪呐，我冤啊！你们诬赖好人啊！”

鬼子头哪里听得进他的喊叫，心里早就盘算好了：虽然找不到部队，但枪毙这一个“伤病员”，多多少少也能给上面个交代。

去请大夫的玉树，等鬼子兵的一团灰尘散去才回到家，老伴已哭得奄奄一息，但不见了儿子。

“铁壮呢？”他以为是让鬼子抓去当了壮丁。

老伴把他一把抓住，撕扯着他：“儿子！你还我的儿子，都是你把儿子弄得有了伤，才被日本人打死了……”

这时乡亲们把铁壮抬进了院子。

玉树冲过去趴在铁壮血迹斑斑的身体上，号啕大哭：“孩儿啊，我费尽心机地怕你去当兵，是想让你太平地活着，让你传了咱家的香火，我没想到啊，我没想到啊！我是国破家亡啊……”

有一支英勇骁战的民间抗日队伍仿佛一夜间就生长出来，它人数不多，游荡在子牙河两岸，打击着日本鬼子和伪军。他们开始是收各村地主看家护院的枪来武装自己，伏击了几次出来扫荡的日本鬼子和伪军后，武器和队伍就都强大了，还扛上了歪把子机关枪。传说这支队伍的领头人是位五十多岁的老汉，老汉以和鬼子遭遇肉搏时挥舞铡刀片著名。后来这支队伍被挺进冀中平原的贺龙一二〇师七一五团收编，融入了更强大的抗日洪流。

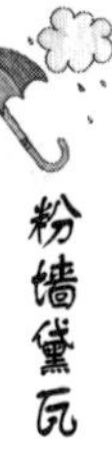


# 槐香满地

## 一

桑奶奶病了。

一向硬朗的老人感觉头晕无力，心慌气短。儿子慌忙叫来村医。医生仔细地检查半天，说：“就是上了岁数身体老化，除了血压高点儿，还有点心神不宁，其他没大碍，你看奶奶两只眼睛多亮，精气神儿多足，说话嗓门多洪亮。先吃点药，躺着静养，再观察观察吧。”尽管医生这么说，家里还是把奶奶当成重点保护对象。

听到奶奶生病的消息，儿孙三代十几口人呼啦一下赶来，围聚在老人跟前，屋里屋外地站满，喳喳地闹到傍晚。第二天，奶奶没有好也没有坏，成家立业的孙子孙女们就自己忙自己的去了，只剩过了花甲的儿子媳妇，奶奶的屋里一下安静如初。又躺了两天，儿子媳妇身体熬不住，就又连孙子们算上，每天轮流照顾老人。

奶奶的精神看上去总算好多了。屋里静静的，五月的阳光把墙外老槐树的影子拖过来印在窗上。桑奶奶望着斑驳的树影，呼扇着鼻

翼，问孙子："槐花开了？"五大三粗的孙子跑出去，见昨天还没有丁点儿动静的槐树，今天就一下爆开了串串黄白的小花儿。孙子进来说："奶奶啊，您真神了，躺在屋里都知道外面的事儿，开了满树。"桑奶奶点点头，干瘦的胸部一起一伏着，贪婪地吸吮孙子裹挟进来的浓郁的槐香，眼睛望着窗子上的树影出神。呆愣半天，对孙子说："去叫你骆驼爷来。"

孙子边起身边说："他前天来看过您，您当时睡着了。"

树影还没被日光挪动一个窗棂格儿，一老一少进了屋，骆驼爷站到桑奶奶的跟前。桑奶奶望定了骆驼爷，说："我快不行了，你个老东西倒还这么壮实。"骆驼爷说："看你大惊小怪的，你也就是伤风啊受寒了，不碍事的，我怕是熬不住你呢，看你儿孝媳妇贤，孙子重孙一大帮，谁能比得了你？"桑奶奶说："你也不差啊。"又转向孙子："你出去散散心，别憋在屋里了，有你骆驼爷看着我，放心去吧。"

孙子答应着出去。桑奶奶说："我让孙子喊你来，我想和你说……"

骆驼爷嬉笑着说："嫂啊，你不是说又要往前走一步，改嫁给我吧？"桑奶奶也笑了，扯动得脸上的褶皱弯曲成水塘上荡开的涟漪："老东西，阎王爷快掐脖子了，还这么嘴贫！在我面前，什么时候你都是长不大的黄嘴儿小家雀儿，哪怕你活到一百！是我的心里有件事儿啊，一直憋闷着，解放多大，我就埋了多少年。"

解放是桑奶奶儿子的乳名。

骆驼爷有点耳背，微侧着头听桑奶奶说。

桑奶奶说："那时你还小，门前的槐树就是你哥那几年栽的呢，他娶我的时候，家里穷得四个旮旯空。他就在门前栽了两棵小槐树添人气。后来死了一棵，剩了一棵，你看剩下的这棵多茂盛啊！"

"是啊，那时我小，槐树大了，咱却老了。"骆驼爷噘下嘴。

# 二

那时的骆驼爷比电影里的小兵张嘎还小些，提了裤子满街跑的年龄。一群小伙伴正在街上玩耍，街前的桑哥披身晚霞进了村，骆驼一看，转身就噔噔跑着来给桑嫂报信。桑哥在骆驼眼里可是大英雄，先在村里当民兵，成亲没几天又参加了区分队。

进了院子，骆驼气吁吁地和桑嫂说："桑哥回来了。"

桑嫂放下手中的活儿，忙把垂在额前的头发往后拢了拢，桑哥已大步流星地进了院子。每日朝思暮想，每天魂牵梦绕，刚还在心里念叨，突然就站在了面前：丈夫穿着便装，魁梧挺拔的身体正向她汗津津地散发来青春气息，四目相对，她感觉自己一下子湿润起来。

骆驼拉住桑哥说："哥，你给我讲个战斗的故事吧！"桑哥只朝着桑嫂傻笑，话却是说给骆驼的："明天吧，今天你该回家吃饭了。"

"吃了饭我再来。"骆驼说。

"吃了饭早点睡觉，明天早点来！"桑哥摸着骆驼的脑袋，顺手把他往门外轻轻一推，飞快地插上门栓，转过身来，眼睛亮亮地望定桑嫂。

"你桑哥是从部队请假回来，只待了半晚上就走了。"桑奶奶说。

"是啊，当时咱这儿是白区，共产党还是地下的。"骆驼爷补充着。

鸡叫头遍，桑哥就爬起身点亮油灯。

桑嫂说："快睡吧，还黑着呢，在队伍上习惯了夜晚起？"

"你知道我是多么地想你吗，刚好我们小分队从子牙河南岸过，我就和队长请假顺路回来。好了，我现在要走了，去队伍宿营的村子会合。"桑哥对躺在臂弯里的妻子说。

桑嫂仰着脸，问：“就不能多待几天吗？”

“不行啊，咱队伍上有铁的纪律，我现在就走，天亮前还要走三十里路呢。再说天亮了也怕村公所那帮坏蛋喽啰们看见，那就麻烦了。”

“多待一天吧，只一天。”桑嫂央求着。“一会儿也不能多待了，耽误不得了。”桑哥说着，就拨开怀里的妻子。桑嫂鼻子一酸，双眼朦胧，看丈夫在一片晶莹里穿戴整齐。

桑哥像哄孩子似的讨好地笑，说：“全国一解放我就回来整天守着你，给你当贴身丫鬟用，好吧？快了，这一天马上就要到来了！”一个火热的亲吻印在桑嫂的脸颊上。“我走了！”桑哥走到屋门口，又不舍地回转身来，啪的一下，敬个军礼，就坚定地出了门。

桑嫂披了衣服追出去，丈夫像吹进夜里的风，看不见了身影。街上的狗许是被脚步扰了睡意，高高低低地叫了几声后，夜又陷入沉寂。桑嫂愣了半天，才关了院门。

是一场梦吗？忽然来了，又忽然地走。桑嫂守着油灯孤坐出神。这短短的幸福和别离在她脑海里一遍遍回放，一会儿甜蜜，一会儿伤感。不知过了多久，又是一阵狗的狂吠。她竖起耳朵，没有听见院门响动，院子里却有了杂沓的脚步。

丈夫又回来了？这样想时，屋门一下子被撞开，几个拿枪的人进来。

受了惊吓的桑嫂忙用被子掩住自己。

“我们是镇上保安队的，听说桑田回来了，人呢？”几个人四下逡巡着，有一个伸长了脖子，眼睛直勾勾地看她。

“出去给人当长工，早没在家了。”桑嫂很快镇定下来，在心里念着大慈大悲的观世音菩萨保佑啊，幸亏丈夫走得早。

“当长工？他加入共产党区分队都快一年了，你以为我们不知道？我们是接到了可靠情报，他今天傍黑儿时回来的，看你摆的枕头

还是两个呢。”为首的一摆手，几个人房前屋后地一阵乱搜。推了柜子，倒了柴垛，白白地折腾半天。几个人悻悻地走了，临到出门了，有一双眼睛贼溜溜地回转来，在桑嫂青春的身体上高高低低地逡巡。

好大一会儿，桑嫂的心才平静下来，出去关院门。门还没合拢，一个比夜更黑的影子冲进来，把她拦腰抱住。她使足气力，怎么也推不开那人，手在那人身上徒劳地乱抓乱拧，碰到了一杆冰凉的枪……

天刚亮，骆驼就来找桑哥。

“哥呢？”骆驼问躺在炕上头发蓬松的桑嫂。

“走了。”

“真不讲信用，答应我好好的，给我讲打仗的故事呢。”骆驼跺着脚。

“骆驼，以后见了你哥，记着给他捎个话儿，说嫂对不起他，我走了。”

“你和哥吵架了？你往哪里去呀？”

“没有吵架，我不活了。我让狗咬了，我不想活。”

“这么说你是想跳河寻死啊？”骆驼说，“是狗做错了事儿，那也不怪你呀，你就不想活了？没出息。你要等桑哥回来，让他给你报仇，不然他也不知道是哪条狗咬了你，你不就白死了吗？”

“骆驼说得对。”桑嫂缓过神来，“那就等他回来把狗打死，给我报了仇我再死。”她挣扎着坐起来，梳理乱发，穿戴整齐，整理起乱糟糟的家。出了院子，见一棵小槐树齐腰断了，断处溢出泪珠般的汁液。肯定是昨晚坏蛋们扶着它跳墙时给折断了。

门前只剩下一棵小槐树了，很小的一阵风吹过，树叶也会沙沙作响，像是受了惊吓的孩子。桑嫂天天盼着，盼丈夫回来，和他说明白了事儿，把家交给他，嘱咐他再找一个清白的好媳妇。

日子一天天艰难漫长地挨过去，过去了多少天，桑嫂不知道，忽然地吃什么吐什么，先是以为凉了胃，后来吐得实在挨不住了，才脸

色黄黄地去镇上找大夫。大夫问了病，号了脉，说："你有喜了。"

她先是一阵惊喜，紧接着又一阵惊悸。

她愈发消瘦起来。别的事情可以找个人商量，这个事能和谁说呢？村里人都知道桑田那天回来了，也知道半夜里人就走了，镇保安队来抓人扑了空。后面那不堪回首的事就只有她和那个黑影知道了。她一个人独处的时候，常常发起呆来。她总是用手摸着自己的小腹，轻轻按住好像已微微凸起了的部位，在心里问在那个夜里得来的小东西："你是谁的呀？你是谁的孩子呀？"问了半天，最后一句总还是她自己回答："你一定是桑田的孩子！"

虽然这样说，她心里底气总也不足，自己迟疑着，权衡着。她还年轻，到年才二十岁呢，桑田也只比她大一岁，应该把这个说不清道不明的心病去掉。再说她也想好了，等桑田从部队上归来，她把家交给他就不打算活了。

她终于下定了决心，去找大夫开药。

清早起来锁了门，刚往去镇上的路迈了两步，老耿叔来了，他是村里的武委主任。他拦住去路："家里说话吧。"老耿叔让她坐稳在炕上，一脸凝重地说："桑田是个好青年，我看着长大的，他也是革命的好战士。我知道你的革命思想觉悟也高，不然怎么会送他参军呢？咱们的革命靠的就是像你这样的革命群众默默的支持和无私奉献。战争嘛，总是会流血的。你不要太难过，桑田在解放衡水的战斗中牺牲了。"

她"啊"了一声，就什么都不知道了。

娘家妈和兄弟赶了驴车来，要接她回去。桑嫂想了想，说："不回去了，我怕桑田的魂儿晚上回来，找不到人呢。"娘说："别说些傻话，你还年轻，路还长着呢，回去守过三年，娘另外给你找个好人家。"桑嫂说："他是为革命死的，我死也是他的鬼。"娘劝了半天，劝不动，就跪下来，说："娘活了大半辈子，看的经的多了，知道一个女

人的难，别做些孩子家家的傻事儿，和娘回去吧。”

桑嫂怎么也拉不起跪着的娘，就从菜板上拿起把菜刀，横在自己的脖子上，说：“娘，女儿不孝，您回吧，您不起来，闺女就死在您面前！”

娘一愣，又吐口唾沫，说：“好，你说娘劝你图的什么？你这样心硬，娘只当没生养你，以后日子过好过歹的，你都好自为之吧！”说完站起来，出门坐上车走了。桑嫂追出去，跪倒在一骑车尘后，泪流满面。

从此，娘断了和她的来往。

丈夫没了，她望着空荡荡的房子和院落，突然改变了主意，决定把这个孩子生下来，让他将来支撑桑哥的门户。是的，一个烈士的家，应该后继有人。主意定了，她就细心地呵护自己的肚子，轻轻地走路，轻轻地弯腰，没事时就和孩子隔着肚皮拉家常：“你爸爸是英雄，你爸爸是咱们村的光荣啊。”话是这样说了，可心里的疙瘩还是结得死死的。

桑嫂的肚子一天比一天大起来，好消息也传来，敌人溃逃了，这里解放了！

小槐树开花了，只结出几串鹅黄小花儿，像风铃儿，摇啊摇啊，摇出淡淡的清香。桑嫂爱闻这香味儿，吸溜着鼻子使劲儿闻。闻着闻着，肚子就像岔了气的疼，忍了忍，忍不住，更疼了。就拦了街上走路的人：“我要生了！”听见她喊声的人又喊：“桑田家的要生了！”人们越围越多，有去喊接生婆的，有帮忙烧水的，有从自家拿来红糖鸡蛋的。

孩子像懂事儿似的，没有太多地折磨自己的母亲，在众人欣喜的期待中顺利地降生了，个头虽小，但是个儿子。孩子一落地儿，接生婆就夸着这个孩子的俊美，说：“真俊呢，像他妈妈一样的俊，男生女相是大富大贵呢。”桑嫂感谢着神灵赐给她这个男孩，有这么个小东西，就不愁他长大，他就可以顶家立业，他带来了未来和希望。桑嫂迫不及待地想看到孩子，但又闭上了眼，忍了好半天，才细细打量起从自己身上掉下来的这个粉嫩的小东西。孩子的眉毛、眼睛、鼻子、嘴巴、耳朵，包括脚丫，她细细地端详，端详完了，心里却很茫然，像在一望无际的玉米地里迷失了方向。

这就是桑哥的种子发的芽，因为这是老天安排好了的。那天他跑回来就是专程送儿子的。这样想时虽然并不底气十足，但心里立刻就敞亮了许多。她给孩子取名叫“解放”。

“一个人拉扯个孩子，那叫难啊。”桑奶奶打量着自己关节粗大布满了褐斑的手。

“你也好强哩，好心的街坊邻里去地里帮你干活儿，你都不让。”

“多个帮手不好吗？我还怕清闲？寡妇门前是非多，我是替你们这些好心人想呢。也多亏了你们明里暗里帮我。”

她一把屎一把尿地拉扯孩子，她的手就是把尺子，每天度量着解放的小手小脚小身板，每一丝细微的成长，对她来说就是一份欣喜。奶孩子，抱孩子，扶孩子学走路，她就这样把艰难的日子一天天过过来。好在村小族大，都是大爷叔叔、哥哥兄弟的，没有人暗地里算计她，都是有机会就帮衬她的农活儿。大娘大婶嫂子妹妹们有空就给她抱孩子，哄孩子。孩子一天天长大着，会走路了，会说话了，她高兴，仿佛是看她自己在重新由小长大，但她观察儿子的相貌一天也没有中断过。她上午看儿子的鼻子像丈夫，一阵安慰；下午就自己否定了，她又觉得更像记忆中油灯下那个拿枪的人。昨天她看儿子走大

步的样子绝对是丈夫的传人，今天又想起坏蛋们抬腿踹翻柜子的姿势。她端详着儿子，端详着慢慢长大的儿子，多么希望街坊四邻突然有人喊上一句："快来看，这孩子多像桑田啊！"她没有听到，她没有听到过，她自己又心虚得不敢去问别人。村里人也真是的，在街心闲谈，说谁谁的儿子长得随妈，谁谁的闺女长得像爹，偏偏就没有人提起过解放像谁的话，好像解放不是这村里的人一样。其实邻里们是好心哩，怕提起孩子牺牲了的爹惹得孤儿寡母伤心呢。人们若是知道桑嫂如此渴望别人的评说，一定会找上门来，千句万句地说。胡思乱想多了，就做可怕的梦：黑影一脚踹开屋门，手里提杆枪，冲她大喊："我的儿子呢？我要我儿子来了！"她就一身汗水地坐起来，抱紧了解放，心扑腾腾地坐到天亮。更多的时候是梦见桑哥回来，一身戎装，骑匹高头大马。她高兴地迎上前去，嘘寒问暖，最后说："看看咱们的儿子吧，都这么大了。"桑哥笑眯眯地抱过去，端详了一会儿，硬生生地又一把将儿子推给她："这不是我的儿子，你看哪里像我呢？"

时光忽慢忽快地过，解放读了小学，一晃，又去县城里读中学。每到星期天，她站在门前那棵婆娑成大树的槐树下张望进村的路。终于等到解放从城里的中学毕业了，这中间桑嫂的辛苦用什么衡量呢？是用村南流过的子牙河，还是子牙河流入的海？

解放下巴毛茸茸地回来了，家里一下添了很多生气，桑嫂觉得每天的时光像被谁偷走一些，短了很多。解放回来没几天，大队干部找了来，是村里来了招工指标，要首先照顾军烈家属，要安排解放到大城市上班。解放高兴得跳着脚儿走路，桑嫂却一百个不同意。

解放哭着闹着："妈，我不是你亲生的吗？"桑嫂说："谁说不是？我的儿，妈就你一个儿子，我是舍不下。"

"那我在城里扎住根，回来接您一起去住不就行了？"

"我不去，你也不能去。"桑嫂坚决地说。

“别人家求都求不到的好事，你就往外推呀！”解放的鼻涕眼泪拖出老长。桑嫂说：“儿啊，出去干工作是给国家干事，要的是不掺半点假的根正苗红啊！你，你……”

“我爸是烈士，我们是烈属，我不根正苗红吗？村里不就是凭这个照顾吗？”

“你爸牺牲了，国家知道苦了我，给我抚恤金，给门上钉了烈属的红牌牌，可你不能沾光。”

“为什么我不能沾光啊？从小就没人答应过我叫的一声‘爸爸’，你倒说说我为什么不能沾光？”儿子逼问着她。

“你……我……你……你是妈的亲骨肉，妈要你自己奋斗，这样得来的才心安啊！”不管怎么说，桑嫂是铁了心不让去。

大队干部上门做了几次工作，桑嫂就是不点头。最后指标只好让给了别的军属。解放哭闹了几日，就哑着嗓子去生产队干农活了。几天工夫，白面书生晒成了黑李逵的兄弟。桑嫂心里一阵阵地疼。过些时日，大队干部又找来说县里也来招人上班，桑嫂迟疑了一下，还是坚定地摇了头：“不去。”

解放成了生产队里的社员，是母亲一手造成的，他仇恨母亲。他不怎么和母亲说话，也和别人不怎么说话，他把对母亲的不满和愤懑都憋成一股劲儿，释放在田地里。不论干什么活儿，他手脚麻利，不声不语地冲在最前面，直到筋疲力尽。生产队长看中了这个勤快的小伙子，和他谈了心，要发展他入党。

晚上，他在油灯下聚精会神地写入党申请书。母亲又过来了，因为招工的事这些天她都讨好着儿子，主动和儿子说话。桑嫂问：“这是写什么呢？”

“队里要我入党！”多么神圣和庄严的事情啊，他声音激动得都有些抖。

“什么？入党？”桑嫂问。

“是啊！”解放头都没抬地在纸上写自己要对党表达的心里话。

“你不能入！”桑嫂脱口而出。

“为什么？”儿子抬起头。

“你不够格。”

“就你够格！”从没有顶撞过母亲的解放，终于和母亲争吵起来。

“我是怕你……会不进步啊！”桑嫂的话在嘴里转了一圈，才说出来。

“别人能进步，我就能进步。”解放不再和母亲说话，又低头写自己的申请书。

桑嫂一把抢过申请书，三把两把撕碎。

解放真的急了眼，一头撞在母亲的胸上：“妈哟，糊涂的妈哟，你三番五次的这是干什么，我没有你这个妈了！”

夜晚的睡梦里，桑哥又来看她了，她和他提起了儿子入党的事。桑哥说：“他是坏蛋的种，不能入。”桑嫂说：“真的不是你的儿子？”桑哥冷冷地说：“不是。”桑嫂一听就急了：“那你请假回来不是专程给我送儿子回来的吗？怎么就不是了呢？你进村时怎么不隐蔽些，非让坏人看见给告了密呢？不然我安安心心地生下这个儿子多好！”她气愤了，抡起拳头追打着丈夫。丈夫跑了，她醒了。

儿子好长时间不理她，躲着她，偷偷地把入党申请书写了交上去，优秀的青年怎么不渴望进步呢。桑嫂没能阻止住儿子，儿子成了共产党员。这中间桑嫂也没闲着，三番五次地往大队里跑，和大队书记说：“我的解放不够入党的资格，他不配。”

书记问：“他怎么不配呀？”

桑嫂又支支吾吾说不出。

大队书记打量着桑嫂，叹口气：“桑田的牺牲，让你脑袋受刺激了，城里来招工，去了就是吃大米白面，争破脑袋的好事啊，你倒好，几次都拦了。这次入党你又不同意，哪有你这样毁自己孩子前

程的？”

“我是怕他不够格儿。我不是党员，但是党把我从旧社会解放出来，我也要给党把好关啊。”

“你回去吧，够不够格我们自己把关，你只管回去给孩子张罗媳妇就行了，他也不小了。”

桑嫂被打发出大队部。

是啊，儿子大了，该找媳妇了。桑嫂这么一想，又高兴起来。

回到家里，桑嫂又呆坐起来，在心里和桑哥说开了话，这是她多年排解心事的方法。“桑田啊，儿子大了，该娶媳妇了，你的家就要兴旺了，你高兴吗？阴间神仙多，你找个神通广大的再问问，他是你的亲生吗？那晚不是我的错，你也不能怪我。你是革命的，你是为革命牺牲的，儿子虽是我亲生的，但我怕万一解放是反革命的种儿，你豁出命打下的江山能让反革命的后代坐了吗？那你死得不是太冤了吗？就因为这个，我宁可错了也不让他出去干革命的工作，哪怕就真的委屈了他，委屈了你呀……我苦点儿累点儿没什么，我会让儿子吃饱穿暖，让他给你支撑起门户，我多愿意真的是我委屈了他，委屈了你呀！”

刚想到该给儿子娶媳妇了，就有人来提亲。人眼是杆秤，看到长大成人一表人才的解放，看到解放在生产队的表现，每天一起下洼干活的婶子嫂子们，就在心里掂量自家的妹子侄女来和解放般配，觉得合适的，就找了要好的人来出面做媒，找桑嫂提亲。许是第一个提亲的走漏了风声，提醒了早有意来攀亲的人家，一家提亲的晌午刚来和桑嫂讲了，紧接着晚上就又先后有人来提亲。桑嫂喜得合不拢嘴，到后来竟有十几家姑娘等着解放选。这件事上桑嫂很开明，说：“夫妻一起过日子比和爹妈过得长，让他自己决定吧。”解放自己选来选去，看中了骆驼的内侄女。

秋后，她给儿子办了婚事，再年秋天，大槐树结满槐豆的时候，

她添了孙子。桑嫂，桑婶，转眼又晋升成了桑奶奶。桑奶奶整天抱着孩子，看孙子的小鼻子小眼，看沉浸在做了母亲的甜蜜幸福里的媳妇，不禁想起了自己初为人母时的情景。唉，不想了，日子是朝前走的。桑奶奶劝慰着自己，拿大拇指擦了自己的眼窝，又用掌心擦去怀抱里孙子脸上的一大滴清泪。

## 四

“你守了大半辈子寡，那年又突然想嫁人，让全村的人想不通。”骆驼爷说。

“我也不是一时的脑袋发热，是大队里又要解放当干部。我想，拦不住了，我一走，眼不见，心不烦。结果……”

村里大队书记调去公社当干部，大队的副书记成了正书记，副书记的位子就空出来。大队书记走的时候说：“解放这个小伙子不错，可以提拔。”解放就这样连生产队队长都没当过就准备被提拔当副书记了。

桑奶奶听到了风声，她知道这次她是拦不住了，儿子大了不说，且一场大运动已经如火如荼地在全国开展了很久。她听说邻村有个老光棍儿，是抗日时期的伤残军人，那人一年四季穿着褪了颜色的补丁军装，少了条腿，空裤管儿绾成个结，拄了双拐给生产队仓库当保管。

桑奶奶找了一个从那村嫁过来的媳妇，话说出来连弯儿都不打：“我看中你们村的老残废军人了，想寻主改嫁，你给辛苦一趟跑个腿。”

那媳妇嘴张老大，半天才问：“儿子媳妇知道吗？”

“是我自己找人，也不带他们过去拖油瓶儿，不用他们同意。”

那媳妇又说：“传言说他那方面不行了，那个让日本人的炮弹炸掉了。”

桑奶奶好一会儿才明白她所指的是什么，脸红起来：“你这孩子，我是老来找个伴儿呢，不是想别的。”

媳妇见她坚持，只有暂时应承下来。

桑奶奶走后，小媳妇觉得还是应该让解放夫妇知道这件事，他们同意才好跑腿操办。就瞅机会和解放的媳妇说了。解放媳妇的脸当时就绯红，像她自己做下了不能见人的事。晚上她和丈夫小声说了，解放也涨红了脸。解放进到桑奶奶的屋里，叫：“妈！”

桑奶奶正倚在被垛上打盹儿，见了儿子，脸上荡出笑来。

“妈，我哪里对您不好，有不对的地方，您提出来，我改！”

“挺好啊，说这干什么？”

“媳妇有不对的地方，您愿意打骂就打骂，怕累着就和我说，我替您教训！”

“你们都是好孩子，怎么突然说这个呢？”

“那是我们哪里惹了您不待见，您都奶奶辈的了，却突然要走出嫁人啊？”

“这个事你们听说了？”桑奶奶吐出口长气，“你们大了，我也操不了你们的心了，想要个伴儿自己过日子。”

“妈，这不是您的真心话，您从年轻就守着我，这些年多少人劝您，我姥姥给您双膝跪地您都没答应，现在眼看过了五十奔六十又要找，肯定是我们做了错事惹得您不高兴才有这想法。”

“你们都是我的好儿子好媳妇，不多想了。我自己愿意，和你们无关。”

“可村里人怎么看我们呢？您从年轻就守着我，拉扯我。我长大了，给我成了家，您也当上奶奶了。该是要享福了，您又改嫁，这不

明摆着是我们小辈儿逼的吗？我不是反对您改嫁，当儿子的更愿意您晚年幸福，您要是有看上眼的，我给您张罗，我还会给您大办，让您嫁得风光。可我知道您心里不是这么想的，您是委屈着自己在做，您心里有什么话就说，也好让我们明白明白。”

“非让我说呀，好，我说的不一定对，但听不听在你。”

“您说了我就听。”

“我不想让你当村里的官儿。”

“为什么？”解放总也解不开母亲的心事。

“别问那么多为什么，你听我的话，我还是你妈，我留下来咱们一起过日子；你铁心要当，我也不拦，只有卷铺盖卷儿走人，从今以后啊，你妈就是那个残废军人的老伴儿了！”说完，桑奶奶果断地一挥手。

解放低头无语，好半天，再抬起头来已是满面泪水，嘴唇上深嵌着一排紫红的牙印儿：“妈，我听您的，我不当什么副书记了，我天生就是个庄稼人的命！我认命了还不行吗？您是我妈，把我从小养到大的亲妈，爹死得早，这些年来您又当爹又当妈拉扯我，我只要您陪着我，让我养您到老！”

桑奶奶搂住儿子，号啕大哭，哭声传到院外，仿佛连大槐树的叶子都震得簌簌作响。解放从没见过母亲掉过几颗眼泪，更不用说这样恸哭，他不知道是什么让母亲割舍下慈爱，狠心地一次次断送了他的前程，但从母亲的哭声和呜咽里，他知道母亲心里一定还有着没有讲诉的话语。是母亲给了他生命，母亲就比什么都重要，为了母亲，什么都可以舍弃。

# 五

接下来的故事就平淡了许多，但听起来更幸福。解放夫妇在生产队里踏实苦干，评上模范先进什么的，都先问过母亲，同意了才拿了奖励回家。母亲说："靠你自己劳动挣来的光荣，该拿。"解放在心里说："什么不是靠我自己的表现得来的呢？村里想让我当干部还不是看我人好劳动好吗？"心里这样想，却不和母亲争辩。桑奶奶给儿子媳妇拉扯大了一个孩子，他们又生一个；拉扯大了一个，就又生了一个。好大的一个家庭啊！再后来，土地承包到户，地里打下的粮食比以前多了，他们的日子过得更好了。孙子们大了，又来了一批漂亮聪慧的孙子媳妇先后加入这个家庭，人丁更兴旺了！本已让战争毁掉的残破的家庭，硬是在桑奶奶手里延续发展壮大了。邻里都夸奖称羡着这个幸福人家。桑奶奶每天笑呵呵着，和儿子儿媳笑，和孙子孙媳笑，和重孙子们笑。少言寡语的儿子，当了爷爷后，话语才在逗引孙子时稍稍多了些。这些年来，他的心里在想什么恨什么，母亲会知道吗？儿孙们会知道吗？特别是当他看到当年被招工进城现在又坐了轿车回来探家的伙伴时。时光在按它自己的节奏咔咔地向前走着，一些往事经岁月的车轮碾压又被风吹得支离破碎，没了踪影；有一些却被岁月打磨得发亮如新，更清晰地在脑海里闪现。一家人在融融笑语中生息，儿子的胡子慢慢灰白了，媳妇的头发也花白了，大槐树这些年经历了无数次骄阳烘烤，无数次风雨洗礼，只是默默承受，默默把根扎得更深，它强壮了腰身，壮大了枝干，茂盛了叶冠，现在树干要两个人的手臂合拢才能抱过来。桑奶奶呢，煎熬着自己，煎熬着岁月，熬死了大多数的同龄人，成了村里的寿星之一。

"解放两口子对我好，孙子们也孝顺，不愁吃不愁穿的好日子啊，

过起来就是比那少米没盐的苦日子快，像给轮子抹了油，一滑就是多少年过去呀，最小的重孙子都能提了瓶子打酱油，我多幸福啊，我没有不知足的，我死都心甘了。我唯一的心愿，唯一难了的事，就是我今天跟你说的这事儿，我真希望临死前弄个明白，多希望解放千真万确是你哥亲生的啊。早些年你也当过民兵连长，见识也多，我豁出老脸跟你提这些本不想提起的陈年旧事儿，就是想问你，现在科学了，我总听电视上说有搞什么亲子鉴定的，你倒说说看。”桑奶奶眼里闪着泪花。

骆驼倒一杯水递过去，看桑奶奶喝完，才开口：“嫂啊，孩子是你亲生亲养的，你是他的亲妈，再想别的有什么用啊？咱俩也都快装盒儿了，别扰了孩子们原本安生清净的日子。至于解放，他本人爱党爱国，遵纪守法，就是共和国的好公民，他支撑起这个家，孝敬你照顾你，就是你的好儿子，也是桑哥的好儿子。你有幸福的晚年，桑哥在九泉下不也就安心了？再说，我看解放活脱就是我桑哥在世呢。”

孙子这时从外面回来，踏着大步。桑奶奶更欣喜地发现，孙子的脚步像极了当年披着晚霞进村的桑哥。其实桑奶奶这些年的大半时光都是在打量儿子打量孙子中过来的。桑奶奶心里一下敞亮了许多，该早和像骆驼这样知心的人倾诉这事儿呢。孙子说：“这才多大一会儿工夫，树上又开了好些槐花呢。”桑奶奶长长地吐出口气，又深深地吸着，是啊，槐花的气息更浓了，但香气依然淡雅，朴素。

# 阴丹士林蓝

**你是天空，你也是窝巢。**

**——泰戈尔《吉檀迦利》**

## 一、下午 5 点 38 分

西坠的秋阳被院外高大的水杉树托举住，阳光透过摇动的枝叶从西窗投进来，斑驳出一团变幻的光影在墙上躁动。蒲桂花望着黑胡桃色的衣柜，衣柜一侧的门半开着，里面挂着几件崭新和半新的男式单衣，一件喷胶棉的大黑棉袄和一件轻薄的军绿色羽绒服。她又环视房间的各个角落，盘点着，回忆着，除不见了那床自打认识他就有的阴丹士林蓝的单人床单，和一床薄棉被，再想不起还少了什么。

“这个人，”蒲桂花叹口气，顺手把眼前染成栗色的一绺头发拢到耳后，腕子上厚实的手镯烁着金光，“这个人害了我一辈子，到现在，他还倒成了受害者！”她铿锵霸气的声音足以推倒一面陈腐的墙壁。

25 年呐，时光就在这么个人身边呼一下过去了，那些青春的花

期，青春的身姿，一下子无影无踪。25 年又是漫长的，她吃了那么多的苦，受了那么多的罪，像一辆行驶在乡间土路上的破车，疙疙瘩瘩，坎坎坷坷，历尽颠簸，心有余悸地到了今天，到了幸福的今天，一颗心刚算是安定下来，可胡凡平放着好日子不过又平地起波澜……她想着他们风风雨雨的这些年，他们一起的时光，他年轻的模样，想起了第一次见到他的场景，她清楚地记得，他们第一次相见的时间是一个崭新的早晨，25 年前一个初春的早晨，那个初春早晨生机勃勃的 8 点 08 分。然后，他们就开始了别别扭扭的生活，鸡吵鸭斗，生儿育女，劳碌奔波……这些年里的一些片段，好像又可以剪辑在一天里。哦，这冗长纷繁的一天啊，从见到他的那个清晨开始了。

## 二、上午 8 点 08 分

20 岁的蒲桂花，像一颗顶花带露的嫩黄瓜纽儿，仰着一脸能扎痒人心的细细绒毛，坐着绿皮火车，千里迢迢，来到武汉。

一天一晚的旅程，极度兴奋的她仅仅眯了一两个小时的眼，大多时候是睁大眼睛看车窗外的崇山峻岭，看河滩水流。第一次出远门的她，不停地向窗外张望，虽然火车经过的山和她家门前的山没什么不同，但看的角度变了，看的心情变了，也就成了不同于往常的风景，就是看山沟里和她一样弯腰苦做的农民，也瞬间变成城里人的目光。蒲桂花接到姐姐来信的时候，家里正逼她相亲嫁人，姐姐的信无疑像救命稻草一样。姐在信里说给她找好了工作，她一下子跳起来，村里已经有年轻人外出打工了，她其实也早想出来，只是母亲盯得紧，说女孩子哪能一个人去人生地不熟的地方？既然你人大心大了，就赶紧找婆家嫁人。这下好了，姐姐来信让她去，母亲也就放心了。她憧憬

着穿上工作服，吃着工厂食堂里喷香的饭菜，一下就成城里人了。火车走走停停，有时会在一个小得不起眼的车站停上大半天，停得让人怒火三丈，它才像一个气管炎老病人清喉咙一样，猛烈地咳几下吼几声，缓缓地开动。有时迎面驶过一列火车来，乌黑的车头冒出团团蒸气牵引一节又一节的车厢，她就一节一节地数，长得让她数不清究竟是多少节，真想让火车倒回来，重新再数一遍。好不容易，等到远处又来了一列货车，她瞪大了眼睛，细心地数，数到最后，还是数乱了节数。

终于到了武昌火车站。蒲桂花背着一个人造革的大包，手臂上挎着一个桃红色的包裹，到了出站口却看不见姐姐蒲冬青，也不见姐夫唐国红。出发前一天，她可是特意跑到镇邮电局，花了十几元钱给姐姐拍电报，说好今天早上坐这一趟车到的呀。身边匆匆走过的两个人对话，“几点了？”另一个说：“晚点了，现在 8 点 08 分。”

8 点 08 分！

她一下子记住了这个时间，并铭记一生。她又仔细张望，看到出站口一侧，几个人的后面，一个高挑的青年男子齐腰端着一张纸片，她凑近了，看清了纸片上面用圆珠笔写着纤细的蓝字：“接蒲桂花”。

蒲桂花打量他一下，长头发蓬松散乱，小胡子遮掩着上唇，牛仔裤的大喇叭口裤脚破破烂烂地拖在地上。桂花又仔细读了一遍纸片上的字，对他“哎”了一声，腼腆地一笑。

青年男子的眼睛才动了一下，像从梦中醒来似的说：“走吧。”

蒲桂花忙又仔细看他几眼，白里发黄的脸上，还残留着挤完青春痘留下的小坑儿，遍布鼻头和颧骨下面，因为身材瘦长，有了微微的水蛇腰。倒也不像是来施展坑蒙拐骗的坏人。他身上铜纽扣亮闪着的工作制服吸引着她的目光，一阵欣喜：姐姐是在铁路机修厂里给找了工作吗？自己今后也会是穿这样的制服吗？

男子轻快地走出几十步，回头，才见后面的蒲桂花脚步踉跄——

经历了昼夜旅途，下了火车到了平地，眼前开阔了，不再人挤人了，竟然晕得不会走路了——他忙返回来，抢过她的人造革背包，一抡，掼在自己的肩上。

来三天了，姐姐蒲冬青变着花样儿喂她的嘴，就是不提上班的事。

到了周末，蒲桂花鼓足勇气问："姐，我什么时候去上班啊？"

怀里像揣了西瓜似的蒲冬青说："你先多休息几天，休息好了再说。"

"我从来就没累。"

蒲冬青伸手择去妹妹肩膀上的一根黑亮的头发，问："你看胡凡平怎么样？"

"怎么样？"蒲桂花已经知道了接他的人叫胡凡平，是姐夫唐国红的工友，也是朋友。蒲桂花的目光转向一旁的唐国红，"还不错吧。"

"是的，胡凡平人真的不错。"唐国红打心里这样认为。

在唐国红眼里，他是一个优秀青年，他们都住在工厂的宿舍楼里，下班回来，胡凡平往宿舍里一扎，大多的时间是趴在床上读书写字。胡凡平算是一个才华横溢的青年，心灵手巧的青年。虽然从没听胡凡平唱过歌，但他却爱吹口琴，吹过很多好听的曲子，那悠扬的曲调优美得足以让唐国红一餐多吃二两米饭。唐国红两口子是自己做饭吃的，有时就喊胡凡平过来吃饭。胡凡平得到邀请时，不说来，也不说不来，默默地像没有听到。到了吃饭的时间，他却准时上门，手上提着"小汉口"的白酒，拿上一包鱼皮花生豆，唐国红最爱的下酒菜。一顿饭的时间，几乎都是唐国红两口子在说话，胡凡平只是抬头看看他们，再低头无声地吃。胡凡平 29 岁了，在那个年代这个年龄没结婚是足以愁白父母头的。其实不论什么年代，到了这个年龄未婚，都是在父母心头放了一把刀。胡凡平的家在很远的郊区，所以工友们就看不到他的父母是否为他愁白了头。胡凡平每天孤独自在地快乐着，而他古道热肠的朋友唐国红却为他着急上火。

蒲冬青对妹妹说：“你先不用上班，一呢，我再有两个月就生了，妈离咱们远，只有你能照顾我；二嘛，胡凡平是个好青年，打着灯笼都难找的小伙子，我想让你和他处对象。”

蒲桂花瞥眼姐姐的肚子，噘起了布满绒毛的嘴巴：“我是来上班的。”

“上班归上班，上班就不嫁人了？”

“你们是不是已经和胡凡平密谋好了？”

蒲冬青说：“这可冤枉死人了，你是我亲妹，我要先征求你的意见，你同意，才去跟他提。”

蒲桂花措手不及，但有一点，她还是感觉出来了：“他比我大很多吧？”

“也就是六七岁，七八岁的样子吧，你姐夫说大几岁没啥，大了才知道疼人。”

“我对他没一点点儿的感觉呢。”

“感情要慢慢培养，你姐夫追我的时候，我都不想看他第二眼，后来硬是被他软磨硬泡得心软了。”

好说歹说，蒲桂花总算点了头，亲姐姐是不会害自己的。

唐国红就去跟胡凡平提。心想胡凡平不说会感激得流涕但断没有推辞的理由。就成竹在胸地提前摆出了一副连襟大哥的派头，进了胡凡平宿舍的门就一屁股坐在胡凡平铺着蓝色床单的床上，说：“赶紧搞根烟给我抽！”

喷云吐雾中，唐国红不无做作地慢条斯理地说了此事。哪知，胡凡平愣了半根烟的功夫，说：“我不同意。”

“不用客气，”唐国红说，“这种好事你还假装客气什么呀？”

“不是客气，是不，同，意。”

“为什么？我姨妹这么远来了，还是你接来的，你不同意？”

“我去接是你说太忙拜托我去的好不好？”胡凡平说完，就站起身。原本两个人是平坐的。

唐国红也呼地站起来，并不朝外走，说：“你不能总这样孤家寡人下去，你必须结婚，必须和蒲桂花结婚！”

“我一个人挺好的，我愿意一个人……一直一个人生活……”

“你，你……是个混蛋，你知道这几天多少伢们追着给我敬烟，还不是在打我姨妹的主意？你快 30 岁了还谈不到对象，你是我的好哥们，这种好事才优先落到你头上，生活不是每天看书读诗写诗，这些不当吃不当喝不当钱用的。你必须让父母别再为你操心，你必须结婚！一个细皮子黄花大闺女，一分钱彩礼不要，天底下打着灯笼都难找的好事，你连灯笼都没打，就给你送到了眼皮底下，你还裹筋（方言：纠结）！”

唐国红跟绑架似的，逼着胡凡平一起带着蒲桂花在星期天回了一趟家，胡凡平的家在号称菜篮子的武汉西郊。经历几趟倒车和等车，三个多小时才到胡凡平的家，靠在汉江边的一户人家。桂花的出现瞬间擦亮了凡平父母昏花的老眼。老人的嘴角像好铁匠打的两副上翘的钩子，整整一天都没有变形。凡平的妈妈拉着桂花的手没说几句话，见桂花很懂礼貌地有问就有答，就噌地一下，把自己腕子上一只祖传的银镯捋下来，戴在了桂花嫩藕似的胳膊上。桂花明白，这不是简单的赠予，更像某种仪式。吃完丰盛的午餐，唐国红问两位老人，还满意吗？两个老人头点得像院子里啄碎米的母鸡。唐国红说：“那就提早给他们把事办了，你们好早抱孙子！”

蒲桂花被两个老人敬神般的礼遇所感动，他瞥眼胡凡平，倒也有了几分好感。

## 三、9点08分

一个月后是五一节，两个人就结婚了，其实是同居。蒲桂花没有结婚证明信，登记不了。姐姐说：“那就是一张纸，证明不了什么，以后回老家时开了证明来再去登记。”本来蒲桂花嫌草率，说再多了解一段时间的，姐姐就说：“差不多就结婚吧，他是什么样的人我们都给你了解好了，人家不嫌弃你乡下妹子，你还磨蹭什么？”也难怪姐催，住在姐姐家这个狭窄的空间里，天气一天天热起来，是有诸多不便。来前说好的工作呢，怎么成了伺候你和嫁人了？蒲桂花憋在心里一句话，使劲忍住，才没对姐姐发泄。

胡凡平和厂里要了一间双人宿舍，两个人就结婚了。晚上，狭小的宿舍里喜气洋洋，两张拼在一起的单人床上，铺着蒲冬青夫妇送的带红双喜的床单，蒲桂花心怦怦直跳地坐在床头，看胡凡平在台灯下一本一本地翻书。蒲桂花也是知道他的心思不在读书上，读书哪有翻这么快的呢。蒲桂花也顺手拿起一本，不想把一个长方形的盒子扫落在地，她忙捡起来打开看，是一把口琴。“没摔坏吧？”她问。胡凡平接过去，看了看，随手拿在嘴边吹了两下，屋内的空气随着音符抖动起来，轻松婉约。“吹支整曲吧！”桂花说。胡凡平点一下头，就吹了一首正流行的电影《少林寺》的插曲《牧羊曲》。吹完了，桂花说：“真好听。”胡凡平受了鼓舞，又吹了一首。节奏立刻加快，充满异域情调。桂花说：“是《拉兹之歌》吧？”胡凡平一首一首地吹起来。桂花先是每一首都说好听，到后来，耳朵疲惫了，就觉得成了噪音，她想叫停，又不好意思，想着吹完这首肯定就停下来了。在这样的想法中，她只有继续忍受胡凡平不停的吹奏。最后胡凡平的口琴还是被打断了，不过不是蒲桂花，是门外，几声拍门声后有人说：“凡平哥，别

吹了，我们熬不过你，也不听新房了，早点睡吧！”

婚后的蒲桂花白天就在姐姐的宿舍里，帮她拖地洗衣服，然后发呆。尽管姐姐和姐夫去上班了，没有人，她还是愿意待在这里，仿佛这里就是她作为娘家的根基。夜晚了，她才回到自己的新房。布置新房时，她说其他的不用买，只买个梳妆台吧。这样，她有事没事的，总在梳妆镜前打量自己。是的，这样年纪的女孩子，哪有不爱美的？然而，照完镜子，她对镜子里的自己并不满意。黑亮的刘海下，一张过于饱满的脸上有着两个不浅的酒窝，矮墩墩的身躯其实并不胖，只是因为矮，因为没有舒展修长的四肢。她能够改造的，就只有她的脸了，她把眉毛调理得又直又弯，给脸上涂抹一些化妆品，抹完了，自己欣赏自己半天，再洗去。初入城市，她还是习惯素颜见人。

走在宿舍院子里，几个调皮的青工跑过来喊完嫂子就竖大拇指，说：“凡平哥的口琴吹得真是好，一吹就是一个晚上！”说完哈哈大笑，桂花的脸就红起来。也听见过远处有人指点她，这就是胡凡平的老婆，这小子真是闷鸡子啄了白米。也有人说，凡平太闷了，怕这个白米不好啄。

姐姐终于生了，生个白胖的女儿。生完孩子，姐姐几天高烧不退。桂花就在医院不分日夜地照顾姐姐，有时唐国红说：“你回去歇一天吧，别累着。”桂花摇下头，心想姐身边的娘家人就她自己，一定要把姐照顾好。过了几天，姐姐终于退烧了，桂花才松了口气，疲惫地从医院出来，心想到家的第一件事就是洗个澡，然后睡上一大觉。

这是个晴好的星期天上午，胡凡平是自己在家看书呢，还是吹口琴？还是在纸上写那些颠三倒四、云里雾里的痴话？凡平写的诗，她读了又读就是不懂，她原本是喜欢诗歌的，还能背下来“两个黄鹂鸣翠柳，一行白鹭上青天”的优美诗句，也会背“为什么我的眼里常含泪水，因为我对这土地爱得深沉”。姐姐住院这些日子，胡凡平只去医院看望过一次。唉，桂花算是了解了他这个人，人不坏，就这么个

性格，随他去吧。

上了楼梯，就看见胡凡平在门外站着，抽着不带过滤嘴的香烟。

“我回来了。”桂花向他招呼着。

胡凡平一愣，待桂花到了门前，他伸出一只手臂拦住她，不能进。

“钥匙丢了？”桂花说着，就掏出了自己身上的钥匙。

“没，没丢，暂时不能进。”胡凡平的整个身体移到了房门前，挡住蒲桂花。

“发的哪门子神经？”桂花正迟疑着，门从里面吱呀一下开了，一股檀香皂的气味散发出来，一个女子用桂花崭新的荷花粉的毛巾搓着湿漉漉的一头大波浪卷发，连衣裙外白瓷圆润的臂膀闪着亮光。桂花问：“这是谁？”凡平说：“我的……我的一个写诗的朋友。”朋友？桂花脑子里立刻闪过乡里女人之间为汉子扯皮打架的情景，情不自禁地冲进去揪住了一把湿漉漉的卷发，那女人一个趔趄，差点跌倒。桂花怒气冲天地吼：“我才几天不在家，你贱不贱啊？”



胡凡平忙拉蒲桂花的胳膊，说：“放开，这是我多年的朋友！”

蒲桂花说：“多年洗澡的朋友吗？欺人太甚了吧？”放开了满手的卷发，双手如钩，顺势在胡凡平脸上挠了两把，胡凡平脸上瞬时几道血印。蒲桂花骂道：“你个大龄青年，还吃着碗里看着锅里，算个什么东西？”

胡凡平捂着脸辩解：“不许瞎说，这真是我的诗友，才从外地旅行回来。”

“诗友来了不谈诗，洗什么澡啊？做了见不得人的事？”

“你听我解释……”

“解释个屁，你和你刚洗干净的女诗友解释去吧！”

桂花盛怒之下，直奔武昌火车站，排在一列最长的买票队伍后面，好半天才到了售票窗口，她左右望望，才把钱递进去。买好票，

脚步犹豫地进了候车室，心想胡凡平一定会追来的。但没有，直到检票了，直到火车开了，也没看到胡凡平的影子。

两个月后，蒲桂花竟然自己回来了，带着开好的结婚证明信回来了。尽管之前姐姐来信说那女人真是胡凡平普通的诗友是旅途疲劳洗个澡而已，她还是下定决心和胡凡平一刀两断的。即使他是清白的，他也是一个多么无趣的人啊，除了上班就是看书写字，写那些在她看来纯粹是浪费纸的字。胡凡平，一个不值得她留恋的人。她开始谋划和同村的青年一起去广东打工，挣点钱，然后扮成未婚青年找个合适的人嫁了。她整理好行囊，她的妊娠反应却制止了她的出行。惊慌失措的她想流产，偷偷到镇医院问了，却是要有结婚证才给做的。后来呕吐得面黄肌瘦，妈看出了端倪，说："你还是早点回去吧，你是当妈的人了，以后别使小性子了，你看咱们村除了你姐找个工人，还不都是在家种地生娃？你去了城市找个工人，是上辈子吃斋烧香修来的，你回去一定要安生过日子，妈还指望着沾你光呢。"

这次先是定好了票，再给姐姐拍电报，点名要胡凡平去车站接。桂花想好了，如果她下了车见不到人，就扭头坐车转来。还好，胡凡平不但去接，还和姐夫唐国红一起去接，还是买了站台票进到站里接她。回到家，姐姐先把上次的事做了综合总结，说绝对是冤假错案，这个事一经平反就过去了，今后两个人要相亲相爱好好过日子。其实离家之后桂花想可能真误会他了，如果有那个事，当时他不会是站在门外的。可当时她既然跑出来了，哪有再自己主动回去的？不说谁对谁错，她是个女的，怎么也得男人来央求她吧。这些天蒲桂花早已把对洗澡事件的愤怒转到胡凡平没有追她回去的气愤。

到了家蒲桂花发现胡凡平把他那条单人的蓝床单铺在了大红喜的床单上一侧，她一把将蓝床单拽下来甩在地上，问你是怕弄脏了大床单？胡凡平看她眼没吭声，捡起蓝床单叠好收了起来。

蒲桂花的肚子一天天大起来，大到也像姐一样揣个西瓜，再大到

瓜熟蒂落，生了个 6 斤 8 两的女儿。

女儿长大了，会说话了，总追着问她：“我是什么时候生的？”桂花也总耐心地回答她，你是 4 月 8 号上午 9 点 08 分生的。“有这么准吗？”“有，医院的墙上有块表，我听见你喵喵的第一声哭，就扭过脸去看了看表。”

“哦，若是医院的表不准呢？”

桂花说：“准的，看哪个表，按哪个时间，9 点 08 分！”

## 四、10 点 49 分



女儿的出生，一下打乱了胡凡平的生活。

他每天下班回来前，蒲桂花已经把饭做熟了，把孩子的尿片都洗好了，地拖了，可胡凡平还是觉得自己的生活被打乱了，各种为女儿服务的物品堆满了房间，逼仄了他读书写字的空间和氛围。胡凡平是喜欢女儿的，下班回来的第一件事就是趴在床前，看女儿香甜地吮吸自己的小手，那粉嫩的小手上像是藏着蜜，像是比妈妈的奶头还甜，咂咂有声。胡凡平有时也会抱起女儿，女儿也会不客气地尿他一裤子。他桌子上的那一摞书，虽然还是整整齐齐地码放，但是上面已经布满了灰尘。好不容易有一天清闲些，胡凡平拿起一本书想看几页，字有形书有味，一股熏鼻子的霉味、奶味和尿骚味扑面。胡凡平啪的一下，把书丢回原处。

更糟糕的是，这个小家的经济出现了危机。之前凡平的工资还够两个人开销的。女儿出生了，桂花竟淌不出几滴奶水。只有买奶粉了。姐姐说：“其实你们生活搞好点儿，经常吃点儿蹄花汤、鲫鱼汤什么的，奶水能跟上的。”凡平就去买了一次排骨，还亲自下厨红烧。

吃了，也没多少奶水下来。

姐姐去上班了，她的孩子就抱过来，还提来奶粉，姐姐也不白让她带，每月给 20 元钱。姐一个月的工资也才一百元零点儿呢。姐姐第一次给钱时，桂花说不要，姐说别争了，我们俩人上班，比你们三口人花凡平一份工资宽裕多了。

怎么凡平还成了受害者？难道是自己拖累了凡平？当初可是姐写信让她来上班的，如今却成了照顾两个孩子的专职保姆！桂花心酸得愤愤，姐刚走，就把姐拿来的奶粉冲了，喂给自己的女儿。

桂花动员凡平戒烟，说抽烟对自己的身体不好不说，也毒害婴幼儿的健康，还不是害一个婴幼儿，是两个。凡平就说："我到屋外抽。"桂花火了，说："你抽的是烟吗？那是钱！你可以不把你的命看值钱，可钱值钱！"交战了几个回合，凡平就真的戒了烟。

省下了烟钱，拮据并没有好转。桂花说："你回家一趟，找两个老的要点钱回来。"凡平说："家里也没多少钱，为给我准备结婚，前几年盖了三间三层的楼房，借了债到现在也没还上。"桂花说："你也不回去住，盖了有什么用？"凡平想租个车，一家三口都回去一趟。桂花说："租车不花钱吗？有钱还让你回去要钱？把孩子折腾病了看病又得花钱。"于是，凡平就揣着女儿的几张照片自己回去了，真的拿回了 2000 元钱。桂花清点着厚厚的一沓钱，有 10 元面额的，5 元面额的，还有一把 1 元 2 元的。桂花把钱分成两沓，把一沓交给凡平说："下个星期你再回去趟吧。"

桂花开始积攒以前顺手就扔的包装纸盒，还把楼梯间、宿舍楼下别人丢弃的，只要看见有，都捡回来。攒多了，就能卖上几元钱。有一次卖完了，她捏着 5 元钱对凡平说："你上班的路上，看到这些废东西，就捡回来，我去卖。"

一天，桂花在给凡平洗衣服时，不可思议地发现了口袋里有 2 元钱。桂花像一个性能优良的水闸，紧紧地掌握住家里的财政大权。凡

平也乐于简单，抬腿进了工厂，下班就到了家，很长一段时间身上是不装一分钱的。“钱从哪儿来的？你不是留起来偷着买香烟抽的吧？”

凡平坦白说：“我几个月都没有抽烟了。这是昨天厂门口一个人的摩托车坏了，刚好我带着工具检修厂区外面的管道，就顺手帮他修好了，他硬塞给我 2 元钱表示感谢。”

像点亮了两盏灯，桂花的眼前一片光明，说：“是啊，你修理火车的，是完全可以利用业余时间去修自行车、摩托车的！这样咱就又可以增加一笔收入。”

“那怎么行？我是国营厂工人呢。”

“怎么不行？8 小时之外，不偷不抢谁能管你？谁管，跟谁要钱花！”

“让厂里人看见怎么好？”

“走远一点啊，你别在厂门口修，你去余家头，去红钢城那边修！你那点儿工资如果够养活我们的，你想去我都拦着，我也知道要脸面，可你的工资养活不了我们啊，人的脸皮是吃饱穿暖后才有的，要不，你下了班在家看孩子，我去学着修，行了吧？”

胡凡平低头搓了半天手，说：“给我两天准备的时间，可以吧？”

姐姐的孩子去上了幼儿园，桂花和姐说我家也快上了幼儿园了，她去了我也该上班了。姐说：“现在很多国营企业不景气了，在岗职工都恨不得放长假，哪里还招临时工？”桂花心里恼起来，你自私不自私啊，当初就为了你生孩子能有个人照顾，就把我骗来服侍你？你宿舍里住不下就把我嫁了人？

一气之下，桂花自己去杨园街菜场申请了个摊位，每天带着女儿去卖菜，一个月下来，她卖菜和胡凡平修车的收入远远超过了胡凡平的工资。桂花对凡平说：“修车和卖菜都不丢人，挨饿才丢人，钱从来不是大风刮来的，咱得拉下脸来生存。”

每天凡平下了班就骑上自行车去修车，桂花还真不知道他是去哪

里修，究竟是去了红钢城还是余家头，也没细问，反正每天都能拿些钱回来。但这个星期天早晨出门，到深夜才回来。

第二天桂花才知道昨晚凡平把自行车丢了。桂花问：“怎么丢的，不会是缺零件把自行车拆了用到摩托车上了吧？”凡平听出话里的阴损，干脆一言不发。桂花变本加厉：“总不会出去做‘好事’，被人家男人发现把自行车给扣下了吧？”凡平生气了：“你尽把人往坏处想。”桂花说：“我把你往好里想，可怎么也想不出来呀。”凡平才说：“昨天并没有去修车，而是被一个叫万小飞的文艺青年叫去，先谈论诗歌，再听他拉二胡侃大山，一天就这么不知不觉过去了。等到分手下楼，不见了自行车。身上又没钱，硬是在寒风中跑步回家。”

桂花一听更火了：“你总弄那些没用的，不是看书写疯话，就是吹口琴，如今又去听他拉什么二胡，这下好了，自行车听没了！你都30多岁的人了，怎么还像个贪玩的孩子？不是我姐把我骗来，怕是到现在你还是孤家寡人一个呢。再去吧，别回来了！”

凡平又低头搓手，说：“丢都丢了，那你说怎么办？”

桂花真的在老家看多了乡间的夫妻吵架，听凡平提到怎么办，就脱口而出：“怎么办？离婚！”

凡平并不怯懦：“怎么离？”桂花都没想到自己会脱口说到离婚上来，这么点儿小事值得吗？但听到凡平问怎么离，像火苗见了风一下就顺势烧了起来，说：“你想怎么离咱就怎么离，我全都满足你，我什么都不要女儿也归你，行了吧？”凡平还没回答，桂花接着说：“什么时间去办离婚手续？越快越好，我好买票回老家，我看出来了，和我在一起委屈了你，不过我也告诉你，和你过，我更是折磨！”

凡平说：“我就去聊个天听个二胡，你就离婚啊？”

桂花说：“是光听拉二胡的事吗？你还丢了自行车！”

凡平说：“我不骑了还不行吗？”

桂花说：“不行，你今天丢自行车，后天还不丢我们娘俩吗？跟

着你这醒着像睡着的男人，日子还怎么过？”

外面有人喊胡凡平，开门一看，是昨天共度周末好时光的万小飞。小飞说：“你昨天没有骑自行车回来？”凡平说：“丢了，还骑个鬼？”万小飞说：“是你忘记了锁，居委会的人刚好从楼下过发现了，喊了几嗓子，等了一会儿不见人，就推居委会去了，我给你骑来了。”

凡平连忙和万小飞一起下楼，骑上自行车去上班了。晚上回来，桂花并没有云开雾散，阴沉着脸，说自行车虽然没丢，但不代表你没犯错误，咱俩不算完，继续离婚！

这时楼下有人喊：“桂花，你明天让凡平去火车站，咱妈来了！”蒲桂花出了门，楼下蒲冬青仰着脸说：“孩子一人在家我要赶紧回去了，唐国红明天要出去开会，记住是明天上午 10 点 49 的火车！”

“好了，记住了，明天上午，10 点 49！”

回转身来，桂花对凡平说：“明天我妈来，蒲冬青希望你去给接站，你不去就在家照看你女儿，我自己去接。婚还是要离的，等我妈住几天回去了，咱就去办手续！”

桂花开始给妈妈安排睡觉的床铺，从其他宿舍搬来一张单人床，铺完被絮就把凡平那床蓝色的单人床单铺在上面。凡平少有的坚决，一把抓过去，重新放回柜子里。

“还是什么宝贝？哼。”桂花又重新找了床双人床单，折叠起一半铺在床上。



## 五、11 点 08 分

母亲患有严重的腰椎间盘突出，走路腰弓得像只鸵鸟，每挪动一步，还伴着刺骨疼痛。桂花说：“妈，你怎么得了这样的病呢？”妈说：

“你们大一个飞走一个，家里田里的活儿不都得我们两个老的弓腰去做？少做了一点儿，粮食也收不回家呢。”桂花说：“这倒好，得多少粮食的钱往医院里搬，才能治好啊。”老家的乡医生知道母亲的两个女儿在武汉，就建议来同济医院做手术。蒲冬青把家里所有的钱都拿出来，给母亲办理了住院手续，胡凡平也把一沓钱给了桂花，说到明天还可以有这么多。桂花问：“借的？”凡平说：“能借到就不错了，先给妈治病，再慢慢还。”桂花有些感动了，这么木讷的一个人，关键时刻还是中用的。姐姐冬青请了假去照顾母亲，桂花就在家照看两个孩子，冬青还把两家人召集在一起，说妈后期治疗的钱肯定不够，大家都再想一想办法。

桂花对凡平说：“你能想办法多借点儿钱，就再想一想，算我欠你的。”凡平说：“我再想想办法，你也知道，我没有几个朋友的。”

母亲终于出了院，住在冬青家里，桂花白天带着孩子，在那里待上一天，晚上再回来睡觉。她回来看地上堆着凡平的工作服，就说：“这几天别都指望我给你洗衣服，妈那里需要照顾，你自己就不会动动手？”凡平动了动，又停住，说：“你一搓就行。”桂花说：“这么简单，你自己一搓不就完了吗，何必等我？”凡平就捋起袖子，准备洗衣服。桂花见床单也脏了，就抻下来说：“一起洗了吧。我忙，你也不知道替我多做些。”

说着，斜着眼瞥了凡平一眼，突然发现他左臂肘窝处一个红点儿。凑近一看，像是个针眼。针眼处红得鲜艳。附近还有一个结痂的针眼。“你怎么了？”

凡平嗯嗯了两声，没说话。

“说话呀，你到底什么病瞒着我去打针？”

凡平缓缓地说，“我什么病都没有，你放心好了。”

“你，你是去……”桂花好像明白了，抓过他另一只手臂，肘窝处也好像有一个针眼。

凡平点点头说："怪我没本事，我没别的办法了。"

"你去卖血了？去了几次？"

凡平说："不多，才四次，我准备下午再去一次的……"

桂花一头扑在他单薄的怀里，泪水打湿了凡平的衣襟。桂花用拳头轻轻地捶打着他，说："你想撇下我们娘俩一个人死啊，我听说三个月才能卖一次血，你十几天竟然卖了四次！你不想活了？你个傻子，你个傻子……"

"我没本事，我再也借不来钱了，就换着血站去卖血，无非多跑点儿路，我年轻，扛得住。"

桂花紧紧地搂住他，号啕恸哭。

大半年后，母亲终于可以正常地行走了。母亲时常会骄傲地说："不是我的两个好女婿和两个好女儿，我哪里还能走路？"

母亲步履还算矫健地坐上火车回去了，桂花发现自己又怀孕了。

凡平说："国家提倡一个孩子，咱不生了。"

桂花说："如果咱头胎是个男孩，不生就不生，可是个女孩，所以必须生。"

凡平说："违反计划生育政策呢。"

桂花说："我不懂政策，我只知道没有个儿子这个家就传不下去了。"

"你生了，厂计生办的人会找我的。"凡平说。

"大不了就是开除吧，咱主动点儿，提前辞职算了，挣这几个钱，人都快饿死了，正好给了咱下海的决心。"

又过了几个月，桂花的肚子又揣上了西瓜，凡平终于下定决心。交完辞职报告，他闷在屋里整整一天。桂花说："你去外面转转吧，找你朋友去听他拉二胡吧。"凡平出去了一会儿带了一丝烟味儿进来。桂花提提鼻子，装作不知道，她腆着大肚子正清出一些旧布和旧棉内衣，拆了给未来的孩子当尿布，把那床蓝床单从中间一剪两开，刚好

是两块小床单。凡平看见他的蓝床单在地上，忙拣在手里，一抖却已两半。凡平的眼睛像要喷出火来，说："你想干什么？"桂花说："我给儿子做尿片用。"凡平说："你换其他的布吧，你从中间再缝起来。"桂花说："这么旧了，缝起来的埝子会硌背，再买个新的吧。"凡平说："你能买得到这个蓝色吗？买到了我就丢。"桂花说："不就是个蓝色吗？"凡平说："这是阴丹士林，阴丹士林蓝！"桂花边给缝合边打量："还拿着当稀奇的宝贝，就是普通的棉布啊。布虽旧了，却柔软适人，颜色也还是湛蓝如新。"

桂花如愿地生了个儿子。女儿指着襁褓里的弟弟问："妈妈，弟弟是几点钟生的？""弟弟呀，"桂花想了想说，"弟弟是快中午生的，是 11 点 08！"女儿说："你骗人，怎么会和我一样也带 08 呀？"桂花说："带 8 好，8 就是发，发财就好了，你们一辈子就不会像妈妈这样为钱操心了。"

## 六、中午 12 点 48 分

胡凡平在离厂足够远的地方租了房子，是拉二胡的万小飞给找的，价格比市场行情便宜了三分之一。蒲桂花说："这下好了，你修摩托车不用躲到红钢城去了。"

从兼职修车转到全职，胡凡平的生意也没好多少。不过有人看中了胡凡平是科班出身的机修工，说到我的汽修厂去上班吧，工资会比你之前高出一倍。凡平动了心，回来和桂花商量，桂花说："靠上班发不了财，还是自己慢慢做生意吧，遇到好的机会，只要不犯法，咱就试一把。"

来修摩托车的人里面，有每天去汉正街批发小商品回来摆摊卖

的。在聊天中，凡平了解清楚了进货的渠道和利润差价，回家说给桂花。桂花一听就来了神，小商品不像青菜隔夜会烂，即使卖不了放个一年半载也没问题。桂花动了心，说："你去批发来，我晚上去摆摊。"

小试了一把，效果不错，桂花就让凡平把品种进多些。桂花又通过摆摊收集来信息，说是从广州拿货质量好价格低，就怂恿凡平去广州进货。凡平说："广州很大，要摸准地方才好去。"

信息准了，胡凡平带着家里全部的1500元巨款上路了，下了火车，就直奔三元里小商品批发市场。

中午12点48分，他像一条嘴唇干裂的鱼，游进了市场。

已过了人头攒动的时间，市场里往来的人已不是很多，他一只手总是有意无意地摸装着钱的内裤，腋下夹着彩条布大提包。他在市场里转了一圈，问了几家的价格，并不比汉正街便宜多少，难道没有找对店家？这时有人过来碰碰他捂衣袋的手，惊得他几乎跳起来。那人问："我有几箱便宜的丝光裤袜要不？"

胡凡平看他一眼，硕大的蛤蟆墨镜罩住大半个脸。那人说："便宜，5元一双。是的，真的便宜。"胡凡平动了心，问："你的店在哪儿？那人说，跟我走吧，进店就贵了。"

七扭八绕到一个小巷子，一辆三轮车上放着四个大纸箱。那人问胡凡平："看一看货？"胡凡平想了想，指了最下面的一箱。蛤蟆镜就把这箱提到上面来，动手撕开封口，拿出一双丝袜，打开塑料袋，在胡凡平面前用力拉扯袜子："你看这质量，多好，冰丝的，保你好卖！"胡凡平也接在手里，拉了，弹力十足，摸了，细腻柔滑。凡平知道，这样的袜子拿回去能卖15元一双的，看来广州货还真是便宜，只要找对了地方。他问："最低多少钱？"来前桂花也再三叮嘱，再便宜也一定要还价。那人说："这已经是最低价了，这么好的货，在市场里面，最少要10元一双。这一箱是100双，是有个河南人说好要的，我拉来他却不知跑哪里去了。"胡凡平又向下翻动箱里的袜子，那人

说："我都倒出来，给你验货，我这货便宜的原因就是直接从厂里拿来，不进批发市场，少了各种费用。"说着，就搬起纸箱，准备倒出来验货。

"你们干什么？做生意到市场！"突然，一个手臂上戴红袖章的人像是突然从地里冒出来，出现在他们面前。蛤蟆镜忙说："不是交易，是走到这里箱子散了，要整理下包装。"红袖章说："赶紧走赶紧走，如果发现场外交易，全部没收并加倍罚款！"说完，就一步三回头地走了。

蛤蟆镜手忙脚乱地把纸箱封好，神色紧张地说："这帮市场的人，逮住场外交易罚得可狠了，我得赶紧走了……"

胡凡平在心里飞快地盘算了一下中间的利润，忙拦下他："我要3箱，不过……能便宜100元不？我身上只有这么多钱，都给了你，我连回去的车票都没有了……"

"好吧好吧，今后多照顾我生意就是了。"蛤蟆镜倒也爽快，接过胡凡平递过的钱数都没数，卸下三箱货，骑上三轮车瞬间消失。胡凡平心里高兴地想，广州真是来对了。

胡凡平和三箱货一起到了家，他兴奋地对蒲桂花说："广州的货真是便宜，质量也好，这3箱袜子卖出去，起码能赚3000，来，我先给你拿一双穿！"胡凡平开了封口，拿出一双。桂花对着阳光拉动丝袜，惊疑道："这么好的丝光裤袜只批5元钱？那今后可要多进些来，一个便宜三个爱，何况还是这么好的质量。"凡平不无得意地说："市场里面哪会这么便宜，是我找对了地方。"桂花高兴地说："那就听你的，我穿一双，是均码，还是有大有小？"桂花边说边把箱子倾斜了翻动，翻上来的，却不是袜子，是一些不成形的烂袜筒。怎么会这样？胡凡平一下傻了，忙把箱子底朝天扣过来，一箱子的烂袜筒，还有两块压秤的砖头。胡凡平连忙又打开另两箱，同样如此。

胡凡平傻了，蒲桂花也傻了，足有一分钟，她才号啕大哭起来：

“我真是瞎了眼，跟了你这么个窝囊废，看着是个健全的人，却笨得连猪都不如！这一下家底儿全让你赔光了，日子还怎么过啊？不离婚老天爷都不答应！”

蒲冬青两口子闻讯赶来，冬青把妹妹数落一顿：“有点事儿就说离婚，还当自己是孩子呀，以后再不能耍孩子脾气，不能全怪凡平，是坏人太坏。”唐国红则对胡凡平说：“你没害人之心和防人之心，以后生意就别做了，还是踏踏实实去上班吧，我听说上次有个汽车修理厂找你当师傅，那就去吧，技术你有，闭着眼睛都能干好，但做生意你两只眼睛瞪得铜铃一样大都怕有闪失。”

蒲桂花说：“这一趟广州他把全部家底儿都折腾进去了。”

冬青说：“去广州进货是谁的主意？肯定是你，所以你更有责任。”

桂花说：“是他办事不长眼，倒怪我来了？”

唐国红说：“过去的事不提了，现在要重新好好挣钱过日子，老天爷饿不死瞎眼的雀，何况咱都是大活人呢，我和你姐把全部家底借给你们，支持你们做生意，还不要一分钱的利息，行了吧？”

蒲冬青说：“也不是完全不要，听说从广州进来的上好丝光袜还是有几双的，让姐也时髦一下。”

蒲桂花都到了哭的边缘，听姐这样说，又掩着哭音儿笑起来。

## 七、午时 1 点

听从了蒲冬青两口子的建议，蒲桂花和胡凡平的日子就清寡而安稳了好几年。

胡凡平每天在汽车修理厂干 9 个小时，就没精力去修摩托车了。蒲桂花每天要送孩子上小学，自行车带不了两个，就买了一辆电动三

轮车，早上把两个孩子送到学校，就开始跑车载客，一白天能赚100多元呢。本来桂花还想晚上继续跑，可电瓶的电不足了。那时电动车刚流行，起步价低到上车二元，抢了出租车半壁生意，后来发展到大街小巷都是电动车。

又是几年过去，蒲桂花把所有的欠款还完，又把姐帮衬的钱还完，且有了结余，桂花给凡平买了一部当下正流行的中文BP机，花去2000元。桂花先是舍不得，可想到男人在外面还是要讲些排场，在凡平45岁生日那天，先斩后奏地买回来。凡平很激动，说不该买不该买，握在手里摆弄了半天，然后挂在腰间，一条银亮的链子垂个弧形又弯转上来挂到有了裂纹的腰带上。桂花说："我给你100元钱，明天再买条新腰带，一定要看好是不是头层牛皮。"凡平拍拍腰间的BP机说："这回，我们汽修厂的人都有BP机了。"桂花问："那两个小毛孩儿也有？"凡平知道她是指两个十八九岁的学徒。凡平说："除了老板，就是他俩先有呢，不过他俩是数字机。"第二天，凡平下班回来，买了条仿牛皮腰带，剩下的钱买了两本诗集，一进门就主动交代："我很长时间没看书了。"桂花说："刚吃两天饱饭，就要犯病了？"

凡平的BP机自打佩戴在身，也没响过几回。桂花不会找他，即使有时想找，想到还要到公共电话亭去花钱打，打通了还要等他回复，不很急的事也就算了。凡平说："桂花你也该买一个的。"桂花说："我买有什么用？"凡平说："哪天我有事找你，能及时呼到你。"桂花说："我不买，等哪天'大哥大'便宜了，我买一个。"凡平纠正着："学名叫手提电话，以前一万多元一个，现在便宜了还要六、七千元，再便宜还能便宜到哪里去？"桂花说："别看现在这么贵，说不定哪一天还不要钱了呢。"凡平说："怎么会白送呢？"桂花说："生意难做了就白送呗，他可以鼓励你多用电话费啊，只要交电话费就送你电话机。"凡平听着荒唐，更不屑和她争："那你等着吧。"桂花倒满怀憧憬地说："会有那么一天的。"

这天，凡平说：“我想请两位帮过我的朋友吃顿饭，找个小餐馆，花个六七十元钱。”

“都有谁呀？”

“你都认识，一个是拉二胡的万小飞，另一个是那年在咱家洗澡的那位。”

桂花眼前立刻弥漫了散发着檀香气的水雾和油黑的大波浪。“这些年你俩的关系一直没断？”

凡平说：“从来都是普通朋友好吗？她和万小飞的关系更好些。”

桂花刚要再刻薄几句，突然想到借他们的钱都是为给自己母亲治病，就说：“请家里来吃吧，花同样的钱，可以多做几个菜！”

星期天，桂花忙活了一个上午，做了十几个菜，恭候着客人到来。直到墙上的挂钟敲响了 1 点钟，两个客人才到。

万小飞进门就笑：“我来晚了。”

桂花笑脸相迎：“不晚，菜刚弄好，正是时候。”

大波浪见了桂花大方地打个招呼，倒是桂花的脸红了一下，说：“家里地方小，委屈你们了。”

酒过三巡，大波浪问凡平：“现在还写诗歌吗？”

凡平苦笑说：“别说写，书都不看了。以前写的几本诗歌被儿子的尿打湿了，粘在一起揭不开，能揭开的字迹也模糊了，就一甩手都丢进了垃圾桶。”

桂花没心没肺地插进来说：“这些年忙生活，连屁都没时间放，还写什么诗，不能当吃不能当喝的。”

边吃边聊，凡平的话多起来，如夏天里涨水的溪流，滔滔不绝。桂花吃惊地望着他，他在这一顿饭的时间说的话，快超过和她一年说话的总和了。怎么跟换了一个人一样啊？眼前这个话痨，是每天跟她过日子的那个胡凡平吗？不过他们之间的交谈，她听不太懂。他们说了几个人，都是很陌生的名字，还反复几次提到了一个叫舒婷的人，

这绝对是个女人的名字，不由让桂花一下子警惕起来。又听了半天，好像他们之间又并不认识，才放下心来。

这顿饭从中午一点钟吃到了下午三点，还没尽兴，虽然酒早就不喝菜早不吃，三个人还是围在桌子前交谈。最后，万小飞说："有年头没听你吹口琴了，吹两首吧！"凡平转身问桂花："我的口琴呢？"桂花回忆着，找了几个地方，总算在儿子的玩具篮子里找到了，已经没有盒子了。递给凡平，凡平接过一看，口琴的每个孔格嵌满了尘土，纯铜的簧片生出褐绿的老锈。胡平凡把口琴随手丢进了垃圾桶。小飞忙说："你俩朗诵诗歌吧，一人一首！"大波浪先摇了摇满头的波浪，先朗诵了一首不愿做攀缘的凌霄花的诗，随后凡平站起来，挺起胸，像充足了气，一改素日半瘪皮球的形象，精神饱满地用迥异于平常的声音和语气朗诵起来，这夹杂了汉腔的普通话让桂花觉得这完全是一个陌生的胡凡平，是一个他完全不认识的胡凡平，这样的声音传递过来，竟使她惊悚得起了一身鸡皮疙瘩。

你们可曾听见树林后面那深夜的歌声？
那是一位爱情和哀伤的歌手在歌唱。
当清晨的田野一片寂静，
那忧郁、朴素的声音在鸣响，
你们可曾听见？
你们可曾在林中荒芜的黑暗中遇见他？
那是一位爱情和哀伤的歌手在歌唱。
你们可曾看到泪痕和微笑，
……

胡凡平朗诵完最后一句，整个表情和动作凝住了一样。蒲桂花身上的鸡皮疙瘩却久久难消。"是你写的？"桂花不合时宜地问。

大波浪说："是普希金。"蒲桂花哦了一声。

胡凡平啪地坐在椅子上，脸上立刻褪去痴醉的表情，水蛇腰又弯

了出来。桂花看在眼里，原来朗诵诗歌是可以治疗水蛇腰的。

客人兴尽而去，桂花说："吃了晚饭再走吧！"大波浪说："我还有事。"桂花心怀对往事的歉意追着说："让凡平送你，咱自己有辆电动车，不上档次却实用。"大波浪就迟疑起来，说："要不你送我去余家头？"凡平和桂花要了钥匙，一起下了楼。

天渐渐黑下来，桂花一边收拾着屋子，一边想凡平八成送完客人去跑电动车了。之前桂花有事，他去跑了几次，也能收入几十元。如果他今天真去顺便跑电动车了，证明他还是进步了，晚上就主动跟他亲热一次，以示鼓励。

电视里播完了新闻联播，凡平没有回来。三个人不会又去找其他朋友座谈一番了吧？或者他跟那大波浪旧情重燃？桂花想，就是混上了床，也睁一只眼闭一只眼给他一次机会，原因就是大波浪曾借过她5000元巨款，如果当时没有这笔钱，桂花真不敢想是继续给母亲治疗还是中途停下来。到了10点钟，桂花在床上都睡了一小觉，听见房门响动。桂花问："你吃饭了吧？"

凡平没有作声。

桂花又问："电动车锁好了？要提电瓶上来充电的。"

凡平的声音弱得几乎听不到，但桂花还是惊得一下坐了起来。凡平说："我……我把电动车给丢了……"

桂花一惊："在哪里丢的？"

凡平真像桂花想的那样，送完大波浪去跑车。在经过余家头菜场时，拉上一位买了一兜子鸡蛋和一袋大米的老太婆。把老太婆送到一个老旧的小区，到她家楼下，老太婆颤抖着给完钱，一指车上的大米说："你等着，我去楼上喊人来扛大米。"凡平热心地问："您家是几楼？"老太婆使足劲提起一兜子鸡蛋说："住6楼。"凡平说："我给扛上去吧。"说完就抓住大米袋的两个角往肩上一抡，噔噔地先上了楼，把大米放在六楼的楼梯间，下来又替老太婆把鸡蛋送上6楼再返身下

来，却不见了电动车。他才想起来，刚才没有拔下钥匙！他小跑着在附近找了几条街道，也去附近的居委会打听了，怕又是居委会的人给推了去。最后在派出所报了警。警察说：“回去等话吧，找到通知你。”

桂花咬牙切齿地说：“你呀你，从明天你就喝着西北风去做好人好事吧，这一下，2400 元钱没了！”

电动车是这么多钱买的。

凡平说：“再买一辆吧。”

“说得多轻巧，钱是大风刮来的吗？明天早上怎么送孩子上学？”凡平没了声音。桂花想再说几句，还是忍住了。自打母亲来过后，很多该发的火桂花都隐忍了。只当是破财免灾吧。只是这个财破得太大了。桂花一晚没睡好，希望听到敲门声，希冀像上次丢自行车那样，一早就有人给送了来。

始终没有电动车的消息。桂花总算想明白了，上次自行车是人家怕你丢给推去保管，而这次电动车是在你眼皮底下推走，是再回不来的。

第二天下班回来，凡平交给桂花 1000 元钱，桂花问什么钱，也不到开工资的时候。凡平说：“我把 BP 机卖给别人了，一点儿用都没有。”

桂花一下火了，“什么叫没用？是你这个男人没用，你有用了，BP 机才有用，才有人每天不停地呼你！明天去把 BP 机要回来，知道了吗？电动车先不买了，中心城区已经开始‘禁’了，马上要取缔的东西，怎能再买？”

# 八、下午2点

蒲桂花左思右想之后，买了一辆超大的人力三轮车，随后又买了灶具和煤气坛子，买了锅碗瓢盆，买了折叠桌椅，去胡凡平原单位门口30米外的路边摆了早点摊。胡凡平不理解，说：“你去哪里不好啊，非去那里，是要告诉厂里人我们出来没混好啊？”桂花说：“那你说去哪里？哪块地皮是你家的？没有，城市这么大，还真没有你的片甲之地，只有这里能借着立一下脚后跟儿。”



之所以选在这里，桂花是有自己的道理的，别的地方来个新贩子，同行是要排挤的，站在别人门口，占了别人的地方，都是要给钱的。这里就不用考虑这些，毕竟都是熟脸和半熟脸儿，只需赔个笑脸。

早上五点，桂花起床去市场买了馄饨皮儿、米粉、热干面回来，把热干面生面条在大铝锅里煮个七分熟，捞出来，摊在桌子上晾。从冰箱里拿出肉馅，开始往楼下的三轮车上搬东西，一趟又一趟。都搬上了三轮车，就往机修厂去，清晨的路上人少，车辆也少，能听见崭新的三轮车车轮发出的轻快的沙沙声。

第一天开张，桂花恨不得留住每一个从她面前经过的人。

“热干面，水饺，炒粉，吃么事（方言：什么）有么事，我是第一天开张，吃就送卤蛋一枚！”桂花今天没指望赚钱的，只讲个广告效应。

摊前的两张桌子坐满了吃早餐的人，她一个人恨不得变成三头六臂的哪吒。也有从她面前低头走过去忽略了她的，桂花看着眼熟，就喊一声：“这个兄弟，嫂子第一天开张，你不来照顾生意？”被喊的回头，疑惑地望着桂花。桂花就说：“你真是贵人多忘事，我是胡凡平屋

里嫂子，嫂子结婚时门外听了一晚口琴的，不是有你吗？”

“是滴是滴，想起来了。”当年听口琴的笑着返回来，桌前已经坐满了人，并没有座位。桂花问：“吃么事，今天嫂子请客，另外还送卤蛋。”吃的人也仗义，擦干净嘴边的芝麻酱，拍在桌子上10元钱扬长而去。平时惜金如命的桂花反倒追上去，把钱塞给他，说：“今天我请，今后多带兄弟们来照顾就行了。”

桂花的早点生意做得风生水起，比另几家同行都兴隆。另几家都是做到8点钟前，怕有人来管就走了，而桂花却干到9点没了吃早点的人才收摊。如果有人干涉，桂花已经想好了几套对付厂里和城管的办法，如果是厂里不让在门口摆，桂花就说：“我家胡凡平是给厂里做过多年贡献的，如今一家人饭都吃不上了，我们不要厂里救济，只是求厂里可怜一下，占用这巴掌大的一块地方。”

桂花扩大了规模，请来一个进城打工的漂亮妹子帮忙，增加了炸油条，炸糯米鸡，炸面窝，增加了小笼包子，增加了桂花米酒。米酒是她自己做的，她发现卖一碗不当饿的米酒，比卖一碗全料的热干面赚得还多。特别是漂亮妹子来了后，来吃早餐的年轻人明显多了一大截。有的吃客问她：“这是谁呀？”桂花就说：“我表妹，漂亮不？还没谈朋友。”

半年下来，桂花一算收入，惊喜交集，这不起眼的早点摊子，这见人赔笑脸的生意，竟然会比厂长收入还高！桂花见过一次厂长，他在前面走，后面还有人给拎包端杯。也听凡平说起过厂长一个月多少钱。可现在自己一个月的收入比厂长两个月的收入还高，就在心里瞧不起厂长，挣那么点儿钱你还神气什么？桂花破天荒地不无炫耀地把半年的收入交给胡凡平，说：“你是一家之主，钱都由你存着吧。”胡凡平盯着一大堆各种面值的钱，问了个傻子问题：“半年真能挣这么多？你这收入，该去交个人所得税了！”

桂花的脸一下拉长了，说：“你呀，什么时候也改不了呆子气！

咱再攒上两年，应该就可以买套房子了，孩子们大了，咱该有自己的房子了，不能总租房子住。自己的房子住得多安稳。”

胡凡平想了想说：“好，就听你的。”

桂花把钱放进一个空饼干盒子里，让凡平踮脚放在了衣橱顶上。

凡平发现，桂花开始注重自己的打扮了，早上临出门前会对着梳妆镜抹一点儿口红。

桂花发现，中午有些青工不愿在厂食堂吃，会出来找啤酒喝，就把摊子守到下午 2 点再回去，漂亮妹子的嘴就噘得像吹喇叭的。桂花说：“咱先试验两天，如果效果可以，给你涨一半的工资。”中午的太阳毒辣，桂花置办了两把大太阳伞，撑开来像两棵树冠饱满圆润的香樟树。树大招风，厂里保卫科找来了，说门口不能摆摊设点。桂花说我都摆了一年，就是之前没有打伞而已。桂花只好收起了害人的伞，可是没有了太阳伞谁会坐在中午的日头下？可桂花又不甘心丢掉这些生意，经过几天难眠转侧后，有了新的计划——在厂门口租两间门面，简单装修成餐馆，今后既不怕厂里来找麻烦，也没有这么累了，桌椅板凳锅碗瓢盆不用每天从楼上往楼下搬了。这样想了，刚好厂对面就有两间卖服装的门面转让。中午收了摊子，桂花去找房东谈妥了价格，租 3 年，先付 1 年的租金。

桂花回家拿钱，绕过靠墙码着的成捆成捆的一堆新书，这些书已经堆了一两个月了，搬了凳子从衣橱顶上拿下饼干盒子，钱却少了。她清点了 3 遍，的确少了，整整少了 3000 元。谁拿的？不应该是胡凡平啊，这些年他从没有胡乱花过一分钱，即使有开支，也是提前报告了再支钱的，难道是孩子们？不会，孩子们最多拿个几元零花钱，这么多钱，就是给他们也不敢拿着。进来小偷了？桂花摇摇头，小偷来了，就会连饼干盒子一起抱走了。会是谁呢？他们家的钥匙蒲冬青还有一把，但绝不能怀疑是姐闷不作声地把钱拿去，不会。

桂花下了楼，第一次用公用电话传呼了胡凡平。打一个传呼，他

再一回复，1 元钱没了，所以桂花从来没打过。没过 5 分钟，电话响了，接起来，那头儿空白了几秒钟，才传来声音：“哪位找我？”

桂花听准了是胡凡平，劈头就问：“你拿 3000 元钱用了？”

“哦……哦，是我拿了，一个朋友……我帮了一个朋友……”

“怎么提前不和我说呢？赶紧要回来，我要在厂门口开个餐馆，要交租金！”

凡平吭哧了半天才说：“不是借出去，是我花了。”

“买的什么？总有东西在吧？”

“就……就是咱门口边的那些书。”

“什么？那些走去走来碍着走路的书还是你买来的？真是不能让你见到钱，见到钱你就烧糊涂了，总堆着会升值吗？赶紧卖出去，我要现钱！”

凡平说：“过几天我弄走。”

桂花说：“你最好赶紧请假回来，把这些书卖掉，我要现钱！”

说完，桂花看了一眼电话的计费器，果断挂掉电话，把通话时间控制在了 3 分钟之内。

桂花不知道，这些书是很难卖掉的，一本都很难。这是胡凡平的一个诗友自费出版的，一个追求诗歌多年，身患癌症的普通工人的诗集。这位诗友想看到自己毕生的心血能够精选结集出版，坚决地从医院出来，用救命的钱自费出了诗集。凡平读过他的一些诗，那些诗句像藏在山谷深处的灵芝或者野蜂蜜，带给他的心灵别样享受。他主动找去购买了 200 本，给了诗友心灵和物质两个层面的慰藉。凡平把这些诗集搬到家，就堆在门口一侧了。凡平虽然喜欢但也非常清楚，如今想写诗的人多，读诗的却屈指可数。他想哪天不忙时，把这些书免费往外送，有人会要，有人可能还不要。实在没人要，就在四美塘公园和青山公园的每一个长条椅子上放一本，那些妙曼的诗句啊，就让清风来乱翻它们吧！

晚上回来，两个人开始了争吵。桂花黑着一张脸，凡平解释说：“我自己没有了理想，但我愿意帮助有梦想的人实现梦想。”桂花说：“你帮你的呀，那你拿我苦扒苦做的钱干什么？”凡平说：“我的工资不是全部交给你了吗？等于是拿我自己的钱。”桂花说：“都是你的，哪有别人的？一双儿女是你的，我这么做也是给你的儿女做，我一穷二白图个什么？我落个吝啬、落个小气，是为了谁的家庭、谁的日子还惹了谁不开心？你有你的梦想是吧？我未必就天生不想过上好日子？可能我不用苦巴劳作就能每天吃香喝辣呢。”

凡平说：“你有追求，我不拦你。”

“好，那我去追求，你自己带着你的儿女过吧，看我离开你是不是会过得更好，让时间去说话，我走了，从此井水不犯河水！”

# 九、下午3点

一交谈就吵架，一吵架就闹出走，这成了多年来的家常便饭。蒲桂花出走了。凡平也像往常一样，没往心里去，想着，大不了又是去哪个超市转一圈，要么又跑去蒲冬青家了，发上一顿牢骚让姐姐劝解几句，在那里吃了晚饭，再晚，睡觉之前肯定会回来的。

眼看到了夜里11点，桂花还没有回来，凡平焦急了，才下楼走出好远，才看到一个亮着灯的小卖部，用了人家的公用电话给唐国红打了传呼，并让总台连呼三遍。过了半个小时，唐国红惺忪的声音才传来：“哪个找我，这么晚了有什么急事？”

凡平问：“桂花回来了吗？”

“桂花？回哪儿？”

凡平说：“从你家回来呀。”

“没有啊，今天她压根儿就没来呀。”

凡平说：“那可去哪儿了？我俩下午吵了几句，她就跑出去了，还以为去了你家。”

唐国红说：“为这点小事就深更半夜呼我？真是的，也不是头一次吵架了，我睡觉去了。”

胡凡平往回走，心里幻想着，到家一推门，蒲桂花已经回来了。上了楼推开门，昏暗的灯光下，只有一双儿女在香甜地酣睡。胡凡平发现茶几上有桂花没有拿走的钥匙，就掩了门，在客厅的沙发上靠了一晚。

天亮了，两个孩子问：“我妈还没有回来？”凡平说：“在你姨家了。”说完，脸就红了，他是个几乎没说过假话的人。孩子们吃饱饭上学去了，凡平正准备下楼，漂亮妹子找来了，每天她和桂花是在机修厂门口汇合的，今天在那儿等了半天没有看到桂花，就找到家里来了。凡平和妹子说了情况，妹子并没有可查询的线索，只是说最近一个戴金丝边眼镜，手指上有大黄戒指的中年人总在摊子前和桂花说笑，但不知这人是哪里的。当然了桂花姐为了生意对谁都和气。凡平说：“我要去上班，你自己能做吗？”

妹子说：“一个人也没什么的，只是太辛苦，今天也过了时间。”

凡平说：“那就从明天起，你能做就弄了三轮车去做，所有的收入都归你，等桂花回来了，你俩再一起做，我得去上班了。对了，你一有了桂花的消息，就告诉我一声。”

妹子说：“我也不想太累，还差我半个月的工资，你给了，我重新找个地方打工吧！”

胡凡平早上要照顾孩子吃饭，然后他们去上学，晚上要给他们洗衣服，静下来的时候，就听门外的声音，希望一串熟悉的脚步声风风火火地由远渐近，然后桂花推门而入。三轮车在院子里占了不小的一块位置，之前是天还不亮桂花就推走了，直到下午才回来，邻居们还

可以忍受和忽略它的存在。现在是 24 小时占据着公共场所，邻居们不满的声音越来越大，凡平和邻居们解释，桂花就快回来了，再等个两三天。邻居们等了两三天后，三轮车的车胎就都消了气，车上的东西开始少了，今天少把椅子，明天少几个碗，凡平先是以为有人拿去用，等他倒垃圾时，才发现丢的这些东西都在垃圾箱里。接下来一个顽皮的孩子爬上三轮车又掉下来，把眉骨撞了个口子，缝了三针。

桂花走了 1 个月了，真的不会回来了？不回来还留这些东西有什么用？凡平一狠心，把三轮车连上面的东西一起推到了废品回收站，卖的钱远远不够给那孩子付医药费的。然后急着去上班，凡平没有午休，想把上午去卖三轮车耽误的时间补回来，这样才对得住老板。虽然这些天他偏头疼，牙齿和牙床疼得悬在半空，两只眼睛总被眼屎包围着。他马不停蹄地维修着车辆，一口气干到下午 3 点钟，他摁错了按钮，竟把升降机挤压到自己的脚背上，都没有觉出疼痛来。同事们把他送到医院去拍了片子，脚骨错位性骨折。汽修厂老板付完医疗费，额外又给他 2000 元钱，说胡师傅您需要休息一段时间，我这也不能停下来，那我只有再招个人来，您伤好了如果能回来干，我双手欢迎。

正骨后的脚打上石膏后，胡凡平被送回家，扶到床上，他才觉出彻骨的痛开始从脚传遍全身。原来，疼痛在寂静中会膨胀和发酵。疼得他正不知怎么排解和分散注意力的时候，门口有了响动，门没关，只是虚掩，这是让同事临走时这么做的。

门开了，蒲冬青进来了，后面跟着两个警察，一指胡凡平，就是他。

“你们，这是……”

蒲冬青一改素日的和善，好像换了一个人似的：“我妹妹失踪很多天了，你也没出去找，所以有些事我很怀疑，才报了警！”

胡凡平的头嗡的一响，耳朵里像钻进了一只秋虫，吱地鸣叫起

来，从此再也没有停下来。

胡凡平并没有被带去公安局审问，只是躺在床上做了笔录。蒲冬青不满起来，就这么完了？我妹妹一个活生生的人就这么活不见人死不见尸了？你们不再仔细审问审问他就放过他了？

胡凡平心里百感交集，原来有蒲桂花在，和蒲冬青是往来密切的亲戚；没有了蒲桂花，就一下变成了还不如路人的仇人！

又是3个月过去了，桂花真的活不见人死不见尸，连一条不实的小道消息都没有。胡凡平耳朵里的秋虫一直鸣叫着。

这天万小飞提着酒和菜来看他，胡凡平一跛一跛地去厨房做了饭，两个人喝了点酒，万小飞临走时，凡平一指门口的那一堆书，说："你带走吧。"万小飞说："我不也买了300本吗，你知道的。"凡平说："你拿去随你怎么处置，我不要你的钱。"万小飞说："还是你自己去送人吧，现在人们见面交谈就是怎么发财，开口项目闭口投资，谁能有时间陪咱弄这个？没有！哟，已经3点了，我回去了，好吧，我拿10本，下楼后见了熟一点儿的人就发一本。"

万小飞走了，少了10本书的书堆像上面被铲去一铲子的雪堆。胡凡平拿起万小飞丢弃在桌上的一根长些的香烟头，用打火机点燃，深深地吸了一口。就是因为这几捆书，桂花就不见了，或许不因为这些书过些日子桂花也会不见的。凡平真是不知道该怎么处理这些书，自己留两本足够了，何况他已很久没有看过书了，买，对自己是一种情结，对诗友是一种道义。卖掉吗？别说是卖，就是白给都不一定有人要。匆匆走在路上的人们时间多么宝贵呀，谁还会浪费堪比黄金的光阴看这些对事业和物质需求没有直接帮助的书呢？这么说来由此引发的夫妻争吵，不是桂花错了，是他胡凡平错了。那这几捆书还有存在的价值吗？这些书可是凝聚着作者一个个不眠之夜和超出更多常人情感的喜怒哀乐，他是想帮助这个诗友才买回这些书，花掉了桂花一个个清晨的时光和一碗碗热干面产生的微薄利润，不能怪桂花生气

的，不能。唯一值得安慰的是，作者是看到这些出版的新书后含笑离去的。那么，既然人间无处安顿这些诗集，那就让它们去追随他的主人吧！

凡平打开卫生间的小窗户，把一捆书拖到卫生间的门口，然后他搬把小椅子坐在卫生间里，拿起一本书，嚓，打火机黄色的火苗像一条小蛇舔到诗集上，诗集缓缓冒出青烟，然后欢腾成一把火炬。凡平把诗集变成的灰烬丢进便池里，又拿起了第二本……

门开了，一人的影子被阳光拉长着铺展在地上。

胡凡平以为是邻居看到窗子冒出的烟找上来，头也没抬地说："不是着火，是烧点东西。"

来人默默地停在卫生间门口，凝望着书在胡凡平手中点燃，燃烧，升腾出青烟，纵情出烈焰，再化成灰烬。凡平抬起头来，看到了蒲桂花。蒲桂花烫卷的头发好看地披在肩上，嘴唇涂成玫瑰红的。他一下抓起了几本书一起点燃，说："你不是恨这些书吗，我也恨了，我烧掉它们，一本不留！"



蒲桂花缓缓地说："我回来了，别问我去了哪里，跟谁在一起，这几个月有人宠我，我享受了我从没有享受过的生活，可我想孩子，也想你。对了，我身体不大好，刚做了流产手术，你要是不能容忍我，我马上就走，带着我的孩子们一起走；如果你还能够容下我，今后，哪怕日子再苦，哪怕苦得天塌下来，我也不会走，和你，和孩子们在一起。"

胡凡平沉默着，像一尊蜷缩的雕塑，过了足足一刻钟，他突然爆发起来，他把门外的大半捆书都拉进卫生间，把他们胡乱地堆起来，像一堆柴草胡乱地堆起来，嚓，嚓，他气急败坏地打着打火机，然后伸向书堆……

桂花一把把他拉出来，凡平踉跄着跛行。桂花忙用手搀住："你的腿怎么了？"

凡平进了卧室，脸朝里躺下来，长叹一口气。桂花俯下身来仔细看了他的脚，比以前细滑了很多的手握住了他的手，问："怎么受的伤？怎么回事？"

胡凡平本想用力甩开桂花的手，被她这一问，竟然孩子似的滚下两颗大滴的眼泪。

## 十、下午4点51分或4点48分

又挨过两年的时光。这两年，蒲桂花再没去厂门口摆早点摊，而是东一下西一下去酒店、餐馆打工，虽然没几个人知道她的出走，但是她自己还是觉得没脸在这个门前待了。胡凡平伤好了也没回汽修厂，而是进一家私企当了保安。生活愈发艰难。拿桂花自己的话说，生活就像一件尺寸偏小、布满破洞的秋衣，往哪边一抻都是窟窿。凡平听她这样说，就小声补了一句："捉襟见肘。"

到了为交房租发愁的地步，蒲桂花说："看别人这几年生活好像都提高了，而我们还这么难，这么难，总不会走投无路吧？"凡平说："上帝关上了城市的窗，我们就回老家吧。爸爸来电话让回去，住自己的房子没房租也没物业费。""咱俩种地？"蒲桂花问。凡平说："现在乡村旅游火了，听说有的城里人还冒充成农民去乡下开土菜馆。"桂花说："好，咱若是回你老家开餐馆，还没有房租，不比他们赚得多？"凡平说："我们村真开发成乡村旅游景点了，问题是咱回去了，孩子读书怎么办？"桂花说："他们不能回去，必须得接受城里的教育，他们都留下来住姐家里，让她们帮着照看，当年她一封信把我叫来，我受苦，也不能让她脱了干系。"

蒲冬青听了她们的打算，看了他们的窘相儿，说那就回去试试

吧，孩子交给我们就是了。唐国红动了心，追着胡凡平说："我觉得开农家乐餐馆可行，如果资金不足我们可以入股，把我们这些年给孩子攒的大学学费先拿出来。"桂花和姐夫打趣道："起码10万才能入股，不然不够赔的。"唐国红认真地说："那我就找朋友们借一借，看能凑够不。"回到家蒲冬青埋怨他："这些年她俩做什么亏什么，只剩下一家四张嘴了，你还猴急着投资，真是烧包！"说得唐国红从激进型投资转为保守型理财，还是塞给蒲桂花5万元，并认真地让她给写了入股分红的字据。晚上躺到被窝里，蒲冬青用后背对着他："说你只想到了鸡蛋，可想过你的母鸡？只想到了分红可曾想到过本金？"唐国红安慰着："你的亲妹妹嘛，她苦了这么多年，你不愿意她好？咱能分几个更好，不能只当是帮她俩渡过难关。"

这些年生活在租来的房子里，一家人就尽量不置买东西，可到搬家时，还是装了满满一大车。就要出发了，凡平见楼道口的垃圾桶前丢的一堆旧衣服里有一团耀眼的蓝，是他的床单！凡平去弯腰捡了回来，恶狠狠地白了桂花一眼，拍去灰尘抱在怀里。

桂花坐在双排货车的后座上，先是看两边的高楼林立，再看绿树浓荫，在颠簸中不知不觉地睡着了，她迷迷糊糊，感觉是坐在火车上，像是20岁那年初来武汉坐绿皮火车一样的旅途，颠啊颠，这是要把她带到哪里？是回老家还是退回到年轻的时候？凡平摇着她的手说："到了。"桂花惺忪着眼，问："到了哪里？"一点儿也不认识了，尽管3年前婆婆去世还回来过一次，原本平头平脸的三间三层小楼房，如今像是土鸡就地打个滚儿，抖搂抖搂羽毛神奇地变成了金凤凰。房子外观由村里统一改造成了徽派建筑风格，屋脊起拱，墙粉瓦黛，让人眼前一亮。桂花惊呼道："我的姆妈，这和电视里一个样啊，你该早点带我回来看的。"凡平说："我跟你说了的，你只是没听进去。"桂花说："还不是因为每天忙这几口人吃饭的问题，看来是白忙，这回算是回到了正路上。"凡平苍老的爸爸擦着眼睛说："你们早

就该回了，早就该回了，现在的城里哪有乡里好？”

乡村特有的静谧让桂花酣睡一晚，醒来已是日出三竿。桂花伸个懒腰，凡平已经在村子里转了一圈回来，还和老父亲一起做熟了饭。吃过早饭，桂花也到村里转了转，人如走在画中一般，小小的村庄就是《清明上河图》繁华再现，几乎家家都是商铺，有农家菜馆，有汉江鱼馆，有棋牌室，有农家屋住宿，都最大程度地把自家的房子变成能生钱的母鸡。村里为了保障一年之中游客任何时候来了都有看头，特意打造了“春桃、夏榴、秋桂、冬梅”的观赏园，春天还能看到一望无边的金黄黄的油菜花，夏秋之际有遍野的朵朵向阳的葵花，都是入镜的好风景。

胡凡平的意思是只把一楼三间做餐馆先试下水，桂花不同意，她坚持把二楼的房子一起装修出来，做雅间，自家房子，要搞就搞大点儿。桂花还扩大了厨房，加了两台灶，挨着厨房砌了水池，专门养野生江鱼用。凡平说砌这么大得养多少鱼？桂花说这就为广告效应，不为多养鱼。

装修好了，又请来个讲好年底结算工资的厨师，买完鸡鸭鱼肉各种菜蔬后，桂花连买鞭炮的钱都没有了。凡平说：“不放鞭炮一样开张。”桂花说：“我就是再去卖一管子血，也得买一万响的‘大地红’来放一放！”

鞭炮还是买来了，一切就绪，只待明天开张。这时，开来一辆旅游大巴车停在了石榴红文化广场。桂花看着从车上下来的几十号人，又看看自己家摆放的几张空桌子，迟疑着问厨师：“咱做他们这一单生意，准备好了吗？”厨师点点头说：“一声令下，煎炒烹炸。”桂花到三楼卧室里喊凡平：“放鞭炮，开业！”凡平说：“又发什么神经，不是说好了明天吗，开业都是上午，图个吉利。”桂花又看看石英钟说：“谁说都是上午。不等明天，现在就是吉时，4 点 48，要发不离 8！”凡平也看了一眼表：“都 4 点 51 了，还 8 呢。”

"大地红"噼里啪啦地响起来，在门前空地上炸成一片鲜红的纸屑，像铺了一层艳丽的花瓣。烟雾散去，桂花想了想，就找了大巴车去，此刻只有司机在车上，就去附近的小卖部赊了一包40元的香烟，上车去强塞给司机，说："辛苦了老弟，听见刚才鞭炮响了吧，我家是新开的农家乐餐馆，菜是农家菜，厨师是原来老通城的厨子，老通城您知道吧，那可是给中央首长做过饭的饭店！您帮个忙和导游说说，去赏光品尝我们的菜，您和导游都免单。"司机说："我们安排的是游客回市里下榻的酒店去吃饭，在这儿吃回去就太晚了。"桂花说："好饭不怕晚嘛，游客肯定都喜欢吃地方土菜，您是司机，什么时候走还不是您说了算，看你就是个好人，给大姐开个张，我会念你一辈子的好，以后啊，大姐这里就是您的据点儿，您的家！"



最后的结果是，一车的游客兴尽归来，见司机满手油污地在修车，司机和导游沟通后，全部进了桂花的农家乐土菜馆，欢声笑语坐满了几张桌子，硬是把厨房里所有菜都点光了。旅客们酒足饭饱，桂花收完钱，满面春风地和司机握手道别："下次一定来呀！"握完了，司机的手捏成了拳头，放进裤口袋。

庆祝开业成功！桂花想不惜血本地给厨师开一瓶12年的本地陈酿酒，又怕档次上去了今后不好下来，就改开了一瓶30元的酒，说："第一天就让你辛苦了。"厨师或者累或者醉或者兴奋，脸红彤彤的，说："累不怕，就怕不累，就怕英雄无用武之地，咱每天都这样我才高兴，大河满了小河才有水，盼着大河的水满得溢出来呢。"桂花有些伤感地说："其实我有丰富的经商经验，只是这些年做的是卖菜、早点、摆地摊的小生意，施展不开应用不上，今天算是才用上一点点，用这一点点就见到了非常好的效益！相信我，今后咱们的生意会越做越好，工资会越来越高！"凡平说："这回算是找到平台了呗。"桂花说："我的经验是大城市给的，平台是新农村给的，惠民政策是公家给的，这回一定要抓住机会了！"

到年底请蒲冬青一家来吃年饭，分给唐国红的红利达到3万，回家后唐国红直埋怨蒲冬青："我看准的事儿你非打岔，这回好了，少了多少红利啊！"冬青说："我还真看低了她，竟然这样能经营了呢。她肯定也是多给了钱，是变相给我照顾她两个孩子的辛苦钱。"

第二年他们聚在一起吃年饭的时候，分给唐国红的红利就平了本金。唐国红拿着钱，有些口吃了："你是怎么分的？"桂花说："怎么，嫌少啊？"唐国红说："我怕你不好意思给自己开份工资就分了红。"桂花说："放心吧，我每天从早忙到晚，还不给自己弄两份服务员的工资？"唐国红说："这都少了，不是你这样的老总型人才经营，不会赚这么多钱，来，我再敬蒲总一杯！"桂花不无骄傲地说："你这话就是真理，如果交给别人经营，怕你10年也不能拿这么多红利。"唐国红朝她挤挤眼，会意明白指的是谁。凡平低头夹菜，好像什么也没有听到。

桂花从没有如此轻松过，如此游刃有余过，她再也不用为吃饭穿衣着急了，为学费和水电费着急了。有了钱就享受吧，她照着镜子打量自己，不由满怀伤感，那油黑亮泽的青丝呢？怎么变成干枯灰黑？桂花对头发进行了报复性改造，又烫又染，有时是全黑，有时是咖啡色，有时是栗子色，烫成比当年她揪住的那个大波浪还时尚，都是小碎卷儿。她的腕子上多了黄澄澄的金镯子，指头上多了金灿灿的几个戒指，有一个上面还镶着鸽子蛋大小的绿色宝石。桂花说："我这也是工作需要，老板寒酸了谁还敢进来消费？"冰箱里堆满了珍馐美味，桂花却因塑身减肥每晚的饭都不吃了。人真是怪东西，挨饿时想吃大鱼大肉，有了大鱼大肉却主动饿着肠胃。最让桂花得意的是一双儿女先后考上了武汉市最好的大学，女儿华师快毕业了，儿子才考上的武大。唯一的遗憾是凡平80岁的父亲去世了。

凡平除了面色比从前红润了些，其他方面也有不少变化，儿女们考上大学时能看出来他异常的欣喜，多年的水蛇腰直起来了。他每天

一早去市区的农贸市场买菜，即使贵点儿，他都拣最好的买，肉买土猪肉，蛋买散养鸡的绿色蛋，鱼都要不喂激素天然长大的，餐馆里的招牌菜就是清蒸汉江野生大白鱼，肉质细腻滑弹，回味无穷。不过从江里捞上来的鱼是一年比一年小了。尽管桂花素来节俭，在买食材上却和他观点一致：别把顾客当苕（傻子），拿最好的东西来做最好的味道，才能留住客人。凡平买菜回来还帮着择菜，他择的菜上绝对没有一个烂叶和菜根儿。

桂花又把公公生前住的一间房装修出来，弄成棋牌室，供游玩累了的人们消遣一下。又收购了些菜农晒干的豇豆、香菇、马齿苋、香菜等，装进自己印制的礼品盒，卖绿色生态有机农家菜，游客们会在进餐后买上两盒带回城去。她几乎把农家干菜都收来了，还供不应求，桂花就自己去了一趟舵落口农贸大市场，批发一批干菜回来，价格比收购各农户的还低几成，装进盒子当绿色蔬菜卖。

胡凡平知道了，指着桂花说："你这还是有机农家菜吗？"

桂花说："一个味儿，吃不出来的，买的只是讲个心理安慰，其实好多事都是这样，你以为都是真的？"

凡平说："如果是咱前几年等钱活命的时候，你这么干我不反对，可你现在还缺钱吗？还做这样龌龊的事不丢人吗？"

桂花狡辩道："丢什么人？这也是土壤里长出来的，是土壤里面就有有机肥，只是多少而已。"

凡平指着她："人总要讲诚信，要厚道。"

桂花说："我们还不厚道？鸡鸭鱼肉都买最好的，从没为图便宜买过地沟油。"

"好好，我说不过你。"

"很久没有吵架了是不？我看你是烧包，刚吃了两天饱饭，就想故意找碴气我是不？人是一晃就老的，能不趁现在赶紧挣下些钱，还等老了再挨饿？"

“是啊，人是一晃就老的……”凡平自言自语地说。

“明白了？”桂花以为说服了他，不无得意地用鼻子哼了一声。

# 十一、下午5点38分

中午争辩的，下午胡凡平就离家出走了。

起先桂花还不知道，是有人从十几公里外的新沟镇回来，问胡凡平去干什么，背个行李在那里。桂花这才到楼上房间里来，查看他带走了什么，好知道他究竟是去干什么。我出走了一辈子都没走了，现在日子好过了，吃穿不愁了，他却一下就走了。为什么要出走？想去哪里？就因为争辩了几句？桂花也铁了心，不去喊他回来，让他独自冷静几天，去体验无依无靠少油没菜的生活，再回来就会安心地过小康日子了。

胡凡平除了几件换洗衣服，和那床蓝色单人床单包裹的一套铺盖，再没有拿走什么，他哪儿也没去，暂时在新沟镇住了下来。

有好事的人观察了胡凡平，说他白天大多数时间是走进镇上唯一的一家书店，眯起眼睛凝视一排一排的书脊，不时地抽下一本来阅读，走时还会买上两本。在书店里逛够了，出来沿着路边走还顺手捡一些塑料瓶子易拉罐废纸箱子，这些收获就送给他初中同学开的废品回收站，他晚上住宿的地方。也有人看到他去汉江边游走，边走嘴里还如醉如痴地叨念着难懂的咒语，想必就是诗了。他的腋下多出了一把丑陋的二胡，他会在一个浓密的树荫下坐下来，跷起二郎腿，在大腿上铺一方还算干净的手帕，把手帕的四个角拉正，然后才把二胡放在上面，右手拉动弓弦，左手调动弦轴，把音调得满意了，然后清清嗓子，喉结滚动了两下，才开始拉曲。看的人不明白，拉二胡又不是

唱，清什么嗓子呢？一曲完毕，有人问：“你不回家经营餐馆，跑出来做什么？”凡平笑笑：“我要过我自己想要的生活。”问的说：“你什么都有了，还要什么？”凡平答道：“我愿意孤独，我最大的享受就是孤独，一个人独处产生的孤独，年轻时就想一直这样，却被剥夺了。”有人捎话给蒲桂花，蒲桂花别的都不稀奇，只是好奇自己和他生活了这么多年，从来没听见过他拉二胡，也不知他会，是出走这些天学会的？绝不是。千日胡琴百日箫，笛子唢呐一晚上。一晚上可以勉强学会笛子，二胡不能。胡凡平啊胡凡平，俞伯牙摔琴绝弹是因为失去懂他的钟子期，这些年你从不在我面前拉二胡，是觉得没遇到知音？我不配听你的二胡吗？蒲桂花顿觉心寒似雪。



蒲桂花错误地认为，胡凡平之所以盘踞新沟镇，无非想让她主动喊他回去。不喊，坚决不喊，不能给他得寸进尺的机会，让他自己怎么走的再怎么灰溜溜地回来，下次就不会这样了。等他回到家，再看我怎么收拾这个神经病！他想孤独，自己年轻时也是没有想到会和胡凡平能过下来一辈子，自己三番五次想从他身边跑掉，最后呢，还不是给他生儿育女，一起过了大半辈子？人总有幼稚的时候，有荒唐的时候，别人是年轻荒唐，他却是要老糊涂了才荒唐。

在一场肃杀的北风过后，汉江江滩里大杨树的叶子抖掉一半，胡凡平真的不见了。废品站的同学也不知他具体去了哪里，只听他叨念过，父母入土，儿女成材，桂花自己这些天也能运转良好，我可以安心而去。蒲桂花着急了，安心而去是去哪里呢？她寻遍镇的每一个角落，却没有找到胡凡平的身影，没有看到他丢弃的哪怕一个劣质纸烟的烟屁股。蒲桂花还胡思乱想地沿着汉江顺流寻找，还印了带有胡凡平照片的寻人启事，整整贴了一天，贴到精疲力竭。在她贴完最后一张的时候，一位客车司机凑过来，仔细端详了说：“他啊，在武昌呢。”

“真的？坐你车去的？”

司机说：“我只是看到。”接着又把看到的穿的衣服颜色，背的蓝

色行李，腋下还夹把二胡的情形说了。

就是他！蒲桂花凭借蓝床单被裹和二胡断定了是胡凡平。他去找谁呢？带着几十年都舍不得丢弃的破旧床单去找谁呢？这床单是定情之物？他问唐国红是否知道这床单是谁送的。唐国红说：“谁送的？他自己送的，那时我和你姐还没结婚，我和凡平一起去逛司门口的商业街，当时他一眼就看中了这床单，激动地拿手拨我，说你看这蓝色，蓝得多么清澈啊，只有阴丹士林才会蓝得这样无邪！卖家见他爱不释手就要了高价，他还是宝贝似的买了回来，年轻就是任性啊。”桂花说：“真是这样？这么个 30 年的破烂儿，这些年我丢几次他捡回来几次。”唐国红沉吟下说：“他可能觉得是青年时代的一个念想吧。”

蒲桂花按照司机提供的方位，在武昌转了一天，也没找到。会去哪里呢？难道是去会那个大波浪头发的诗友？还是去参加诗歌发烧友的聚会？她把他曾经工作过的地方，他们生活过的地方，都重新走了一遍。才离开几年的街道、马路，楼房经过拆迁改造，已经有些认不出了。她期望在仅存的哪一处老房子的角落，或哪一棵粗大的悬铃木下，突然看到他。蒲桂花走进四美塘公园，远眺，初冬的江水已经萎缩到配不上波澜壮阔的形容了。一阵轻快的曲子盘旋而来，像是从树梢飞扬到蓝天又飘下来灌入她耳朵的，她不懂这是什么曲子，甚至听不出是二胡还是笛子演奏出来的，这些年她从来没有看过一本书，从来没有听过一次音乐会，甚至她都没有心情哼过一首歌曲，没有过一次开怀忘我的大笑。残酷的生活就像夜晚黑色的侵袭，剥夺去所有缤纷的颜色，剥夺去她应有的精神生活。在这优美的曲调里，她感到从未有过的轻盈和轻松，仿佛看到了飘着云朵的湛蓝天空，她觉得自己矮墩墩的身材苗条了纤长了，双臂像要变成翅膀，她纵身一跃，就会跳到前面那棵最高的玉兰树上去。她想起了那首古诗：“两个黄鹂鸣翠柳，一行白鹭上青天”……是啊，当年她从老家走出来的那一刻，原本以为自己是从地面跳上了高枝，从此会轻松得像飞上翠柳的黄鹂鸟

一样鸣唱，一样逍遥！

旁边路过的一位老者自言自语地说：“这二胡拉得好，出神入化啊！”

这是二胡演奏的呀，蒲桂花听老者一说，眼前就浮现了胡凡平腋下夹把二胡的形象，是他拉的吗？他此刻肯定是眯着细长的眼睛，摇着脑袋，细长的手臂和细长的手指拉动着他的破二胡。一定是他！她立刻就要顺着曲子找去，她急急地迈出一步，又停下来，她不想去打断这轻松自由的乐曲，多轻柔飘逸的曲子啊，鸟儿的翅膀会在这优美的曲子中化掉的，这乐曲就是演奏者的心里飞出来的，那就给这渴望自由者以自由吧，让他孤独无羁地在蓝色天际里去飞翔吧！这一刻桂花似乎明白了，凡平就是一只鸟儿，孤独甚至孤僻的鸟儿，这种鸟儿不贪恋笼子里安逸的衣食无忧，而是渴望在一片天空中任我驰骋。

去翱翔吧，像黄鹂鸟儿一样！她挥了挥手，像要惊走一只不肯高飞的鸟。

## 十二、补记

蒲桂花还是找到了胡凡平，硬塞给他一张银行卡和一部手机，说：“你尽管用随便用，今后每个月会打生活费到卡上，别委屈自己就好，你什么时候打电话，我就接你回家。我的预言没错吧？当年那么贵的手提电话，今天真的白送了，这就是白送的，交话费就送手机。时间还会证明我是对的，大家都往钱看，都拼了命地去奔小康富裕之路，而你却任性。”

有人说胡凡平反季生长成了诗人，看到过春天里蓄起灰黑胡须的他，腰板挺直地穿着一件蓝色中式对襟衫，脖子上垂一条大红的绸缎

般的围巾，很是惹眼地在地铁口专注地看诗歌墙上一首首装进框子里的诗。诗歌墙是这座城市的一大文化特色，在每座地铁口设有广告牌式的一首首诗歌。他在一首诗前微笑着久久停留，这首诗的框子和装帧略别于其他同类，诗的名字叫《阴丹士林》，作者是“一凡”：

阴丹士林

谁的妙手

把天际

织成一条蓝得耀眼的河流

把每一丝蓝光粼粼的焰火

织进我的每一寸肌肤

让我痴癫狂乱

让我安静如初

阴丹士林

浸染了我卑微生命的颜色

舍弃繁花也要背负起这条永不褪色的河

即使孤独浪迹

也是流动在惬意的波光

# 石榴红纪事

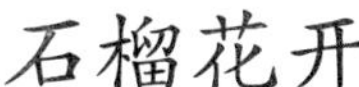

## 石榴花开



肖三九做梦都没想到，自己竟然还能到人才市场搞招聘，不是做梦吧？放在十年前，真是白日做梦，想都不敢想。十年前他是谁？一个种菜的泥腿子。

肖三九要给自己的农家乐餐馆招聘两个漂亮的服务员，再招聘一个大厨。肖三九的餐馆开在石榴红村，这个原本贫穷而又偏远的小乡村在区街领导关怀下，在有干劲有闯劲的村委会一班人带领下，乡亲们把各家各户的房屋都改造成白墙黛瓦的徽派风格，加之特色种植和汉江江滩观赏，吸引了越来越多的城里人来踏青赏花。乡村旅游带动了他们村餐饮、种植等相关行业的快速发展，使原本偏远落后的乡村一下子脱了贫，致了富。肖三九一家率先开起了餐馆，老肖下厨，老婆负责买菜，内侄女招呼客人。看到赚钱快，村里像肖三九这样专做农家特色的餐馆雨后春笋般一下发展到了几十家，起初大家都是自家人下厨，按乡里做法，弄几个菜，让城里来观光的客人午饭时分填饱

肚子就行了。可眼下随着旅游人数的增加，餐馆的增多，只局限于做农家菜已不具备竞争力了，已经有好几家餐馆请了专业厨师，还有几家去市内一流的大餐馆学习厨艺。肖三九老伴去世了，内侄女也出嫁了，在外打工的儿子才被他招安回来，开始跟他料理，客人一多，爷俩就手忙脚乱。还是觉得村干部的话在理，要使餐馆良性发展，就要软硬件上档次。

服务员好找，招聘会上，老肖没用几分钟的时间就选定了两个模样俊秀笑容甜美的川妹子和湘妹子，选厨师却为了难，会做川菜的，不会做鲁菜，会做鄂菜的，不会做浙菜。老肖目光远大野心勃勃，他心里想着今后的石榴红是全国人民的石榴红，是全国城镇人民的农家乐后花园，厨师不会南北菜系怎么行呢？谈了几个厨师都觉不合适，老肖还不想将就。这时，一个和他年纪相仿的人凑过来，说南北菜系都能拿得起，就是工资高。老肖上下打量他一遍，说："两个普通厨师的工资行不？"那人一笑说："给一个半厨师的钱就行。"老肖问："没有金刚钻，别揽细瓷活，你最拿手的有什么菜？"那人说："佛跳墙，清蒸鱼，红烧甲鱼，几乎没有不会做的菜，请我保你绝对物超所值。"老肖说："好，咱先试用，只要你能烧好菜，工资好说。"

那人问："您是哪家大酒店？"老肖说："不是酒店，是新农村旅游景点石榴红的个体农家乐餐馆，跟我走，工作之余还能欣赏到汉江风光和农家美景，空气好，负氧离子多，一日三餐都是绿色食品，你说，你这是什么级别才能享受到的待遇？"

那人呵呵一笑："再好也是乡村啊。"

老肖说："厨师和厨师不一样，乡村和乡村也不一样啊。咱那乡村是全国文明村，是全国生态文化村，国家3A级景区，无论你哪个季节去，都会流连忘返：春桃，夏榴，秋桂，冬梅，四季有花，四季有果，四季可游。人一辈子的追求是什么？是福禄寿喜财，如今人们腰包里都鼓胀得很，到乡村一走，心旷神怡。俺那冬梅园主题是福文

化，丹桂折枝表达的是禄文化，八仙桃源体现寿文化，石榴红村火红的石榴花呈现的是喜文化，你到我那里去了，就是人在福中了！”

“真的这么好？那我跟你去！”

请来的厨师果然出手不凡，光是炒菜时厨房里飘散出的香味都能拉住想迈进别人家餐馆的一批批客人。第一个月下来，赚得盆满钵满的老肖非要给厨师老王双倍工资，老王并不见钱眼开，说：“咱怎么谈的怎么给就行。”老肖说：“你这么好的手艺在哪里学的？”老王说：“算是自学吧，我以前在一个政府机关小食堂工作，才被精简下来。”老肖的笑凝在脸上，点点头。

儿子每天去吴家山农贸市场买生禽活虾，回来就躺在床上摆弄手机。老肖看在眼里急在心上：“你也不小了，做完了事就知道玩，也不谈个朋友，咱家缺知根知心的帮手呢，看咱店里这两个妹子谁合适，咱留下谁当老板娘。”小肖眼睛盯在手机屏幕上，头都没抬，撇撇嘴说：“别小瞧了你儿子，我不会找打工妹。”“那你想找什么样的？”老肖问儿子。“我怎么也得找个汉口的姑娘伢。”老肖对儿子一挑大拇指，说：“是我儿子，有志气！”夜里老肖睡不着了，是的，农村变好了，生活富裕了，说什么儿子也要找个汉口的媳妇来。当年，年轻的肖三九跟邻村的农业技术员宋淑香好，只差没有表白了，后来却突然没有了宋淑香的消息。再后来听说她嫁到了汉口。肖三九苦闷了很长一段时间才豁达，不怪人家绝情，农村脏乱穷差，人都往高处走，去汉口随便找个上班的就比咱种田的强，如果他是女的，也早走了。再后来听说宋淑香是嫁给了个单位食堂里配菜的黄毛小子，肖三九心里又愤愤了很长时间，只要谁在他面前提到厨子，就如同提到饭菜上的苍蝇。

生意一天比一天红火，老肖心情一天比一天舒畅。这天，厨师老王要请两天假回家。老肖一听，就有些着急地说：“你才来几天就想家？”老王说：“都一个半月了。”老肖半开玩笑地说：“咱都这个年纪了，还想老婆啊？”老王不好意思地笑笑：“时间长了，总得见个面说

个话吧，不是看咱生意红火走不脱，我早就请假了。”老肖说：“家里还有什么人啊？”老王说：“儿子在广州，家里只剩老伴了。”“还上班吗？”“没有。”老肖说：“那你别回去了，打个电话让她来，在咱厨房里择个菜什么的，不但有工资，你们两个人还可以整天待在一起，怎么样？这个岁数的人在这么好的乡村环境里多活个十年八年的，好玩似的，你和你老伴商量一下。”老王眼睛一亮，说：“不用商量，肯定同意，她老家就是这附近村的人。”

“附近村的？叫什么，看我认识不？”

“宋淑香！”

老肖打了个激灵。

宋淑香来了，和老肖打过照面，老肖差点没认出来。时光能让一个食堂配菜的小子成为手艺一流的大厨，也能让窈窕少女变成面宽体胖的大妈。

院子里只坐了他们两个人的时候，老肖对宋淑香说：“咱又见面了。”

宋淑香说：“是啊，不过是我来给你打工。”

老肖说：“说这个干什么。”

宋淑香说：“事实嘛。”

老肖说：“是你们来帮我，餐馆赚钱全靠你们。”又压低声音说：“男人都小心眼，你可别让你那口子知道咱俩年轻时就认识。”

淑香笑了，露出依然整齐好看的牙齿。

老肖叹口气，说：“怪我没有及时跟你表白。当时不是家里穷，早就跟你说娶你的话。”

淑香说：“不是这又穷又偏的地方，我也不会同意家里给介绍汉口的对象。”

老肖说：“天下没有后悔的药，不过我看你家这人还不错。”

淑香说：“是不错呢。他来你这没几天，电话里跟我说在肖三九家餐馆做事，我就告诉了他，年轻时跟你是好朋友。”

“啊？他怎么说？”老肖张大嘴。

淑香说：“没说什么，我还告诉他，当年我们彼此连手都没拉过。”

“是呢，当时没觉得，过后才后悔，年轻时咋就那么傻呢。”

“傻就傻吧，都过去了，以后看孩子们幸福自由美满就行了，你看你儿子和他女朋友多般配。”

老肖说：“我儿子有女朋友了？怎么会？我还不知道，你才来，能知道？他小子整天抱个手机比爹还亲，什么也顾不上。”

淑香说：“你不知道的我未必不知道，他抱手机就是谈朋友呢，现在孩子们都用微信聊天呢。”

老肖说：“我儿子每天起早去吴家山农贸市场买菜，然后再回餐馆打理，始终没有离开我的视线，有情况我早就知道了。”

淑香说：“他去买菜怎么去啊？”

“起先是每天早上搭第一班 97 路公交车去，现在为节省时间不是给他买了辆微面开嘛。”

淑香说：“他搭公交车时你跟着了吗？”

“没有。”

“就是了。他坐第一班公交车出去，回来时不管早晚，还非要再坐这辆车回来。”

“你是说……”

“是的，他跟那个长睫毛俩酒窝的女司机好上了。”

“哎呀，你一说我知道是谁了，我也坐过她的车，那闺女可漂亮哩，身材好，家还是汉口的，她会和我那土头土脑的儿子谈朋友？”

“怎么不会？要多般配有多般配。”

“我儿子跟你说的？”

淑香摇摇头。

“那你怎么知道的？偶尔看他俩在公交车上说句把两句话，那可不是谈恋爱，不能瞎说的，别坏了人家姑娘的名誉。”

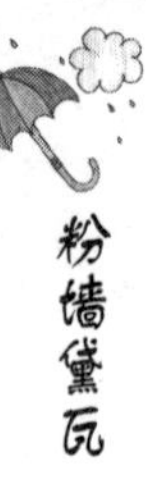


淑香说："我没瞎说，你等着抱孙子就行了。"

老肖说："你可急死我了，快告诉我怎么回事。"

淑香见老肖头上真的冒了汗，就说："好好，我告诉你，那丫头上个星期天把你儿子都带到她家里去了，七姑八姨看了都没意见，她婶婶也看了的，她叔叔就是你请来的厨师，你说，这情报能有假？"

"哈哈，有这么巧的事，咱还是亲戚了？这小子，唯独瞒着亲爹一人，也难怪，自从他妈没有了，我们爷俩交流得少。"

香淑说："你也不老，该再找一个。"

老肖挠挠头，说："我找谁？一般人我还看不上，你那口子身体还那么硬朗，看你本人也没离婚的打算。"

淑香轻轻地打他一下，嗔责道："贫嘴。"厨房里这时传来几声咳嗽。淑香笑着朝肖三九挤挤眼，肖三九站起来说："你去厨房和他说话吧，我去街上转转。"

老肖出了门，看见街边石榴树下走过一个匆忙的背影，他认出来，是草莓种植户陈走火。致富路上，每个人都匆忙呢。老肖望着石榴树的枝头，石榴花就要开了，点点的火红。到时候，一定要摘一朵最大最艳的石榴花，趁老王不注意的时候，要亲手给淑香戴在头上，真不是有什么想法，只是要弥补一下年轻时没拉手的遗憾。城乡没有差别了，而时光不能倒流。

祝福儿子这一代吧。

## 丰　年

草莓开花了，星星般地绽放在绿色的枝叶上。陈走火和老伴兴奋得夜里有些睡不好了。看着草莓长势胜过往年，夫妻二人乐得合不住

嘴，怎么盘算，今年怎么是个丰年。

他的草莓从一上市就搞游客采摘，大量成熟后销往本地市场，年年如此。不过自打去年儿子帮他开拓了网络销售后，一打绿色种植的招牌，价格上提升了不少，还通过快运卖到了北京上海广州等城市。今年儿子在网上又给联系了几个新客户，去年的回头客又早早地找来下订单，这样的发展趋势，今年行情能不看涨吗？收入能不增加吗？往年有游客问："每亩草莓收入多少啊？"他会敷衍地说："不多不多，辛辛苦苦的，才一万多点儿。"别人就咋舌："那你五亩草莓不就五万多？"老陈连连点头："差不多，差不多。"问的人赞叹着走远了，老陈才用鼻子哼一声："差不多，差多少？差得多呢，差一半呢，我是保守地说，每亩其实是收入两万多呢，五亩地的草莓，该是多少？傻子都不用数手指就知道的。"

陈走火沾了种植草莓的光，用种草莓的收入养大了两个儿女，供他们读完大学，还把低矮的房子翻修成敞亮的三层楼房。生活富裕了，只感谢草莓吗？怎么种上草莓的？陈走火心知肚明，最要感谢的是村委会的领导们，是他们引导大伙从单一种粮种菜发展到种经济作物，还是那么多的地，还是那样劳作，可装入腰包的票子就不一样多了。为什么咱石榴红的草莓比别处价格高还卖得好？就因为是绿色种植，生态种植，村委会还给蔬菜注册了"慈惠"牌商标，给草莓注册了"石榴红"商标。所以，陈走火在种植草莓上一直坚持施用农家肥、饼肥和磷肥，不打剧毒农药，不使用膨大剂一类的生长激素，绝不因为贪图利润而砸了绿色种植的牌了。

草莓花谢去，花蒂处长出一颗一颗的小绿果子，远远望去，似繁星闪烁。夫妻俩更是莫名地兴奋起来，老伴说："城里人今年来大棚里采摘呀，咱一定给配一盆干净的水，让他们洗干净了再品尝。"陈走火说："你终于也改变了，每年只怕客人免费尝多了，不肯给人家水洗。"老伴黑红的脸上挂着笑意说："有了钱，才有觉悟。"老陈说：

“嗯，一定要买几个新盆子，城里人讲究。”老伴说：“咱再在大棚前扯条大红的横幅，让文化站的秀才给咱编句顺口的广告语印在上面，要打老远就能看到。”陈走火说：“多印，印十几幅，每个路口挂，顺着横幅就能找到咱的大棚来。”

两个人越是盘算得好，越是盼着草莓快些长大成熟，可草莓却好像跟他们作对，没有往年长得快似的。老伴说：“是不是慢呢？”老陈说：“我也觉得是，今年气温好像比往年低，天冷不爱长。”老伴说：“我看了陈佑清家的，人家的不慢。”老陈瞥眼老伴：“你呀，真的孩子是自己的好，庄稼是别人的好。”老伴说：“真的呢，肖运六家的也大。”老陈说：“慢点就慢点吧，总会长大的。”老伴说：“慢不怕，我担心个头小不好卖呢。”老陈说：“不会小，是你着急。”老伴小声说：“到了变钱的季节，能不急？要不，咱用点膨大剂吧。”老陈一向对老伴柔风细雨，一听这话，却粗着喉咙说：“你想砸‘石榴红’商标的牌子啊？你想往咱绿色农业生态种植上抹黑呀？”老伴说：“理论归理论，可草莓不爱长是事实啊，别人家搞不好早就用了呢。”老陈说：“别瞎猜，谁用谁砸自己的牌子，个头大了，分量重了，可味道就变了。”老伴还想说点啥，看老陈阴沉的脸，就咽了回去。

区农林局搞农技培训，村里组织种植户们去吴家山听专家讲课。老陈起早去的，夜晚才回来。第二天一早，老陈来到大棚，一天没见，草莓个头好像突然大了好多。老陈高兴地跟老伴说：“你总说不长，看，说长这个头就起来了吧。”老伴朝老陈笑笑，没说话。老陈高兴地说：“每天总看就觉得慢。照这样的长势，不出 10 天，果子就红了。”老伴说：“你也盼着采摘的那天啊？也不想点儿办法，就干瞪着眼盼啊？”

没过几天，草莓真的有些许红了，老陈跟老伴说要去吴家山印横幅，老陈先去文化站找小张，让他给编广告词。小张说：“印横幅的事你也交给我吧，我表哥在吴家山开了店，专做这个，让他给你优惠价。”老陈连声说：“好好，免得我跑一趟。”老陈哼哼着小曲没回家就直接去了大棚，老陈一下子惊呆了：老伴正指挥着她娘家的两个侄子给草莓喷药！

老陈三步两步跑过去，一把拦下，问：“打的什么药？你想毒死人啊？”

老伴慌了，一向利落的嘴皮子竟结巴起来：“你，怎么又回来了？这不、不是农药，是、是喷点，膨、膨大剂。”

“这么说上次我去学习你就偷着用了的？我还纳闷怎么突然长快了呢。”

老伴说：“咱打点儿吧，不然、不然今年的果儿太小，没看相，就、就不好卖。”

老陈勃然大怒：“像你这样有看相，还是绿色食品吗？”

老伴也不示弱起来：“你一个人坚持有什么用，谁不为着钱转？”

“你是越老越混帐了！”老陈边说边顺手抄起一把铁锨，奋力地朝草莓铲去，嚓！嚓！嚓！一大片草莓秧顷刻倒地，上面红晕了的草莓如一颗颗可怜巴巴的眼睛。老伴抱住老陈的胳膊，拖着哭声说：“你先铲我吧，我不活了！”

老陈吼道：“铲完这些毒草莓，我再铲你！”

采摘的季节到了，别人家大棚前人来人往，好不热闹。老陈的大棚里光秃秃的，没有了一棵草莓秧子。邻居们惋惜着，你可是五亩草莓呀，没了一分钱的收入！老伴泪眼婆娑着，老陈依旧朗声地笑：“丰年，还是丰年！”

邻居老向听到了，摇摇头说：“日子好了，犟人却多，我表弟张二黑来了电话，非要自掏腰包给咱村来放场电影，谁还稀罕电影啊？我劝他千万莫来，可怎么劝也不听，还当咱们没见过世面呢。咱是农民不假，但不再是比城里人矮一截的乡下人了！”

老陈让儿子在网上和预定草莓的客户解释：“遗憾，今年草莓出

了点问题，不能卖给你们了，明年再说吧。”客户们忙追问：“不会是有买主出价更高了吧？只要货好，价格好说。”老陈让儿子发去几张铲得一片狼藉的草莓园照片。客户发来一连串惊叹，问为什么？老陈只好说是误用了膨大剂，全部铲除了。客户说：“用点生长激素也正常，何必认真呢。”老陈正色道：“别处用可以，我这里不行，我这是石榴红村，是绿色水果蔬菜基地，我们绝不做砸自己牌子的事！”

客户发来一串的赞：“好人，都像你这样，食品就安全了！我记住了你，记住了石榴红村，明年你们那里的草莓我全包了，价格由你开！”

## 二黑的电影

二黑最大的遗憾，是三十多年前给石榴红村只放了半场电影。

当年二黑是慈惠农场的电影放映员，隔三岔五骑着自行车，驮着胶片放映机到处跑。这天，二黑接到到石榴红村放映的通知。通知刚接到，就下起了瓢泼大雨，直到下班前雨才停歇。领导问他还能去不？二黑有个犟脾气，听领导这样问，一边看看院子里的积水，一边点头说：“没问题。”

虽然嘴上答应着，二黑心里也在盘算，二十几里路呢，要早些走。二黑饭都没吃就上了路。天黑前，终于到了石榴红，二黑成了泥猴子。那时从慈惠场部到石榴红的路都是石子路，大雨过后，路上不是水，就是泥，泥巴糊满前后车轱辘，自行车不但不能骑，遇到大沟大坎，还要上肩膀，好在二黑年轻，有的是力气。

还没进村，就见村口黑压压的人群往这边张望。接着有人喊：“来了，来了！”十几个人跑过来，一边向二黑说辛苦，一边接过二黑的

自行车。

二黑望着热情的乡亲们，顾不上喘口气，在村民们的帮助下挂起幕布，接好电源，安装好放映机。忙完这一切，天也黑透了。

胶片机嗒嗒地转起来，一束光投到银幕上，蚊子在光束里环绕翻飞，像极了萤火虫。二黑才用衣袖擦了把脸，四下望望，石榴红本村当时只500多人，看电影的怕是超了1000人。听说要放映新电影《小花》，周边村子的人早都赶了来。

一个人弓着腰凑到跟前，贴到他耳朵上小声说："晚上甭回去了，住下来。"二黑一看，是大姑家表哥小向。精疲力竭的二黑朝表哥露一下牙，"好。"表哥脸上也露出笑容。有这么个放映员的表弟，表哥在村里就能像大队书记一样挺着胸走路，因为放映员的表哥总能在第一时间把哪天会来放映，会放什么电影的消息提前传达给乡亲们。

小花一曲《妹妹找哥泪花流》还没唱完，电影戛然停止，一片漆黑。停电了。乡村里停电是家常便饭，说停就停。

"等等吧，先别散。"大队书记凑过来，笑着递给二黑根烟。二黑那时还不抽烟的。犹豫间，大队书记硬是把烟递到他手上，随后刺啦一下划燃火柴，举到二黑鼻子前。二黑只有点了烟，轻吸一口，咳嗽两声。

半个小时过去了，电没来，人没散，但开始骂街。一个小时过去了，依然没有来电。外村的人们开始散去，一边走一边回头，希望在回头间能够出现奇迹，满目灯火。二黑看看手表，已经快11点了，本村的乡亲们都还在坚守。黑暗里，二黑听到噼噼啪啪的拍蚊子声。有孩子喊妈，说又咬出了包，好痒。妈说，再等等，来了电就不痒了。二黑过意不去了，说："天不早了，咱都散了吧，今天我不走，明天一早，咱都到大队部，遮黑窗户一批一批地放了看。"

乡亲们得到这样的许诺，才散去。

第二天快到中午了，也没来电。二黑不得不遗憾地和乡亲们再

见，这是他最后一次放映了，几天前他接到了高考录取通知，他要去忙他上大学的事情了。

半场电影让二黑一直耿耿于怀，乡亲们黑夜里渴望的眼神让他不得安宁。退了休的二黑，一定要偿还这笔心底的债。

二黑首先在电话里跟石榴红的表哥说了这件事。表哥说：“别来了，现在村里人业余文化可丰富了，不再像以前那么稀罕电影。”二黑郑重地说：“欠债要还，不然在我心里总是病啊，夜里总梦见你们围着我和放映机嚷嚷，睡不好。”表哥良久才说：“你要来就来吧，只要能去你的病。”

二黑找到区电影队，说明情况，要自掏腰包请电影队去石榴红放映。领导说：“算我们支农吧。”二黑说：“那就连放两部，我一定付钱！”

二黑和放映员来到石榴红，早已认不出眼前的景色。这还是石榴红吗？新修的街道整齐平坦，改建的楼舍徽韵古香，健身广场上矗立着一座飞檐斗拱的大戏台，来迎接他的表哥已是满头白发，成了老向。老向指着戏台说：“隔三岔五都有明星们来演出，本市的，全国的都有，俄罗斯的美女们也来给乡亲们表演过舞蹈呢。”表哥得意扬扬地说。那表情，好像是在他家堂会上唱的。二黑可顾不上听这些，说：“快召集乡亲们来，我准备放映了！”

老向到村委会，让村干部在喇叭里广播了。可是没有几个人坐到二黑的银幕前。二黑对表哥说：“你一定要多请乡亲来，我欠乡亲们半部电影，我是来还债的，今天带两部片子来，利滚利地来偿还。”老向挠着头团团转，说：“可能是喇叭喊的声音让各处跳广场舞的音乐遮住了，没多少人能听见，我再去各家催催。”二黑说：“我跟你一起去。”

走到村头第一家，老向拍拍门，朝里喊：“去看电影吧，三十年前的放映员又来放电影了！”里面说：“不去了，有线电视多少频道

啊，想看什么没有？想坐就坐着看，坐累了就躺着看。”二黑忙接上说：“电影和电视视觉效果上有本质的区别。”里面说：“不去了，如果来的是武汉歌舞团的演出，才去！”

又敲第二家的门，里面问：“谁呀？”老向说：“去看电影吧，我表弟来义务放映。”里面出来个小伙子，有些羞赧地对老向笑着说：“真抱歉，我还要去村活动室打台球呢，都约好了的。”

转到第三家，怎么敲门也不见人出来，倒是把隔壁惊动了。隔壁的出来说：“他家三口人下午就开车走了，说去琴台大剧院看音乐剧，很晚才回来。”

老向叹口气，对二黑说：“要不你回去算了，现在真不比以前了，人们业余生活丰富着呢。”

二黑说：“半场电影，是压在我心头三十多年的心事啊，每每想起来，就对不住乡亲。”

老向说：“乡亲没改，可生活水平变了。”

二黑说：“要不再等等，说不好一会儿人就都来了。”

回到放映机前，除了几个和表哥年纪相当的老人，再就是五六个孩子围在四周疯跑打闹。几个老人都是记得二黑的，这个一句那个一语地问二黑，对他这些年去哪了，干了什么，比对今晚放什么影片更感兴趣。这时有一个漂亮得体的姑娘凑到放映机跟前，二黑仗着三十多年前在这里熟络，问她：“你是谁家的？叫什么？”姑娘好看地一笑：“我不是这村的，我在花卉公司上班，叫小琴。”二黑调侃地笑笑：“我叫二黑呢。”说完了又后悔，望着姑娘的脸色。姑娘没搭话，也无愠色。二黑想，也难怪，现在的孩子们不知道赵树理的《小二黑结婚》，也就不知道二黑和小芹的关系。

二黑急起来：“八点半了，这么几个人，是放还是不放？”

老向见二黑又看手表，就说：“你等着，我再去转转。”

这回终于有了效果，工夫不大，从跳广场舞的那边跟着老向来了五六十个妇女，叽叽喳喳地边走边说。二黑很激动，等这些人站到数字放映机后面，二黑拿起麦克风做简短发言，再次说自己是来还债的，是某年某月某日欠下石榴红半场电影。二黑说完了，人们并没有什么反应。这么多年过去了，除了二黑，真的有谁记得那半场电影吗？

电影播放中，不时有人悄悄地离去。老向凑过来说："人们明天都要早起，要不你还是只放一部吧。"二黑想了想，看看渐稀的人群，就点了头。老向说："放完了，你还是住在家里，让放映员自己开车回吧。"二黑说："好。"

电影放完了，人们静悄悄地散去，没有二黑记忆中散场后的沸腾和不舍。

"今天人虽然少点，但总体是圆满的。"二黑和表哥心满意足地说完，躺倒在床，工夫不大就呼呼地响起了香甜的鼾声。老向走到自己的卧室，老伴问："你够神通广大的，怎么就说动了那么多人去看电影呢？"老向叹口气："哪有人肯来？今天在那里跳广场舞的大多是在附近餐馆和大棚里打工的外地人，我骗她们说放电影的是上面派来的，有政治任务要完成，我许诺她们，每人给 50 元的辛苦费。"

"那二黑会给？"

"嘘！别让表弟听见。我理解他，他是好心，咱现在富裕了，花几个钱，帮他了却一桩几十年的心病，不也是做件好事？"

# 小琴的心事

每天都有来自市区及各地的游客，有时还会来黑皮肤白皮肤的国际友人，石榴红人可谓见过世面的。可当小琴在街上一走，背后还是能引起惊呼："这丫头，好美呀！"

小琴自己没觉出美来，女孩子谁不是该挺的挺该收的收，哪里就比别人美了呢，只不过身高比其他的小姐妹稍高了五六公分，皮肤比别人稍白皙了一分，鼻梁稍挺了一些，眼睛稍大了一点点，汪汪的如两潭秋水。在街上走得多了，有好事的婆婆就问："你是谁家的客？"小琴说："我不是客，我是在石榴红花卉公司上班的。""不是这附近的人吧？"小琴说："家在居仁门。"问的人咂咂舌："难怪这么水灵，原来是汉口的伢。"又追上一句："也不小了吧？谈了朋友没有？"小琴不回答，只嗤嗤地花枝乱颤地笑。

一晃，小琴来石榴红一年的时间了。公司里好几个年轻的男同事都对她有所表示。特别是石榴红本村的小胡，更是殷勤有加。小琴说："我听说你是有女朋友的。"小胡说："自从见到你，我就和她断了。足见你的魅力所在，真的是一顾倾人，二顾倾城，再顾倾国啊！"小琴摆摆手："你这么容易见异思迁，那我更不敢接受你这份感情了。"小胡说："别小瞧了我，跟了我你不会受委屈，我妈开的农家乐餐馆每年大几十万的收入，我家吴家山还有一套大房子，等着咱俩结婚用呢。"小琴说："是你结婚，跟我这个不相干的人说这个干什么啊？"小胡说："谁说不相干，咱俩结婚了，这些也是你的。"小琴说："咱俩可不是一棵枝头的鸟儿。"小胡说："感情都是慢慢培养的，我也不急。"小琴说："人以群分物以类聚，我心里另外有人了。"小胡说："谁呀？是汉口的还是石榴红的？"小琴说："早晚你会知道的。"

小琴晚上转到广场上看电影时，心里还是特别高兴的，下午妈妈来电话，说明天一早来看她。明天是星期天，可以陪着妈妈好好游览一下乡村景色，顺便把自己的心事和妈妈说了。下班时，自己中意的那人陪她从公司一直走到租住的院子里，要进小琴的屋，让小琴硬是给推走了。小琴吃完晚饭后去广场散步，顺便看了二黑的电影。电影结束，十点钟了，她回到住处，才发现晾晒在院子里的乳罩和内裤不

见了。是风吹落了吗？找遍院子的每个角落，都没有找见。院子里除了她，就是房东老两口子住。她不敢再想下去。小琴拉长了脸，如果是一双鞋或者一件牛仔裤找不见了，倒不会惹她动怒。以前在汉口一家单位上班时，姐妹们晾出去的内衣隔三岔五丢。小琴叹口气。

第二天一早，小琴饭都没吃，就在车站等候母亲的到来。虽然她知道母亲不会来这么早，她还是愿意一边看着火红的石榴花，一边听着鸟们婉转的鸣叫，一边等候。

又一辆97路公交车来了，小琴迎上去，妈妈果然从车上下来。小琴一本正经地说："路上辛苦了，欢迎到石榴红来做客！"妈笑了，朝脑后捋了两把黑灰的头发说："我早就来过的，不用你欢迎。"

"真的？没听您提起，哪天来的？"

"四十年前就来了，那时我才十几岁，是上山下乡的知识青年，我们住在知青点。"

"那时也这么美吗？"小琴问。

"那时我们只谈心灵美，响应扎根农村的最高指示，把青春奉献在农村这片广阔的天地。还好时间不长，就恢复了高考，我去上了大学。"

"这么说，您是故地重游啊。"

"故地是故地，可我怎么也看不出以前丁点的痕迹，认不出这就是以前的鸦渡村。以前那是多偏僻呀，路难走，没公交车，从这里去趟汉口可不容易，全靠两条腿和自行车到吴家山后再坐车。就是在吴家山，等半个小时才能来一班车，下午过了四点半钟就没到汉口城区的公交车了。"

"那真成了世外桃源啊。"

"呵呵，那时人人想往外逃，谁愿意在农村待着呢，穷乡僻壤，逢雨屋漏，三天两头停电。"

"妈，我先领你去大棚里摘草莓，还有蓝莓，然后去汉江边看江水和船，再去江滩上的‘花世界’，看薰衣草，看蓝玫瑰，看格桑花……”

“我想到知青点看看，一晃三十多年了。”

小琴说：“我还真不知道知青点在哪里，找个人问问吧。”正说着，迎面走来了肖三九，小琴在他家饭店吃过饭，就问：“肖伯伯，你知道以前的知青点在哪里吗？”

老肖见是小琴，说：“知道啊，就是现在的梅林，那里是冬天游客的观光胜地，你要去？”

“我妈来了，她是老知青。”

老肖忙打量小琴妈，说：“这么多年，我可认不出你是谁，我姓肖，以前是村里最穷的，也是身体最棒的，在队里劳动三九天有时都光脊梁的。”

小琴妈点着头：“我想起来了，你叫肖——三九！对吧？你还好吧？”

老肖说：“好着呢，现在生活可比以前强太多了。你中午就到我餐馆去吃，当年的知青回来了，一定要好好招待！”

小琴妈说：“看到乡亲们富裕了，我比吃了你的山珍海味还高兴，以后我孩子在这里，你当成自己的孩子照顾就行了。”

老肖说：“那还有说的，这孩子比你小好多吧？”

“咱那个年代哪个不是晚婚晚育？我为了远大理想和响应号召，三十大几了还没处过对象。”

老肖笑笑：“让孩子陪你好好转转，看看咱农村是多么大的变化了，我感觉现在政府为咱提出的‘三新’比以往什么口号都实在。”

小琴妈问：“‘三新’是什么啊？”

老肖神秘地一笑：“你先去转，比较了你四十年前后的变化，转完了，你去我那儿吃饭我再告诉你。”

母女俩采摘了草莓，品尝了葡萄，参观了甜瓜大棚和西瓜大棚，

穿过世林庄园外竹子堆起的荫凉，走过石榴红广场上的戏台，上了汉江大堤，极目四望，任惬意的风吹乱头发。小琴说：“妈，你若早些来，能看到大片大片金黄金黄的油菜花包裹着青瓦白墙的一幢幢徽派农舍，真有到了婺源的感觉。”

妈说：“太出乎意料了，以前低矮破旧的房子，现在都改造成了画中才有的景色。”

小琴说：“如果我以后嫁在这里，您会有意见吗？”

妈说：“当然有意见，我就这么一个女儿，并且这里是农村。”

“农村怎么了？我看农村比城里还好呢，空气好，人朴实，吃的新鲜，夜晚的安静是城里打着灯笼没处找的，住在这里真是神仙过的日子了。”

“跟妈这么大声地争辩，是不是有中意的人了？妈也不糊涂不封建，如果有合适的，真心对你好的，妈支持你在这里落户。妈呢，也不回去了，跟你在这里安度晚年。”

“真的？”

“咱是亲生母女，说话还有假？”

小琴嘻嘻地笑，说：“我以前总以为我是捡来的呢。”

“臭丫头！”妈妈轻轻地打她一下，“只要你高兴，妈就高兴。”

“我心里总嘀咕，怕您不同意呢，怕您说什么城乡差别，怕说娇生惯养了我这么大，却从城里嫁到乡里。你们不是总笑话咱对门二哥娶了乡下媳妇吗？”

“城里人也不是素质都高，也有让农村人笑话得更厉害的人。有多少伟人是从山沟里走出来的呢。小琴，是不是让妈看看那人？”

小琴想了想，摇摇头说：“还是过段时间，我再多了解一下他吧，也可能我真的不了解他。妈，您累了，先歇一歇，吃过中饭我再带您到我们公司看看，看了各种的花卉盆景，保准您会羡慕我每天和花花草草打交道的生活！”

母女俩来到小琴的住处，在院子里遇到房东婆婆。婆婆吃惊地说：“小琴，昨天你没回汉口？”

“没有。”小琴说。

“看看，今天星期天，我还以为你昨天回了汉口，走时忘记了收衣服呢。”婆婆进屋把小琴镶着水钻的浅粉色胸罩和小巧的内裤拎出来，拎着衣架钩递给她。

“原来是您给收了？”小琴像得了意外惊喜似的，关于它们失踪的种种猜测瞬间化为乌有，“谢谢您！这是我妈。”

“谢什么，一个院子里住着，以后我麻烦你的时候还多着呢，原来是你妈漂亮你才漂亮。”婆婆又从屋里抱出个西瓜，说：“咱自家种的冰糖瓜，快给你妈切了吃。”

小琴妈谢过，问小琴：“刚才你肖伯伯让我猜什么是‘三新’，我转了一圈，和往昔比，真是发生了翻天覆地的变化，真不知道是什么样的‘三新’能代表这么大的变化？”

小琴还没回答，婆婆接过去说：“是说‘新农村、新农民、新生活’吧？”

小琴妈双掌一拍：“真是对，真是概括总结了当前的石榴红。”

婆婆说：“你看今天的石榴红发展得不错吧？”

小琴妈连声说不错不错。婆婆说：“那舍得把你漂亮的小琴留在我们石榴红不？”

妈妈说：“只要小琴有自己中意的人，我肯定支持。”

婆婆问小琴：“有了么？”

小琴红了脸。婆婆说：“没有的话让咱村雷书记给介绍一个，她呀，最热心肠了。有么？”

小琴抿着嘴点点头，说：“正在考察。”

婆婆紧着追问：“哪的？真是石榴红村的？”

小琴没说话，又点点头。

婆婆歪着头，眼睛朝向天空，心里在一家一家地盘算这附近谁家有这般相当的青年："这么俊的姑娘，会是谁家有福气的小伙子娶到呢？"

是啊，会是谁呢？石榴红的小伙子们，会是你们中间的谁呢？

风景如画的石榴红，民风淳朴的石榴红，生机蓬勃的石榴红，游客如织熙来攘去的石榴红，这么美好的地方，定会引更多的凤凰，来栖驻梧桐！

# 后 记



我身旁这条河流是穿越《诗经》而来的，我在岸边已经生活了快二十年，并像喝奶一样吸吮着这条河流的甘露。

已有学者考证说，“南有乔木，不可休思。汉有游女，不可求思。”就是在我脚下这段水域成诗的，但我还是不知足的，站在芳草萋萋苇花摇曳的岸边，遥望着霞雾江明波光粼粼，就多了遐想，我愿意“蒹葭苍苍，白露为霜。所谓伊人，在水一方”也是吟咏的这段河流，愿意“江汉浮浮，武夫滔滔。匪安匪游，淮夷来求”也是，愿意“沔彼流水，朝宗于海。鴥彼飞隼，载飞载止”等众多诗句都是吟咏这段河流的。这些诗句就像有暗香的脂粉，我将它们涂抹在这段河流的脸颊。

这条诗意长河不需我粉饰，就已底蕴厚重地载动岁月、载动历史。汉江，也称汉水，像一条巨龙蜿蜒千里而来，在这里和我对望后，走出不远就和长江交汇了。

十多年前，我从喧嚣的城区搬来树木葳蕤、江水如蓝、富含负氧离子的江边，已经被工业砂轮消磨得所剩无几的文学细胞得以修复和激活，重新开始了文学创作。本集作品的构思和完成，大半在这里。人们在形容一个山清水秀风光旖旎的地方，惯用的一句话就是，“风水好啊！”对于我来说，汉水岸边这个叫慈惠墩的地方就是这样一块

风水宝地，文学是需要一片独特的土地生长的，这块土地同时生长了我的"湖乡旧话"系列小说，将另外成集。感谢这块宝地给了我故乡般安逸恬静的田园风光，感谢这方水土的滋养，更感谢上苍赐给我一份不必规矩坐班时忙时闲自由挥洒的工作，可以在开满蒲公英和油菜花的田野徜徉，可以在垂柳和香樟结成的岸边浓荫中散步，可以有机会出行到天南海北工作。我在这样一份或张或弛的任性中，肆意地享受阳光和沙滩一样，享受着文学的滋润和洗礼，思绪可以像江风中的烟火，随意飘摇和弥漫。

本集中收录的作品发表在《阳光》《辽河》《湖南文学》《长江丛刊》《北方作家》《武汉作家》等刊物，汇总成一道什锦拼盘，自知有很多不足，还是希望能有几样对读者胃口的菜。读者是多方面多层次的，好在本集中的小说也是多角度多维度来抒写生活的。感谢一直支持我的文学老师和朋友们，感谢湖北省作协副主席、武汉作协常务副主席李鲁平博士百忙之中为本书拨冗作序。

汉水不息，我的文学梦不息，在提倡全民阅读的好时光，愿每个人的桌案上，除了一钵花草，一盏茶茗，还有一册散发油墨馨香的好书。

刘怀远

2019 年秋于武汉读江斋